JN073750
2
怪物中毒
AUTHOR
三河ごーすと
ILLUST
美和野らぐ

MONSTER HOLIC2

Boys and girls who are more than monsters and less than human run through the night in the "government slum".

AUTHOR —— **Ghost Mikawa**
ILLUST —— **Rag Miwano**

CONTENTS ◆◆◆

CONFIDENTIAL

Beast Tech Inc.

Business Overview:
Pharmaceutical, vaccine development,
real estate business,
and various businesses.

Manufacture and sale of
monster supplement
a liquid that turns man back into a beast.

4th chapter
死人形
Disembodied figure

月末、給料日、週末。

道端の下水溝、腐敗したメタンが放つほのかな熱に群がる浮浪者たち。

檻の中の珍獣でも眺めるような顔で通り過ぎていく《観光客》——比較的綺麗な身なり。

草食、肉食、爬虫類。さまざまな人獣、人間と動物をかき混ぜてラフな装いに突っ込んだ、そんな感じの男女がゾロゾロと、羊飼いのようなツアコンに連れられて行列を作る。

目指す先——仮面舞踏街の玄関口、夏木原駅から徒歩10分。

旧郵便局近くのタワマン、かつては1部屋数億で分譲されていた高級住宅。

地上15階に及ぶ高層建築は、いかつい肉食系の人獣で固められた黒服に警備されながら、下品なネオン輝く表玄関をあんぐりと開けて、大勢のツアー客を呑みこんでゆく。

「本日は《仮面舞踏街・タワマン闇カジノツアー》にご参加頂きありがとうございます！」

やたらとハキハキ、添乗員が叫ぶ。何の変哲もない犬面で、見事なまでの営業スマイル。

「皆さま、ギャンブルの経験はおありでしょうか？《外》では今や規制され、お遊び程度のレートでしか成立しなくなってしまいました——が、この街では当然、すべてが自由！」

元タワマン、玄関ホール。ホテルと見まごう派手な内装、ズラリと並ぶ看板は。

「いわゆるカジノゲームから麻雀はもちろん、ありとあらゆるボードゲーム、アナログゲームによる賭博をお楽しみ頂けます。また……！」

ざわめくツアー客。添乗員は舞台役者のように芝居がかって。

「当館の目玉《遊戯決闘場》！　マジモンカード、テンピース。その他あらゆるＴＣＧによる賭け試合をご堪能ください！　カジノコインは現金交換はもちろん、《外》では入手不可能なレア景品とも交換できます。決して損はさせません！」

希少価値の高いカード。その市場価格は高騰を続け、今や投資の対象とすら言われている。転売屋や強盗が涎を垂らす高額カードがずらりと並ぶ景品リストに、マニアのみならず金が目当ての人獣たちが身を乗り出して。

「それではツアー参加者の皆さま、集合時間までお楽しみください！」

「おおおおおおおおおおお！」

ついに我慢しきれなくなったか、歓声を上げてツアー客がお目当ての賭場へ殺到する。

男性が多いが、女性もちらほら。いずれも貧しさとは無縁、かといって富裕層でもない――適度に刺激が欲しい中間層の客たちが、熱気あふれる賭場へと群がってゆく。

「や、や、やった！　リアルで対戦！　すっげ、オンライン以外だと初めてや！」

「それもいいけど、景品見たか⁉　《ウルトラ5》だぜ、それも無傷のニアミント！」

「1千万コイン……1億か。すっげえなあ、つーか現物あるだけで奇跡だろ、これ」

ぞろぞろと消えていく客をよそに、添乗員の犬男は密かにふう、と息をつく。

ズボンから飛び出した尻尾を丸め、ロビーの隅からバックヤードへ。

ドア1枚を隔てただけで、ピカピカの表とはまるで違う――築年数が伺える古いコンクリの壁、じめついた通路を抜けて、向かった先は。

「ツアー客の案内、終わりっすよ、部長」

「おう。ご苦労」

むわりと漂う熱気、獣の汗とタバコの臭いが混ざった息詰まるような汚い空気。

いかにもヤクザ、裏稼業の人間でございと言わんばかりの人獣たち。

手垢のついた紙幣が事務机にブチ撒けられ、筋者たちは額に汗して計測器にかけ、１００万単位で帯封までしながら、現金輸送用のケースにみっしりと詰めていった。

「ほえ～……。稼ぎましたねえ」

添乗員が思わず見惚れていると、筋者たちのボスらしき《部長》がじろりと睨む。

「妙な気を起こすなよ？」

「やりませんて。先週金パクッたバイトの死体、便所に流したの俺っすよ」

「おお、そうじゃったのう。裏にドラム缶置いたから、次は燃やしてええぞ」

「そういう問題じゃねえと思いますけど。普通に燃えるゴミじゃだめなんすか？」

「掃除屋どもが煩いんじゃ。運営に逆らってええことはないからの」

《部長》、鼻の潰れたブルドック面の人獣が、弛んだ皮膚を歪めてにやにや笑う。

「遊びたい田舎者はいくらでもおるわ。ツアー組んで連れてくるだけでがっぽがっぽ。いや、笑いが止まらん！　これを味わったら、しょぼい観光業なんぞやっとれんわ！」

「うちの会社、ヤクザじゃないってマジっすか？　どう見てもアレですけど」

「しょうがないわい、見た目で強そうにしとらんとこの街じゃす〜ぐトラブルになるからの。元はれっきとした観光業者じゃ。インバウンドが死んだのが悪いわい」

世界的パンデミックによる旅行需要減少、壊滅的な打撃は業者にとって死を意味した。

海外からの観光客が落とす莫大な金。ごっそりと消えて、廃業を余儀なくされた観光業者が仮面舞踏街に活路を見出し、禁じられた娯楽を斡旋しはじめる流れは必然と言えて。

「明日は売春ツアーの添乗員、頼んだで。金持ちの接待やから客筋はええが、変態ぞろいや。ぐだぐだ言わん娘がおるとこにせや。オプション料はケチらんでええぞ」

「へい。しかしまあ、ぼろい商売ですわ。へへへ」

「ま、わしらはまっとうな方やで。闇ツアコンにゃデスゲーム運営で食っとるやつもおるし」

「本気で意味わかんねえことやってますね……儲かるんすかデスゲーム」

「さあの。闘技場で殺し合いだの、命がけの脱出ゲームだの、交尾せんと出られん部屋だの、いろいろやっとるんじゃろ。さ、アガリはまとまったで。輸送車受け渡し、急げや！」

札束が詰め込まれたアタッシュケース、厳重にロック。

警棒で武装した屈強な人獣たち、このカジノの黒服兼用心棒。無法地帯では暴力のみが安全を担保する。特に多額の現金を扱う施設では、それを狙う犯罪は数えきれない。

このタワマン闇カジノでも、売上金を《外》に運び出すルートは厳重に管理されていた。

「ざっと1億。――悪うない稼ぎじゃのう。ボーナス弾むさかい、頼んだで」

「へい!!」

現金が入ったケースを託された人獣たち――

雄馬、視界に優れ警戒心が強い。雄牛、タフさと筋力が売り。殴り合いならお任せ。

最後にブランドのスーツを筋肉でパンパンに膨らませた人獣ガチャの《大当たり》、ゴリラ。

筋肉の分厚さのみならず。最もヒトに近い骨格で喧嘩のノウハウをそのまま活かせて、かつ腕力は常人の十数倍。ジムで鍛えた大男が引こうものなら、手がつけられない。

ゴリラがケースを掴み、前後を雄牛と雄馬が挟む。護衛の男たちが隊列を組んでドアノブに手をかけ、部屋を出ようとしたその瞬間、思いがけない事件が起きた。

……バツン!!

「おわっ!? ま、真っ暗じゃ!?」

「ブレーカーが落ちたみたいっすね。非常電源に切り替わるはずですけど」

「ええい、何ちゅうこっちゃ。客が騒ぐぞ、すぐ直さんかい!!」

添乗員と部長が騒ぐ。だが、そんな喧騒をも冷やすような――

ギィイイイィィィ――……。

悲鳴のような音がした。

軋む音だ。古い家によくある《家鳴り》、建材の収縮により発生する異音にそっくりだが、暗闇に閉ざされたばかりの室内に、それはあまりに嫌なタイミングで響いていた。

「ひっ……⁉」

「ビビるな！　ちょいと雰囲気があるが、それだけの話じゃ！」

部長が汚い犬面を歪めて、社員の怯えを吐き捨てる。

「そらこの建物はさんざ死んどるわ。パンデミックの時クラスターが発生して、廊下に住人の死体袋が山ほどドサドサ積まれとったっちゅうくらいじゃからのう」

「そ、それじゃ、まさか、幽霊……⁉」

「出るかあほう！　毎日どっかでボコボコ死んどるこの街で、幽霊なんぞいちいち出とったら店開く土地も無くなるわい‼　とっとと電源直しに行け、それと金じゃ、金は無事か⁉」

暗闇の中、部長が叫ぶ。入口近くに立っている屈強なボディーガード。

三つ連なった筋肉の小山じみた男たちが――いない。

「いませんよ、部長」

「はあ？　馬鹿言うとるんじゃや……」

存在感が消え失せた男たち、いたはずの空間を添乗員と部長がおずおずと探る。

暗闇、目が慣れていない。その時、イヌ科の鼻がひくひくと震え、ある異臭を嗅ぎ取った。

「……あ？　何じゃ、コレ」

ぴとん、ぽとん、ぴとん……。

生暖かい三つの滴、ぽたぽたと降ってくる。

頬に落ちたそれ、薄い毛皮にへばりつくものを指で拭うと、反射的に嗅ぐ。

駅の公衆便所で嗅ぐような、地下鉄が過ぎ去った瞬間、吹き抜ける風のような——

小便の臭いがした。

「——ひいいいいいいいいいいいいいいいいい!?」

ばち、ばちん。

音をたててブレーカーが戻り、明かりがついた瞬間、響く悲鳴。

部長と添乗員の真上。石膏ボードの安い天井に、3人の人獣がぶら下がっている。

舌骨が折れているのだろう。喉から飛び出した舌が顎先まで届き、腹圧によって漏れた尿がズボンの裾からぽたぽたとこぼれて床に水溜まりを作っている。

3人合わせて1トン超え、草食系大型人獣が、声すらあげることもできず。

ほんの1分足らず。停電の隙に、まるで蜘蛛に囚われた蠅のごとく——死んでいた。

本日《タワマン裏カジノ》死者、3。

死因は絞殺、あるいは縊死。事態の隠蔽を計った《部長》により死体はただちに処分され、

現場に残された奇妙な糸、凶器と思われる黒い繊維ともども裏手のドラム缶で焼かれた。

後日、タンパク質が焦げる異臭により仮面舞踏街管理請負、《幻想清掃》に苦情。

派遣された清掃員が不法投棄された死体を発見したものの――。

「1億が、消えた？」

事情聴取した担当者の記録。売上金、およそ1億円がアタッシュケースともども消失。

責任を問われた《部長》と《添乗員》はもろともに闇ツアコン上層部の私刑により拉致され、とあるデスゲームの駒として消費された結果、追跡は困難。

何でもありの無法の街、仮面舞踏街――夏木原。

怪異《雑巾絞り》による飲み屋街での騒動、ガールズバー放火から一週間後。

事件の真相を知る者は、誰もいない。

MONSTER HOLIC2

Boys and girls who are more than monsters and less than human
run through the night in the "government slum".

AUTHOR
Ghost Mikawa
ILLUST
Rag Miwano

怪物

―― 01　後始末とこれからのこと ――

ヒトが焼ける臭いは、蠟が燃える臭いに似ている。

肉と脂と骨が焦げては混ざって溶けた煙が煙突から伸び、初夏の空に溶けるのを眺めて。

「知ってるか？」

「何」

喪服代わりの制服を来た少年が、同じ学校らしき制服の少女に語りかける。

「パンデミック以前の葬儀には、もっと大勢が集まったそうだ。何十人も、時には百人も」

「そんなに集まって、何をするのかしら？」

「坊主か神父か神主か。……そんな誰かの話を聞いて、死者を弔う儀式をしたらしい」

少年は、どこか皮肉げな口ぶりでそう言った。

黒が7で白が3。黒白に分かれた髪、マスクで覆った輪郭は整い、美しい。

すらりと伸びた背丈に均整の取れた体格は、現代人が理想とする瑞々しいスマートさを醸す、イケメンと言っていい少年だが、実情は貧しさ故に太るほど食えないだけだった。

ふう――……と。

時代遅れの煙草のように、マスクの隙間から白煙を吹く彼に、少女は答える。

「そう。素敵ね」

「……そうか？」

「大切な人を亡くした痛みを、大勢で分かつことができるのなら、きっと慰められると思うわ。だからきっと、亡くした人よりも、生きている人にとって素敵なものだと思うのよ」

風にロングの黒髪が流れ、なびく。

清楚な趣の制服姿。髪を押さえる白い指、死者を悼む儚げな横顔は、まるで幻。

メイクは最低限。屋外だからだろう、古風な不織布のマスクを外して丁寧に畳んだ横顔は、悲しみの影をその美貌に色濃く落としていた。

美しい少女が、やはり美しい少年を連れて——

今まさに火葬が行われている斎場の外。焼きあがるまでの間、遺族が待つリビングとテラスを挟んだ中庭に立って、ふたりは物憂げに空を眺めていた。

「こういうところは不慣れなのだけど。リビングみたいな部屋があるのね、葬祭場って」

「遺族は生きてるからな。腹も減るし、疲れもする」

家族葬などを執り行う斎場や、遺体を荼毘に伏す焼き場から少し離れて。

「弁当をつかったり、思い出話をするには、ああいう場が必要らしい。社長の受け売りだが」

「意外だわ。社会人らしい話もするのね、社長さん」

「たまに役立つ。その倍くらい、よくわからない蘊蓄がついてくるけどな」

「あなたも大概だと思うわよ。今時、お弁当を『つかう』なんて、お年寄りみたい」

「義務教育もまともに受けてないんだ。言葉は映画やマンガで覚えるしかない」

人権なき少年の常識は、歪んでいて。

それでもおかしいと感じることが、ひとつあった。

「わからないんだが。どうしてあんた、参列もできない葬式に来たんだ？」

「あなただって呼ばれてないわ。どうして来たの」

「仕事だよ。うちの社長があんたのことを気にしてる。目を離すなと命令された」

「そう。少しでもやりがいがあるように、特別な行動をとるべきかしら」

「具体的には？」

「歌ったり踊ったりするのは迷惑だし、苦手だから」

少し真面目な面持ちで、少女はずれたことを口にする。

「ラーメンでも食べにいきましょう。あなたのおごりで」

「……割り勘で頼む」

少年の名は霞見零士。仮面舞踏街の治安維持、街路清掃を請け負う企業《幻想清掃》社員。

そしてヒトならざる存在の末裔、現代に生きる幻想種――特殊永続人獣のひとり。

少女の名は柿葉蛍。優等生。親代わりに育ててくれた養護施設を救うために、仮面舞踏街のＪＫバーで校則違反のバイト中、襲撃を受けて雇い主を亡くしたばかり。

雇い主の死の原因——怪異《雑巾絞り》の襲撃から数日後。

呼ばれずとも、亡くなったオーナーを偲ぶため、遠くから手を合わせに来た蛍と、静かについてきた零士のふたりは、斎場の中庭に並んだまま、何とはなしに話し続けた。

「オーナーとは、親しかったのか？」

「あくまで雇用主と従業員よ。その一線は守ろうとしてくれたけど、人が良かったから……。いろいろ相談に乗ってもらったし、従業員はみんな家族のように思っていたわね」

「いい雇い主だ。残業代も出さないうちの社長に言ってやりたい」

「あのひと、やっぱりそうなのね。楢崎さん……だったかしら？」

「印象薄いな。それでいい。親しくしたいタイプでもないだろうから」

「そうね、できれば避けたいわ。けど、あなたをこんなところまで送り込んでくる以上、一度話をつけたほうがいいかもしれないわね。私はただの高校生で、探る価値なんてないって」

「……無法地帯で深夜バイトの上に、市販のドリンクを混ぜるだけで謎の薬効を発揮させるのは、ただの高校生からはだいぶ逸脱してる気がするが」

「戸籍上『謎のモヤモヤ』なのに学校に来ているあなたより、普通に近くないかしら」

「完膚なきまでに論破するのやめろ。傷つく」

くすっ、と蛍がようやく笑みをこぼす。

薄い面持ちで並んでいる零士もまた、ほんの少し口角を上げて。

「話を戻すが――あの街の死人はたいがいゴミ扱い、そのまま捨てるだけだ。俺もよくやる」

「お葬式も挙げないのね。掃除屋さんなのに」

「したくてもできない。身元不明だから、《外》の家族や友人も当人の死を知らないままだ」

だが、蛍が勤めていたバーのオーナーは違った。

律儀に身分証を持ち歩き、万が一の時は必ずその死が認められるよう配慮していて。

「別れた奥さんとの間に、息子さんがいたそうよ。大学生ですって」

「二十歳過ぎならもう大人だろうに、律儀だな」

「身元が証明されたから、死亡保険金も遺産相続もスムーズにいくと思う。暴力沙汰の多い街だから、いつ自分がそうなるかもしれないと思って準備をしていたの。遺言まであったわ」

「周到だ」

「ええ。けどいくつか、どうしても行き場のないものもあって――今日は引き取りに来たの。ご遺族に連絡はしてあるから、終わったら会う予定になっているわ」

「SNSで連絡したのか？　あんたの身元も割れるだろう」

「そうね、だいたいのことは話したわ。亡くなったオーナーに雇われていたこととか」

　超管理社会において、SNSはほぼ完全に匿名性を失っている。

　SNS上であろうとも、遺族との接触は……高校生に許されるはずのない夜の街で働いていたことを自白するのと同じだ。少しでも騒がれれば、優等生の立場は吹っ飛ぶだろう。

だがそのリスクを飲み込んでも、言わねばならないことがあって。

「オーナーが亡くなったのは私が原因、ということも。信じてもらえなかったみたいだけど」

「犯人……《雑巾絞り》はあんたに執着していたからか」

流出した特殊なサプリをキメて、都市伝説の怪物じみた《怪異》と化した男がいた。それは取引現場に利用されたガールズバーに張り込み、密かに様子を窺っており――特殊な力を明らかにした蛍を手に入れるため、居合わせたオーナーを殺害した。

「怪異とかそういう話は省いたから、私に執着したストーカーのせい、と理解されたみたい。

そうですか、のひと言だけで、責める言葉ひとつなかった」

「できた人、と思っていいのかな」

「どうかしら。――興味が無いように感じたわ。どうでもいい、という感じで」

「そういうものか？　元とはいえ、家族だろう」

「それよりお金が大事だったみたい。引き取る予定の子たちも、お金を出すと言ったら普通に渡してくれることになったから、こちらとしては助かるけど」

SNS上のやりとりを端末に表示すると、蛍は会話ログを零士に見せる。

公開されたものではない、個人間のみで閲覧できるダイレクトメッセージ。それはどこまでも事務的で、ほとんどフリマアプリの値段交渉と変わらないものだった。

「……《ウサギ1羽、2万円。全部で5羽です》《はい、わかりました》……？」

軽く一文を読み上げて、零士（レイジ）は眉（まゆ）をひそめる。

「ウサギを飼ってたのか？」

「仕事上必要だったから。私が創る《アレ》の調合には、モデルの毛が必要なの」

「なるほど」

それは、柿葉蛍（カキバケイ）の異能。

市販（しはん）の《怪物（モンスター）サプリ》と適当なドリンクや食材を混ぜて、特殊（とくしゅ）な《怪物（モンスター）サプリ》を創る技術。本人はただ得意なだけだと思い自覚はないが、モデルとなる動物の毛など身体（からだ）の一部を混ぜ、モデルと同じ動物に変身できる《特殊（とくしゅ）サプリ》をも創ることができた。

「私たちがキメるのに使っていたサプリの原料、5羽（わ）のウサギ。オーナーが飼っていて、そのままだと処分されてしまいそうだったから――買い取ることにしたの」

「行き先は決まってるのか？　あんたひとりじゃその数は無理だろ」

「他の同僚（どうりょう）が引き取ることになって、発送されたわ。私は1羽（わ）だけ、今日受け取るの」

「何でまた」

「安全に生き物を送るのは送料が高くて、ここまでの交通費の方が安かったからよ」

「……普通（ふつう）すぎる理由だった……」

「私はお葬式（そうしき）の日は遠慮（えんりょ）したいと言ったのよ。けど先方が、エサ代もかかるし世話も嫌（いや）だし、かまわないから来てください、って指定されて。――おかげで、お別れはできたわね」

蛍が取り出した財布には、今時珍しい高額紙幣が2枚、入っている。

電子マネーが普及した現代において、現金はほぼ使われなくなった。

だが口座から出してしまえば追跡が難しいという利点から、個人間の直接的なやりとりでは今も使われることがあり、オーナーの遺族との取引もそれなのだろう。

「身バレの危険はあったけど、あの子たちが処分されるのは嫌だから——それだけよ」

「それは、わかるな」

火葬の煙は細くなり、消えゆくのがわかる。

参列する家族はたったふたり。一応喪服らしき黒のドレスだが、派手なジュエリーが目立つ中年女性と、今時の大学生らしいスマートな青年。葬儀にふさわしくない派手めな服は、大学のキャンパスからそのまま直行したかのようで、かなり浮いて見える。

重苦しくなりがちな場を和ませるためだろう。リビングの一面はガラス張りになっており、無人のテラス席とふたりが立つ中庭を見渡すようにできている。

遠く、ガラス越しに見える母子の姿。

ふたりはかなり離れて立っており、それは感染対策で個人間距離を保っていると言うより、突き放すようなお互いの心を表しているかのようだった。

「家族は、大事だ。大切な人が遺してくれたものを継げるなら、そうしたいと思うから」

「ええ」

「だから、あんたのやることに賛成だ。ウサギが助かるのは、とてもいい」

不器用な言い方しかできない零士の想いを見透かすように、蛍は静かに微笑んだ。

「ありがとう。少し気が楽になったわ」

「ならいい。……それは、いいんだが」

ガラスの向こう、ふたりの遺族が口論をはじめていた。

遠く、言葉は聞こえない。だが何やら口論しているらしく、母と息子は睨み合って。

「しめやかに悼む空気には、見えないな」

「よその家庭の事情を詮索するのは、あまり良くないと思うわ」

「俺もそう思う。だが、見えるところでやられていると困る。嫌でも伝わってくるぞ」

「かなり距離はあると思うけど……聞こえるの？」

「体質として、振動には敏感だ。糸電話の原理……《聞いた》方が早いか」

しゅううううう……。

スプレーを甘く吹いたような音が微かに響き、マスクから霧が漏れる。

零士の口元から雲のようにたなびくそれは、ちょうど風下の斎場の建物にまで届いていた。

「あれが斎場のガラスに触れている。その振動が音として《届く》」

薄く細く繋がった霧が糸の役割を果たし、糸電話の原理でこの場へ届く。

特殊永続人獣、《吸血鬼》として認定されながらも正体不明。霧の怪物たる気体生命、薬物でヒトの形を保っている古代種の末裔（まつえい）が、霞見零士（カスミレイジ）だ。

『――わかってるのよ？　あなたでしょう、困ったわね。権利書をすぐ返しなさい』

そのまま伝わって来た女の声に、不思議そうに蛍（ケイ）が声を上げた。

「権利書？」

だが疑問が届くはずもなく、母子の口論は続いていく。

『知らないよ。何の話？』

『とぼけないで。金庫を開けたの、あんたでしょ⁉　手癖（てくせ）が悪いったら……！』

『おれが知るかよ。親父（おやじ）が処分したんだろ』

『ふざけないで。あったはずなのよ、燃えたビル以外にも、不動産が！』

『見つけてどうすんだよ。どうせ売り飛ばして男に貢（みつ）ぐんだろ、あんた』

『親に向かって何て口を利（き）くの‼』

『都合のいい時だけ母親面しないでくれよ、母さん。あんたも親父（おやじ）もバカだ』

『何ですって⁉』

『あの街じゃ、うまくやればいくらだって稼（かせ）げるんだ。なのに慈善家（じぜんか）気取りでホワイト経営だ行き場のない人のためだと高い給料払（はら）ってカツカツ。バカじゃねえ？』

あの街、と暗に示した言葉が何なのか、零士（レイジ）にも蛍（ケイ）にも理解できた。

仮面舞踏街（マスカレード）、夏木原（ナツキバラ）――。

亡きオーナーは無法地帯が成立する以前からの古株、顔役だった。

『それは、そうよ。私だって何度も言ったけど聞いてくれなかったから……！』

『かまってくれなかった、寂しかったで浮気しまくって離婚喰らったあんたも、親父に負けずバカ中のバカだよ。血が繋がってると思うと気持ち悪いね』

『……な、な、な……‼』

ここまで聞いてから、零士は猛烈に苦い顔をして。

「はじめておいて何だが、他人が聞いていい内容じゃないな。どこのドラマだ」

「……複雑な家庭ね、オーナー。奥さんが原因で離婚したとは聞いていたけど」

「下世話な好奇心がないとは言わないが、正直いたたまれないな……」

はらはらと見守るふたりをよそに、口論は過熱する。

『おれは親父とは違う。うまくやるんだ。あの街でなら俺ものし上がっていける。実業家さ。めちゃくちゃな大金を稼いで、親父がさせてくれなかった贅沢を楽しんでやる。イカす車、デカい家、いい女……しょぼいFラン大学なんて二度と行くかよ！』

『バカなこと言わないの！　だいたい、遺産は私のものでもあるのよ⁉　勝手にしないで！』

『そら来た、やっぱり金だ。あんたは親父を愛しちゃいない、愛してるのは金だけだ。だから葬式でも涙ひとつ流しゃしないし、自分の分け前だけが大事なんだろ？』

『……あんただって同じなくせに！』

『当たり前だろ？　親父は血のつながった息子の俺より、汚い売女どもを選んだのさ。小遣いが欲しけりゃ店で働け、なんて言いやがるんだぜ』

『まあ……何てひどい人なのかしら！　ケチねえ』

うんざりするような会話に、蛍と零士は顔を見合わせた。

「……ひどいのか？　俺の常識では、金が欲しければ働くのは当たり前だが」

「私の中の常識でも同じよ。私たちがおかしいのかしら？」

「わからん。少なくとも、あの母親と息子は、心底自分たちが正しいと信じてそうだな」

そんな会話の間にも、母親と息子は罵り合って。

『とにかく、これ以上遺産に手は出さないで。私が相続するものなのよ⁉』

『おれにも権利があるのは当然だろ⁉　いい加減にしろよ、強欲ババア！』

『黙りなさい、泥棒‼　返しなさい、返しなさいよ‼』

『うるせえ死ねババ……ッ⁉』

ついに手が出て、母親の手が息子を叩き、息子は即座に反撃した。

「きゃあああああああああ‼」

実況なしでも聞こえる悲鳴。

ボゴッと音さえ響きそうなグーパンが、母親をぶん殴る。

倒れる母親、キレた息子が手近にあった椅子を持ち、倒れた相手へ振り上げて。

「霞見くん、止めて。武器が出たわ」

「……ああ。あそこは《俺》の範囲内だ」

しゅううううう――……。

スプレーを甘く吹くような音。零士の口元から気体の噴出音が少しずつ強まっていく。

白い霧、霞、煙、そんな不思議なものがマスクの隙間から溢れ、ドライアイスを焚いたように地面を這って進んでいくと、ほぼ目に見えない程度に薄まりながら充満する。

蛍と零士、ふたりと斎場の建物との距離はおよそ10メートル。

さらに厚いガラスで仕切られたリビング内。直接入ることはできない。しかしほぼ不可視のレベルに薄まりながらも、零士を創る《霧》は静かにそこへ這い寄っていた。

「黒白霧法。――《白転靴》」

ごく微量の霧が、椅子を振り上げた息子の足元に届いた時。

靴底と床の間隙に滑り込んだ霧は性質を変え、極端に摩擦の少ないぬめりとなる。

「転んだわ。何をしたの？」

「霧を粘液に変えて転ばせた。ヌタウナギって生き物がいるが、わかるか」

「すごくヌメヌメする魚よね。意外と美味しいって聞いたわ」

「だいたい合ってる、それと同じだ。空気中の水分に反応して急激に膨張、摩擦を減らす――要は床をツルツルに滑らせただけだが、喧嘩の仲裁程度なら十分だろう」

『ってェ……ッ！』

転んだ拍子にぶつけた頭を押さえ、息子がうめく声がする。

次に響くのは、母の声。愛情などカケラも含まれていない、ドロドロの叫び。

『あんたなんてどうでもいい!!』

『お金よ、お金がいるの!!　あんたのじゃない、私のお金だわ!!』

『うるせえ、ゴミババア!!　死ね!!　今すぐ死ね!!』

売り言葉に買い言葉。

息子は掴みかかろうとする母親を振りほどき、突き飛ばしてその場を駆け出した。

そのまま斎場の玄関を抜け、そのまま中庭へ突っ込んでくる。

「……あの！」

「うるさい、触るな!!　おれは悪くない、クソババアが悪いんだ!!」

語彙の少ない罵倒。とっさに声をかけ、伸ばした蛍の手を叩くように振り払い。

男は外へ飛び出し、ちょうど流していた自動運転のタクシーを止めて姿を消した。

「あの状況で止めても、まともに話ができるとは思えないが」

「私もそう思うけど、あのままにしておくのも良くないと思ったの。……どうしよう？」

「どうしようもない。タクシーの中で頭が冷えることを祈ろう」

それ以上のことをする義理もない、と零士は思う。

冷たいようだが当たり前の結論を述べると、零士は斎場の方に意識を向ける。

息子を追って飛び出した母親が、ブチギレた怒声を高らかに。

「キイイイイイッ‼ どこへ行ったの‼ 返しなさい、泥棒‼ どろぼ〜〜ッ‼」

「……アレに話しかけてウサギを買い取るわけだが、そっちを心配すべきでは？」

「そうね。……ごめんなさい、かなり嫌だわ」

鬼女じみた叫びを聞きながら、柿葉蛍は天を仰ぎ。

見上げた空、斎場の煙突から曇天に伸びた火葬の煙は細く、薄く――

屍が燃え尽きたのを知らせるかのように、消えかけていた。

＊

「それで無事、ウサちゃんは助かったわけね」

「土壇場で値上げされたわ。……払ったけど、何か釈然としないものがあるわね」

カリカリカリカリカリカリカリカリ。

雑然としたオフィスに、ウサギがキャベツの芯をかじる音は意外と心地よく響く。

まだ警戒心が抜けていないのか、ペット用のキャリーケースの奥に入ったまま白いウサギは出てこない。興味深げに眺めていた車椅子の人物は、疲れた面持ちの蛍へ言った。

「ウサギ1羽、4万。命の対価としちゃ、安いでしょ」

車椅子の人物——蛍と同じ都立アカネ原高校の女子制服を着た、精悍な少女。

強い言葉に勝気な面差し。ほどよく日焼けした肌はアスリートっぽさを感じさせ、不屈のタフさを感じさせる。そんな癖っ毛の彼女は、賣豆紀命。

先日の《轢き逃げ人馬》事件の関係者であり、今は特別な立場となってここ——仮面舞踏街某所にオフィスを構える《幻想清掃》に出入りしている、高校二年生。

今回、招待された立場のＪＫふたりは怪物サプリをキメていない、素のままだ。夏木原の駅からはバリアフリー仕様の自動運転車による送迎までされ、街を歩くことなく来ていた。

「少なくとも、俺達の生活費よりは高いぞ」

「二か月はいけるよな」

そして、微妙にいじましい相槌を打つ二人組。

ひとりは霞見零士。もうひとり、適当に買ってきたらしい出来合いの料理と飲み物を詰めたコンビニ袋を持った、金髪と言うより黄色い髪の少年がいる。

不良と言うには人の好さを感じさせる穏やかな面差し。しかし袖から覗く腕や頸の太さ、筋肉の束は古の戦士を思わせ、精悍という表現が似合う逞しさを醸し出していた。

頼山月（ライサンゲツ）。零士（レイジ）と《幻想清掃（Fantastic Sweeper）》に勤める同僚（どうりょう）にして、特殊永続人獣（トクニン）《人狼（ワーウルフ）》。相棒として事件の捜査（そうさ）に関わり、ある人物の招きを受けてこの場に集まったひとりだった。

「相変わらず景気悪いわね。給料上げたら？」

「やはははは、耳が痛いね。けどまあ、人権なき彼らに職業選択（せんたく）の自由はないわけだから」

軽く明るく、酷（ひど）いことを口にする男。

雑然と、得体の知れないガラクタが転がるオフィス。事務用品より異国の土産物（みやげもの）じみた妙（みょう）なオブジェ、アフリカンアートじみた木彫（きぼ）りの人形や謎（なぞ）の標本、ハーブらしき謎（なぞ）の草など。

雑然と散らかった中に傲慢（ごうまん）なまでの存在感を持つデスク。

アンティーク家具特有の重々しい天板に書類の束や飲みかけのコーヒーを散らかしている。

総じて『遊び人の大学教授』じみた雰囲気（ふんいき）を持つ男は、《幻想清掃（Fantastic Sweeper）》社長、楢崎（ナラサキ）。

零士（レイジ）と月（ゲツ）の上司であり、少年少女に集合を呼びかけた張本人だった。

「全力で弱みにつけこむつもりだよ！　嫌（いや）なら頑張（がんば）って脱出（だっしゅつ）したまえ、不可能に近いけど」

「有用性の証明。事件解決の実績を上げ、信用情報を更新（こうしん）すれば可能性はある」

楢崎（ナラサキ）の隣（となり）、こぢんまりしたデスク。こちらは殺風景な、ごくありきたりの事務机に事務椅子（いす）。

年齢不詳（ねんれいふしょう）、12～13歳ほどの子供に見えるが、実年齢（じつねんれい）は誰（だれ）にもわからない。

社長秘書、鬼灯（ホオズキ）ネル。あどけない幼女に見えてITに強く、技術的なサポートを一手に引き受ける人物だが、幼い容貌（ようぼう）から繰（く）り出（だ）されるシニカルな皮肉が鋭（するど）く刺（さ）さる。

「そのうさぎ、どうするの。飼う？」

「そのつもりです」

「でもあなたのお部屋、ペット不可。ばれたら社会信用度、がたおち？」

「……こっそりイケないかなと思ったんですけど、無理かしら」

「むり。みとーし、あまあま」

「そうですか……。引っ越しも検討するべきですね。お金はあまりないですけど」

舌足らずの言葉、幼い口調の鋭い突っ込みを受けて、蛍が困った顔をして。

「つーか、ネルさんには敬語なのな、蛍ちゃん」

軽く口を挟んだ月へ、静かに視線を向けて答える。

「大人として至らない点を注意してもらったわけだから、相応にお話しするべきだと思うわ。年齢や外見で人を見るのは良くないし、礼儀は守るべきだと思うもの」

「はー。頭良さげなこと言うわね……」

「逆に賣豆紀さんは変わりなさすぎると思うわ。闘争本能全振りでしょう」

「あたしはパワー本位制なのよ。強いヤツが好きだわ」

「現代に蘇ったスパルタ人かしら。裸で荒野に放り出されそう」

「は？　知らないわよ、どこの国？」

「パワー本位制の筋肉至上主義国。３００人で１００万人を食い止めたって映画で観たわ」

「マジパネェじゃん……。あとで観るわその映画」

合っているのか合わないのか、逆に合わな過ぎて歯車が嚙み合ってしまうのか。

車椅子の元アスリートと、元水商売の優等生は正反対に見えて、話が合った。

「テルモピュライの戦いだね。紀元前480年、ざっと2千5百年前の伝説が現代に残り、更新され、人々に影響をもたらす。それもまた神秘伝承の面白いところだ」

場の流れを変えようとするかのように、楢崎が言う。

「さて、柿葉蛍くんの引っ越し問題についてだが……資金的にも社会的にも難しいだろう？　君は未成年だし、ペット可のワンルームを契約するには色々と厳しいはずだ」

「でも、改めて家族になる子のためだから。何とか工面するわ」

「あれれー？　おかしいな、敬語を使ってくれないのかい、僕には。社長だよ？」

「胡散臭いわ、あなた。今の話、最初から介入するタイミングを図っていたでしょう？」

「バレバレか。まあ隠すつもりもないが、なんと我が社には素晴らしい福利厚生がある」

パイプ片手に上機嫌。火は点していないが、手遊びのようにくるくると弄びながら。

楢崎がパキッと指を鳴らすと、それを合図に「うんしょ」と秘書ネルが何かを運んできた。

「……ッ!!」

わざとらしく布を被せて中身を隠した、四角い何か。

幼女が一抱えに持てる程度だから、大きさのわりには重くないのだろう。

カサカサと何かが動く音がするソレを目にしたとたん、零士が反応した。

「霞見くん、どうかしたの？」

「悪い、柿葉。……久しぶりの再会だ。おお……おしり!!　おしり〜〜っ!!」

「は!?」

ネルに駆け寄り、荷物に被っていた布を急ぎ剝ぎ取る。

「……ペット用の、檻？」

「ハムスターの《おしり》。俺の、今生きている唯一の——家族だ」

檻の中、ふんわりと敷き詰められたウッドチップからぴょこんと突き出す丸いお尻。

焼けたトーストのような色をしたキュートな丸みに、零士はじっと魅入っていた。

「おしり。元気だったか？　腹は減っていないか？　ネルさんに可愛がってもらったか？」

「ハムスターは答えないと思うわ」

「わかっている。さすがに人語は解さない。だが愛が伝わる可能性があると信じて」

「安易に奇跡に賭けるわね」

「起こらないとわかっている、だが信じたい。そういうものだ」

ほぼケージにギリギリまで近付きつつも、透明な壁があるように直接触れることはない。

中のハムスターは眠っているのか、顔すら見せずふっくらした尻を振るばかり。

だが、零士はそんなことなどどうでもいいと言わんばかりに、優しく見つめていた。

「紹介しよう、ハムスターの《おしり》だ。今は離れて暮らしているが……家族だ」

ほー、と声をあげ、誇らしげに紹介する零士の横から、蛍と命が覗き込む。

眠いのだろう。チップの薄い木材に埋もれるようにうとうとしている小さな姿が――

「……可愛いわね。マジで」

「ええ、かなりのキュートだわ……。いつかそうしたいと願っているが」

「諸事情あってな、いつかそうしたいと願っているが」

肩を落とす零士に、頬を掻いた月がフォローを入れた。

「零士に懐いてくんなくてさ、おしり。触ろうとしたら絶対嚙まれるか脱走すんのな」

「くっ……‼」

心底悔しそうな零士。その間近、ケージを抱えたネルの傍で、楢崎がニタリと笑った。

「彼の家族の形見でね。そういう事情で、我が社で預かってるのさ」

「えさ代、経費。別にしゃちょーがいばることじゃない。くず」

「辛辣だねネル君⁉ 社員の愛するものを守る、愛され社長の愛されムーブじゃないか！」

「愛されたいならお世話して。餌やり水替えお掃除、全部わたし」

「だって怖いじゃないかネズミ。僕苦手なんだよね、引き続き頑張ってくれたまえ」

「がちくず……！」

ガチで叛意を抱いてそうな幼女秘書の視線を受けても、楢崎は平然とニヤついて。

「ま、ハムスター1匹にウサギ1羽の世話が増えたところで、有能秘書のネル君なら問題なくやってくれるだろう。我が社の空室を提供するから、引っ越しできるまで預かろう」

「それは……助かるけど。いいの？」

「もちろん。ただし世話は可能な限り飼い主がしてくれたまえ。毎日来いとは言わないがね、せめて隔日くらいは来てほしいものだ。ネル君の負担も大きいからね！　大変だからね！」

妙にくどい、念を押すような言い方に、蛍の喜びが不審に変わった。

「……身の危険を感じるわ。なし崩しにここへ出入りさせられてないかしら、私」

「だって君、就職してくれないじゃないか。給料はそこの動物たちの倍は払うよ？」

「動物ゆーなし。つーか倍にしても安いっつの」

「ああ。元が安いからな」

「わんにゃん吠えるのをやめたまえ、諸君。給料が減るよ、社長愛してくれない税とかで」

「横暴すぎる……」

うんざりしてこぼす月。傍から聞いていた命が、くいと蛍の袖を引いた。

「アレに頼るよりはあたしん家で飼う方がましだと思うんだけど、どう？」

「……検討の余地はあると思うけど、社長はともかくネルさんは信用できそうだし」

「確かにそうね。ダンチだわ」

けど、と蛍はため息をつく。

「これ以上賣豆紀さんに甘えるわけにもいかないし、気持ち悪いけど我慢しようと思う」

「あたし、自分の苗字嫌いだから名前でいいわよ。命って呼んで」

「……そうなの？」

「無駄に画数多いから書きにくいし、読みづらいから初対面だと聞き返されやすいのよ。ま、そんな小ネタはどうでもいいけど……気にしなくていいわよ、蛍」

名前で呼んでほしいと言う意思を伝えるように、命は蛍をその名で呼んだ。

「この足じゃ、大したこともできゃしないしね。ウサギの世話くらい何とかなるでしょ」

「……ありがとう。気持ち悪さが極限に達したら頼らせてもらうわ、命」

どこかぎこちなく、初々しい笑みを交わすふたりに。

「ひどいことを言われているねえ。もっと感謝されてもいい気がするんだけどなあ、僕」

「うざいからだとおもう」

「何か企んでんのバレバレっすから、社長。せめて善意のフリしたら？」

「法的に接触を拒絶されないだけで最大限の好意かと」

秘書と人狼と謎の霧の攻撃。社長の人望のなさが明らかに。

「はっはっは、まあかまわないとも。仲良しごっこがしたいわけじゃないからネ」

だからといって落ち込むこともなく、楢崎は機嫌よく笑った。

「敵意や反感があろうとも、関係を切るという選択ができない。蛍くんも君たちも、最低限の社会性を維持していることが証明された。利害も論理も無視して感情だけで殴りかかったり、逃げ出すような選択をされると、こっちとしても面倒なだけだからね」

「……もしかして、それを計るためにわざと煽った？」

「さあね、ただの趣味かもしれないよ？　まあ社員採用は拒否でいいにしても、まだこの街に厄介なサプリが流出したまま野放しになっている。放置はできない、そうだろう？」

「「「………」」」

零士が、月が、蛍が、命が、無言のまま視線を交わし、誰からともなく頷き合った。

「仕事だからな。捜査を続行するのは当然として……」

「流出経路を調べんのに、同じ店に勤めてた蛍ちゃんの協力があれば助かるな。どうよ？」

「……あなたたちに協力するのはいいわ。恩人だし。けど」

零士の言葉を月が繋ぎ、最後に答えた蛍が楢崎を見る。

うさんくさい、信用できない。そんな感覚が抜けず、素直に頷くのが難しい。

（普通に考えれば、二つ返事でオーケーしてもいいはずなのに）

蛍自身も理解できない拒絶反応。散歩中に行き会った犬と犬が無意味に吠え合うような——反感と言うより、本能的に感じる何かが、一歩踏み出すことを躊躇させた。

「あのオッサンが嫌なら、あたしが雇うわ。報酬はそこの二人に払う分から、適当で」

「え？」

蛍の迷いを斬り捨てるように、ばっさりと命が言った。

「えー。俺らの取り分が減っちまうじゃん……」

「いいでしょ、三等分したって大金よ。それに今後の捜査に蛍の協力は必要だわ」

「……彼女がいなければ、最悪俺は散っていた。異存はない」

「ま、そりゃそうか。いまいち金額がデカすぎて現実感ねえし、いいぜ」

「ちょっと、黙っている間に話を進めないでほしいんだけど？」

なし崩しに決まりそうな流れに抵抗する蛍。

「友達からお金をもらって仕事をする、というのも抵抗があるわ。報酬がいくらかは知らないけど、その分霞見くんたちの収入を削るのは確かだし、無償で協力くらい……」

「ダメよ。あたしはカネを払う。そのかわり責任もって仕事をさせる。これはマジな契約で、例外はなし。だいたいさっきも言った通り、三等分だって安かないわよ」

啖呵を切るように、命は車椅子の上、スカートから覗く自分の膝をパン！と叩いた。

「未来の女子陸上のトップエース、その足の代金だから。保険金その他で2億よ」

「は？　……おく!?」

《轢き逃げ人馬》こと池田舞。

最初期に流出した幻想サプリをキメて暴走し、数人を轢殺した後輩のため。事件を最後まで追い、犯人に責任を取らせるために、賣豆紀命が差し出した額が、2億。

「半分はここの会社、残り半分がこいつらの取り分。支払いは成功報酬なんで後になるけど、ちょっとは夢ある額でしょ？」

「夢があるというか、夢しかないわ。……現実感がなさすぎる」

「だよな、わかる。億とか想像つかねーし。大トロくらいいけんのか？」

「ネギトロくらいはいけるだろう。期待しすぎるな」

「貧乏が染みついてるせいか、セコいわね。マグロ一尾丸ごと食えるわよ、億あれば」

「「「おおおお…………！」」」

人権なき人獣と、辛うじて人権こそあるが苦学生。

目の色を変え、スポンサーたる命の手をしっかり握って――

「えっちなこと以外なら何でもするわ。就業規則を貰えるかしら」

「特に無いわよ」

目をキラキラと輝かせる貧乏人たちに、うんざりしつつ命は答えた。

＊

「食べないの？」

「まだアスリートのつもりくらい残ってんのよ。糖と脂肪はメチャヤウマい敵だわ」

「味の感想が入ってるあたり本音が出てんな……」

スポンサーである命、社長が執着している蛍を迎え、ささやかなご馳走が並ぶ。

もてなしのご馳走は出来合いのものだ。近場の飲食店——いかがわしい飲み屋、衛生基準も何もない怪しげな屋台、食事がおまけ同然の風俗店などからテイクアウトで。

「この街だと、普通のメシ食うのがけっこう面倒なんだよな。店出すのに営業許可もないし、保健所が来ることもないし、だいたい人獣だから何食わせても大丈夫なんで」

「衛生的にヤバい店が多い。サプリなしの《生》のヒトを連れて行ったら即食中毒だ」

「食欲が落ちる情報ね。今からでもサプリを飲んだ方がいいかしら？」

用意されたご馳走に残念そうな目を向ける蛍だが、楢崎は笑って懸念を払う。

「安心したまえ。今回用意したのはすべて《まとも》な店から取り寄せたものだ。具体的にはＪＫパパ活で人生崩壊した中華料理屋とか、違法就労中の外国人が営むカレーとか、未成年への性的興味が強すぎて追放されたパティシエのケーキとかだね」

「最低のタグつけんのやめろ⁉　食欲失せるじゃん⁉」

「この街の料理人には変態しかいないのかしら……？」

「《外》の管理社会を一度弾かれた人間の受け皿なんて、この街くらいしか残っていないからね。安心したまえ、性癖と実力は別だ。味は私が保証するよ」

楢崎が金を出し、月が店から引き取ってきた料理がテーブルに並んでいる。

なるほど、どれも美味そうだ。味優先の雑な盛り付けではなく、テイクアウト用のパックに丁寧に詰められた中華料理——キクラゲと卵の炒め、椎茸と青菜の炒め煮に海鮮五目炒飯。鶏肉とカシューナッツの炒め、ゴマ団子。カレーはキーマにほうれん草とバターチキンで、まだ温かいチーズナンがたっぷり。デザートにいかにも映えるケーキの数々。

どれも《外》の水準と比べても平均以上、十分に食欲をそそるものばかり。

「つーか、俺らが日頃食ってる期限切れの袋ラーメンだの、ジャムなしの食パンだの、痛んだキャベツをひたすら煮たヤツだのに比べると、格差がやべぇ……」

「惑わされるな、月。社長のおごりだからとガッついた結果、客の印象を悪くしたら——」

「罠じゃん！　俺らが食った分は自腹ね☆　とかクソウザく言いそうだし、社長！」

応接用の大テーブルの前、一応穴の開いていないまともなソファ。

そこへ優先して命と蛍を座らせ、自分たちは片隅のパイプ椅子に収まりながら、底辺社員がこそこそと陰口を叩く。すると、いかにも心外と言いたげに楢崎が言った。

「さすがにそこまでケチじゃないから安心したまえ。ただし君らはご飯を炊いておいたので、安い古米をたらふく入れてから食べるように。おかずのドカ食いは禁止だよ？」

「資本主義の悪魔みてーな経営者ね、アンタ」

「貧乏人は炭水化物で太り、富裕層はヘルシーな肉と野菜で痩せる。現代社会の縮図は無法の街でも同じなのさ、というわけでまずは食べたまえ」

「『いたっきや――ス！』」

さほど文句を言うでもなく、趣味的なオフィスに似合わない炊飯器で炊かれたご飯を盛られ、適当な挨拶と共にかき込む二人。遠慮がちにおかずを少々載せて、感想は。

「クッソ、うめえ……!!」

「久しぶりのご馳走だな。……社への忠誠心がアップするのを感じる」

「日頃どんな暮らしやってんのよ、アンタたち。……けどまあ、イケるわね、普通に」

「作った人が変態でも、美味しいものは美味しいのね。多少ずるさを感じるけど」

「ケーキ、食べないならわたしがいただく。ふっふっふ、ひとりじめ」

「ああネル君、甘味の独占はやめてくれたまえ。そのチョコは僕が目をつけていたのでね⁉」

しばらく食卓を囲み、活発に箸とレンゲがテイクアウトのパックを行き交う。

たっぷり7～8人前は用意された料理だが、食べ盛りの若者が4人だ。ネルと楢崎の社会人コンビも意外な健啖ぶりでデザートを荒らし、たちまち皿とグラスが空になっていく。

「……勝ったわ」

「いや負けてんだろメチャウマい敵に。しっかり食ってんじゃん」

「美味かったから勝ち。やっぱカロリーは暴力ね、アスリートの天敵だわ」

当初渋っていた命だが、結局しっかりと食べていた。量こそ少しずつながらよく味わって、すべてのおかずと少量のナンを楽しみ、満足げに食後のお茶を飲んでいる。

「つーか、引退したんだろ、部活。食事制限までする必要、ないんじゃね？」

「そういうわけにもいかないのよね。あのバカ——轢き逃げ野郎の舞に、あたし言ったから。パラリンピック出てやるって。ま、どんな競技やるかすら決めてないけど」

人生を賭けて磨き上げた自慢の足。アイデンティティ、誇りの証とも言える最強の武器。それを根こそぎ奪われながらも、命は折れていなかった。

「体脂肪率15％キープ。腹筋だって割れてるわ。足が動かなきゃ手で動く、最悪顎でも瞼でも。動かせるもんを動かしてやれることをやる。それだけよ」

「……タフね。鋼どころか、鉄球みたいなメンタルだわ」

「世の中、気合と根性、あと覚悟よ。やらない言い訳するヒマあったら動いた方が早いし」

強がっているわけではない。純粋にそう信じている命に、蛍はくすりと笑った。

「やっぱりスパルタ人でしょう、あなた」

「だから知らないわよ。自慢じゃないけどまあまあバカよ、あたし」

「本当に自慢じゃないな、それは。成績、悪かったのか？」

少し意外そうに言う零士。ふん、と命は言って。

「競技のルールとその抜け穴覚える以外はからっきし。勉強とか大嫌いなのよね」

「……野放しにしてはいけない性格だと思う。ぜひアスリートを続けてくれ、応援する」

「だな。ＯＬとかやろうもんなら死人が出そうだ」

「スポンサー様にえらい言い草ね、あんたたち。つーか……」

少量のおかずに大量の米。比率としてはおかしいが、それでも普段は食べられないご馳走をたっぷり味わい、満足げな月と零士。だが、食欲トップは意外なことに彼らではなく。

「誰も食べないのなら、残りは頂いていいかしら？」

「……無駄に気品あふれる手つきで、米に料理のタレをぶっかけるな、柿葉」

清楚な箸運びでどんぶり飯。社員用に用意された安い古米、味わいはともかく量はある。それを分けてもらい、皿に残ったキクラゲの卵炒めを載せて、するすると入れる。

意外な健啖家――柿葉蛍。高カロリーなチーズナン、海鮮五目炒飯を皮切りに、残りそうな料理を次々バランスよく平らげていき、最後のかけらまでしっかりと味わっていた。

「美味しいわ。日頃いいものを食べていないのは私も同じだし」

「細いのに一番食ってない、あんた？　太るわよ」

「料理人の性癖と味には関係性が成立しないことが証明されたわ。幼女が好きな人のケーキが特に美味しかったわね。瑞々しいって言うか、フレッシュな味わいで」

「……ロリコンのフレッシュな味わいってのも何か引っかかるな……」

「性癖は罪ではないもの、いいでしょう。今の社会では犯罪として糾弾されるけれど、実際に手を出していないのならギリギリセーフ、でいいと思うわ」

「この街に来てっ以上、ガチでやってる可能性もゼロじゃねーけど……」

月の指摘に、フルーツケーキをつまんでいた蛍の手がピタリと止まって。

「……そういうことを言われると、とたんにケーキが生臭く感じてきたのだけど」

「知らねえって、いや、それはマジで」

「どうしてくれるの。摂取したフルーツケーキ分が反逆しているわ」

「耐えろ。せっかく摂ったカロリーだろう」

「……そうね。若干いやだけど、カロリーに罪はないわ」

少し涙目の蛍に零士がフォローを入れる。残ったケーキをしっかりぱくつき、最後のひとつは無言で半分ずつ分けてから、ぱくり。綺麗にご馳走が空になり——

「息ピッタリだね、君たち。まあ非常にいいことだよ、仲良きことは美しき哉」

「別に仲良しという気もしないわ。普通よね、これくらい」

「だな。話が早いのは助かるが。いちいち会話を続けなくてもだいたい通じている」

「見るだけで終わるから便利だわ。喋らなくていいもの」

アイコンタクトで成立するコミュニケーション。波長が合うのか、霞見零士と柿葉蛍、この両者の間では簡単な意思の疎通が成り立ってしまうようだった。

一見クールな少年少女の恋愛フラグのようにも感じるが——

「単に喋るのが面倒くさいだけだろ、お前ら」

「それはあるわ」

「ある」

「ロマンスの欠片もねーじゃん……。ま、変な空気になるよりゃ楽だけどさ」

結局のところ、ぐだぐだ話すのが面倒だと感じる程度にコミュ障なだけだった。

事務的な会話なら苦にしない。だがふたりともプライベートな会話やちょっとしたやりとりに気疲れするタイプで、お互いそうだと理解しているから楽、というだけで。

「さて、食事も終えたところだし。ちょっとしたミーティングといこうじゃないか」

「しゃちょー。ねむい」

「おやおねむかい、ネル君。いいともお昼寝してくれたまえ、仕事が終わってから。君たちも最低食事分は話を聞いてくれるだろうね？　そのためにエサをあげたわけだし」

眠そうに眼をこする秘書ネルを肩にこてんと乗せながら、楢崎はにやにやと語る。

そういうことか、と感じつつも、若者たちは逃げられない。すでに前渡しの報酬は食べた後。ミーティングとやらがどうなろうとも、その分は付き合うことになるだろう。

「……何か進展があった、ってコトかしら？」

「そういうことだよ、スポンサー君。先の《轢き逃げ人馬》《雑巾絞り》をはじめ、流出した幻想サプリ、怪異サプリについて、ディープウェブ上に正体不明の動画が投稿された」

デスクに置いてあった大型タブレットPCを起動。意外と手慣れた手つきでアプリを開き、今時珍しい有線接続。観たこともないアイコンのWEBブラウザが立ち上がる。

「何これ。ネット回線？　前時代じゃあるまいし、直接繋いでるの初めて見たわ」

「今から繋ぐのは表の回線じゃないからネ。国家統制を外れたディープウェブ、後ろ暗い人間や組織が情報交換に使う、いわゆるスパイや情報屋御用達の代物……そのひとつだよ」

無線なし、特定のアクセスポイントへの有線のみ。さらに高額の接続料を支払った人間にのみ配布されるブラウザでなければ開けない……と、ガチガチに固められたセキュリティ。

「どっかの、組織。……それも相当な技術力を持つ集団のやりくち。まふぃあ？」

「そんなもんをあっさり利用してるってどうなのよこの会社。反社会組織かしら」

「使えるものは何でも使う主義なだけさ。この街のトレンドはディープウェブに流れ、それを情報屋や目端の利く悪党が漏らし、転載して、最終的には市民にまで達する」

水が高きから低きへ流れるように。

「たとえば学校裏サイト。ああいう『ちょっと珍しい』情報を知るための《裏技アプリ》――多くの市民がこっそり使ってるアレも、出どころはディープウェブさ。

情報企業が運営するディープウェブアクセス権を情報屋や企業が買い、元を取るためにアングラ掲示板や学校裏サイトみたいな形でスペースを貸す……ま、小遣い稼ぎだね」

闇の情報は深みから少しずつ、社会を這うように昇っていくのだ。

「そして今、仮面舞踏街のトレンドはコレ一色さ。見てごらん？」

再生された動画。アンダーグラウンドに流れる情報にしてはカリッとしたピント。

アングルも素人が撮る映画並みには凝っており、被写体の動きを正確に捉えていて——。

「これ……!?」

「あの時の、映像ね。いつの間に……！」

命が、蛍が、次々と切り替わる映像に顔色を変えた。

タブレットPCを抱えるように見せながら、楢崎は教師のごとく映像を指して。

「ご覧のとおり、最初の事件——《轢き逃げ人馬》による連続轢殺事件だ。グロいねえ、巨体の大型草食獣を蹴っ飛ばし、抵抗を図る肉食獣を叩き潰す。まさに力そのものだ」

下半身は馬、上半身はスレンダーな女性。

異様に膨張した筋肉を隠すように張りつめたジャージ。身元を隠すためだろう、学校指定の校章などにはモザイクがかかっており、明らかに加工されたものだ。

それが、半裸の女性……酔って乱交の真っ最中だったのか。

《ホルスタイン》、怪物サプリをキメて乳牛の人獣と化した2メートル近い女性と、複数の肉食獣に変じた男たちが絡んでいる。酒を呷り、順番で性を楽しんでいる最中に。

——蹴り込むように突っ込んだ《轢き逃げ人馬》が、文字通り彼らを撥ねた。

果物が割れるような音がした。スイカやメロンを地面に叩きつけるように頭蓋骨が割れて、灰色の何かがこぼれる。悲鳴と絶叫がフルボリュームでオフィスに響き、逃げ惑う男女までも奇声を上げながら追いかけて、楽しむように轢き殺す——轢殺事件の一部始終。

個人情報以外のグロ画像には一切の加工がなされていない。

飛び散る血しぶき砕ける骨、はみ出る内臓に至るまで、すべてが赤裸々に晒されていて。

「……ッ!!」

「おや、気分が悪いのかい？　大丈夫かな」

「アンタね……!!　最初っからこれ見せるつもりで、脂っこいもんチョイスしたわね!?」

「はっはっは、ちょっとした悪戯さ。なるべく吐くのはやめてくれたまえ、掃除が面倒だ」

青褪める蛍。吐き気を堪えるように歯を食いしばった命が睨むが、楢崎は平然と笑い。

「もう1本ある。こちらは比較的グロ少なめだね、アクション多いけど」

「……俺か、これは？」

「あ、それっぽいわ。ほとんど何やってんのかわかんねーけど」

次に再生された動画に、零士と月が身を乗り出した。

それは二番目の事件、《雑巾絞り》に襲撃を受けた零士、月、蛍の三人が現場を脱出。

そのまま飲み屋街へ逃れ、戦っているさまを切り抜いたものだ。

青褪めたブリーフ一丁の痩せ男が柏手を打つ。空間がねじれ、あらゆるものがミキサーにでもかけられたかのようにぐしゃりと歪み、粉砕されていく、圧倒的な破壊力。

「壊されてんの、主に零士だけど。霧だからよくわかんねーな」

「……個人情報の保護的にはありがたいが、釈然としない」

「この後、君たちの反撃が成功して《雑巾絞り》は逮捕されるわけだが、この動画にそれは無いね。あくまで《雑巾絞り》が暴れ、壊す。その力をアピールするため、編集、加工されているのさ」

「動画の出どころは？　手がかりくらい何かねーの？」

眉をひそめて訊く月に、呆気なくネルが答える。

「不明。調査はするけど、アングラのネットに流れたものなんて、特定むり」

「そりゃそうか。簡単に割れたらディープウェブの意味、ねーもんな」

幼女秘書ネルは、ここ《幻想清掃》におけるIT担当だ。その技術力は謎のレベルで、一般的なセキュリティを突破して不正アクセスすら行えるが、限界はある。

「できないこともないけど、がちゃば。やりたくない」

「無理にする必要はないさ、有能秘書ネル君。さて、優秀でもない社員諸君はどう思うかね。この動画、誰がどういう意図で開示したものか……わかるかな？」

意地悪な問題を出した教師のように楢崎が言い、少年少女は吐き気をこらえて思考を回す。

「……商品の宣伝でしょ。やってることは動画サイトの広告と一緒だわ」

「そうね。幻想サプリ、怪異サプリ——都市伝説とされていたものの実在証明」

「んで、それを使えばこんだけのことができるってばよ、的なアピール？」

「……つまり、これを上げたのは素人どころか、サプリ流出の黒幕、本人か」

命が、蛍が、月が、零士が次々と出した答えに、ニッと楢崎は口角を上げ、手を叩く。

「エクセレント！　いいねえ、諸君。少しは頭を使えるようで助かるよ。ちなみにこの動画は、ディープウェブでは例外的に情報料なしのフリーで拡散OK、無断転載可だ」

「ってことは、もう広まっちまってるのか？」

「仮面舞踏街のインフルエンサー……まあ、情報屋だの耳聡いチンピラだのがペラペラとね。表の動画投稿サイトにも何度か上げられては即削除されている。命知らずの投稿者がモザイクまみれに修正したものも上げてみたようだが、即BANだ。対応が実に早い」

「つまり、偉いさんはコレを拡散されたくねーってコト？」

「そうなるだろうがもう遅い。今日、明日、数日中にはその辺のチンピラまで知っているさ。詳細は知らずとも――キメれば文字通り怪物になれる、《特別な》サプリの実在をね」

動画に登場した加害者、《轢き逃げ人馬》と《雑巾絞り》。

彼らの行動に計画性はほとんどない。個人的な怨恨から酔っ払いや路上生活者を踏み殺し、あるいは不用意にキメたせいで戻れなくなり、可能性にすがって人を襲った。

「極めて強力な《兵器》とすら言えるサプリだ。警戒厳重なBT本社の研究施設から盗むなど大変な金と手間がかかったはずなのに、使い方が雑に過ぎると思っていたんだが」

楢崎は語り、タブレットPCの画面、動画で暴れる怪物たちを指先で叩き。

「何のことはない、《広告塔》だったのさ。派手な事件を起こしさえすれば誰でもよかった。

その暴れぶりを撮影し、流すことで《商品》の価値はハネ上がる」

誰でも、キメるだけで簡単に、文字通りの《怪物》となれるサプリ。

その実在が証明された以上、苦労も大金も厭わず手に入れたがる者は必ずいる。

「この宣伝が行われるまでは、うさんくさい詐欺としか思われなかっただろうからね。巧妙なやり口とは言えないが、目的は確実に達しているよ」

「……そうなんスか？　自分はノーリスクで宣伝できんだから、巧妙っぽくね？」

「そのかわり奇襲効果が死ぬからね。公にしては対処の時間を与えてしまう。例えば小出しにせず全部のサプリを一度にキメて、幻想と怪異の連合軍が大暴れ、となったら？」

首を傾げる月に質問で返す楢崎。それに、零士は苦い顔をする。

「手がつけられない。軍隊が出ても怪しいだろう」

「そうなる。だがこうして宣伝した以上、大戦力の一挙投入による大規模騒乱といった手札は使いづらくなったわけだ。これがどういうことか、何を意味するのか、わかるかな？」

静かに思考をまとめた蛍が、ゆっくりと口にした。

「単純な破壊や暴力が目的じゃない。……そういうこと、なのかしら」

「そういった暴力的な変化ではなく、もっと社会的な――変化、影響。犯人の意図はそういうものじゃないか、と感じるわ。回りくどく感じるけど、結果として最短になるような」

「いい読みだね、蛍くん。僕もそんな感じだと思う。今や《本物の》怪物サプリを求め、目端の利く悪党は血眼になっているだろう。案外、もうすでに売り捌かれているかもね」

「ムカつくわ。……クソ迷惑なCM撮影みたいなノリで、うちの後輩は死んだワケ？」

言葉に怒気と悔しさが滲む。握った拳、食い込む爪に命の想いが表れていた。

「クソCMのことはわかった。それで、捜査の進展はどうなの？　犯人、捕まりそう？」

「絶賛捜査中。いくつか摑めた情報があるので、そこは共有しておこうかな」

延々とリピートしていた動画を閉じると、楢崎に代わってネルがタブレットを取る。

タッチパネルを指が滑り、たちまち表示された情報は——

「蟻本ヤスオ、21歳。いわゆる……どちんぴら？」

しょぼくれたマッシュルームカットに、貧相な顔の男だった。

証明写真か何かの複写だろう。つまらなそうな顔で真正面を向いており、服装は汚い。

とても富裕層には見えない、それどころか最底辺。写真一枚からでも荒んだ雰囲気が伝わるような青年に、零士、月、蛍の三人はどこか見覚えがあるようだった。

「……《雑巾絞り》か？」

「あ、そうだわ、間違いねえ。この頭だわ、しなびたキノコみてえな髪型！」

「そゆこと。怪異サプリの後遺症で逮捕。いま、入院中」

「待って。ちょっといいかしら」

少し身を乗り出して、蛍がむむと唸る。眉をひそめて証明写真をじっくり眺めると、

「見覚えがあるわ。うちの店……ガールズバーに何度か来たお客さんだと思う」

「怪物サプリキメて、人獣化してたはずなのに。わかんの⁉」

「うちみたいな接客業だと、毎回姿が変わるお客さんをしっかり当てたら喜ばれるのよ」

一期一会、一見ならではの楽しみもあるが——常連となり、濃い付き合いをしたいのも人情。

疑似恋愛に近い接客業であるガールズバーだけに、そういった目は磨かれるもので。

「判別のコツは目元。人獣化しても、特徴が残ることがよくあるの」

「……間違いないか？」

「絶対というほどの自信はないわ。ご飯一食くらいなら賭けてもいい、くらい」

「けっこう確かだな。それで、どういう客だったか覚えているか？」

零士に促され、記憶を辿った蛍はすぐに答える。

「いわゆる半グレの人よ。定職——たぶん非正規雇用のアルバイトとかで昼間は働きながら、夜になると仮面舞踏街に繰り出してくる。柄の悪いお友達が何人か一緒だったわ」

個人の判別が難しい仮面舞踏街において、徒党を組むのは難しい。

だがリアル、外の繋がりがあれば問題はない。その多くが普段は一般人として学校に通い、あるいは社会人として勤めていながら、仕事上がりや休日には仮面舞踏街に繰り出す。

正体がわからない、誰か特定できない、取り締まる権力も存在しない。

ならば——悪いヤツほど得をすると考えて。

「あちこちで問題を起こしてる人たちだから気をつけて、ってオーナーが言ってた。そういう人たちはたくさんいるけど、特に女の子に乱暴なことをする連中だ、って」

「ふむ。接客は君がしたのかい？」

「苦手なタイプだったから、違う(ちが)わ。むしろこういうお客さんは、あの子……」

楢崎(ナラサキ)の質問に、迷うように言葉を切りながらも、蛍(ケイ)は隠(かく)すことなく口にした。

「《轢(ひ)き逃(に)げ人馬(ケンタウロス)》……舞(マイ)さんが接客していたわ。復讐(ふくしゅう)の方法を探すために」

「あのバカ。……バカとつきあってもバカになるだけだっつーのに、何考えてんだか」

次にタブレットに表示されたのは、病院のベッド。

拘束(こうそく)ベルトで固定された蟻本(アリモト)ヤスオが、撮影者(さつえいしゃ)らしき人物に訊問(じんもん)されている。

『あのバーで、女を引っかけて。やべえサプリが欲(ほ)しいって、話されて……』

『――……その時は、そういうもんだと思ったんだ』

『そしたら、あいつが。……変な和服のヤツが、話しかけてきて……！』

『……和服？』

訊問者(じんもんしゃ)の声は変調されており、機械的な抑揚(よくよう)が響(ひび)くが。

蟻本(アリモト)ヤスオは気にもせず、独り言のように証言を垂れ流す。

『わかんねえ……コスプレ？　昔話みてえな……変な服で』

『その時は、そういうもんだと思ったんだ。何か知らねえけど、気にならなかった』

ぽん、と楢崎の手がパネルに触れ、動画が一時停止する。

「蛍くん、和服の人物に覚えはあるかい？　店に来た、とか近くで見かけた、とか」

「無いと思うわ。そんな奇抜なファッションの人、一度見たら忘れないもの」

「だろうね。接触の現場は店ではなく、近場の路上だったわけだ」

再び楢崎がパネルに触れ、訊問動画が再開。

虚ろに空を見上げながら、ぼそぼそと犯人の自白が続いた。

『ブッ飛ぶサプリがあるって。欲しいなら、くれるって』

『気持ちわりぃ、うさんくせぇ、バカじゃんって言ったけど、そいつ変な感じに笑って。まあ試しに一度やってみろ、って……注射器と、ブツを渡してきて』

『受け取った？』

『その時は、すごくいい考えだって、思ったから……』

ぐったりとした半グレの口、端から涎がこぼれる。

『そのあと、あいつが。いっしょにいたあいつが、よせってんのに、キメて。めきめきって、音たてて、骨、伸びて、あしが、よっつに……。嘘だろ、マジじゃんって』

『やばすぎるって、思って。返そうと思ったけど、めちゃくちゃ気持ちよさそうで。あいつが人を轢いてんの、すげぇ楽しそうだったから』

『やりたくなって、おれも――……ひぃいいいいいいいぃぃぃ!!』

「っ⁉」

突然の絶叫に、見入っていた命と蛍がびくんと震える。

眼球が飛び出しそうなほど目を剝き、舌を伸ばして暴れる蟻本。拘束ベッドが軋み、ベルトが食い込んだ手足が紫色に変わる。相当の痛みがあるはずなのに、感じもせずに。

『くれ‼　また‼　ぞ、ぞ、ぞ……ぞーきん‼　なりたい‼　あれ‼　ぷちって‼　いきもの、つぶせる、あれ……めちゃめちゃ、きもちいいいいいいいいい‼』

「とまあ、こんな感じでね。まだ続きがあるけど、見るかい？」

「……遠慮しとくわ」

「私も。気分が悪くなってきた……」

支え合うように寄り添いながら、ふたりの少女がうつむいた。

狂ったように叫んだ蟻本ヤスオ、あれはもうヒトの残骸だ。怪異サプリの快楽、怪異の力に脳が酔い——戻りたいと欲し、叶っても、時が経てばまた力を求めてさ迷う亡者。

「本社の医療部が調べたところ、重度の薬物中毒とほぼ同じ状態に陥っている。自白剤その他強引な尋問も虚しく、この動画の内容以上の情報は判らずじまい、だね」

「……情報ったって、あの状態で吐かせた話が信用できるのか？」

「その裏を取るのが我々の仕事だよ。蟻本の身柄はBT本社が引き取って、こちらから再度の質問はできない。とりあえず動画の情報をすべてまとめた文書がこれだ」

零士の質問を受け、再びタブレットを操作。

簡素なテキストが表示され、興味深げに覗き込んだ月が読み上げた。

「《スマホの使い方》を聞かれた？　……社長、何すかこれ」

「《轢き逃げ人馬》が最初に出現した夜——同時に怪異サプリを渡された蟻本に対し、和服の人物は、対価としてスマホの使い方を聞いてきたそうだ」

「今時、爺さんでも使うでしょうに。……古い恰好だけに、機械音痴とか？」

「かもしれないね。で、言われるままにウェブに詳しい半グレ仲間やら、羽振りのいい知人、特定されにくいフリマアプリの扱いやらをぺらぺら喋ったそうだ」

「紹介した相手の名前や連絡先はわかんねーんスか？」

「不明。薬の影響で脳がアレだからね、まったく覚えてないらしい」

「うは、めんどくせー……。ってか、フリマアプリ？」

社長の答えに嫌な予感がして、月の横顔に戦慄が走る。

「まさか、フリマにクソヤバサプリを流す気じゃ⁉」

「可能性はあるね。他にもネットオークションのやり方なんかも質問されたらしい。さっそくネル君が該当するサイトを探してるけど、まだ手がかりがなくってね」

仮面舞踏街では、さまざまな非合法の商品が流通している。

出店に行政の許可など不要な街だ。街路が丸ごと泥棒市のようなもの。

地方で盗まれた農作物から拾ってきたガラクタ、ひいては規制前のポルノから海賊版まで。何でもある、だが欲しがる客を見つけるのはそれなりに手間で。

「ネットで宣伝を打ったり、SNSで紹介するわけにもいかないからねぇ」

「……モノがあっても、欲しがる客がいなきゃ金にならない？」

「そゆこと。そこで、フリマやオークションの出番。半グレのよくやるてぐち」

禁制品、違法品が活発に売買されているが、《外》からそれを窺い知る術はほとんどない。企業が運営している表のそれから、ディープウェブ上の会員限定闇業者まで。

「怪しい商品はめっちゃめちゃある。軽く検索しただけでも、うん千件。招待者やフレンド、グループ限定なんてのもあるから、漠然とし過ぎて調べるのむり」

「ネル君でもお手上げな今、君らと僕のような情弱には厳しいね。どうしたものかな？」

秘書ネルが難しい顔をするその隣で、楢崎は他人事のようにソファにもたれる。

すると、今までじっと話を聞いていた零士が、すっと手を挙げた。

「社長。――蟻本のスマホは？」

「彼は逮捕された時持ってなかったね。今も見つかってないと思うよ？」

「探しましょう。和服の売人にスマホの使い方を教えたって話が本当なら、蟻本のスマホにはヤツの立ち回り先が詰まってる。普段使うサイトのURL、交友関係なんかが」

たとえ本人がイカれようと、機械は決して忘れない。

そこで零士は一度言葉を切り、考えをまとめるようにゆっくり続けた。

「和服の売人が、疑問をうやむやにしていいように話を進めるような——そんな芸当ができる奴だとしても、人間関係のとっかかりには知人の紹介や情報が不可欠だ。恐らく売人は蟻本の交友関係をきっかけに、仮面舞踏街のアングラ社会に潜り込んだ可能性が高い」

だとしたら。

「蟻本のスマホは手がかりの山だ。ＳＮＳのフォロワーやいいね、フレンド登録してる相手、入れてあるアプリの名前やブックマーク。そのどこかに和服の売人の影が必ずある」

「公開情報は検索した。——蟻本のＳＮＳ、ほぼ更新なし、のーつぶやき。信用情報は最低、仕事はさぼりがち。そーとーだめだめ状態だけど、お金に困った様子なし」

秘書ネルが示した情報、それが意味することはひとつ。

蟻本ヤスオはまっとうな手段ではなく、後ろ暗い何かで生計を立てていた、ということだ。

個人の識別が難しい仮面舞踏街では《外》の人間関係は命綱だ。つながりを維持するために必ずスマホを持っており、安全などこかに預ける、あるいは隠してあるはずで。

「蟻本の自宅はＢＴ本社が調べたよ。ちなみにスマホは見つかってない」

楢崎が補足し、月が繋ぐ。

「なら、駅っすかね？　普通あそこのロッカーに入れるでしょ」

「ああいう半グレは出入りの記録が残るのを嫌うからね。夏木原駅は表玄関みたいなもので、裏口はあちこちにある。適当な路地裏でバリケードを乗り越えれば済む話さ」

仮面舞踏街は隔離地域だ。《外》に繋がる道はバリケードやフェンスで閉ざされている。

だが、閉鎖が厳密とは言えない。怪物サプリをキメた人獣なら自力でフェンスを越えたり、バリケードを壊すことすら難しくないからだ。

「そういう裏口には、たいてい仲間がいてアジトに詰めてる。スマホや表の身分に繋がる私物を隠して、守らせるためだ。蟻本もそうだとしたら……」

「所属してる半グレのアジトを見つけりゃ、スマホもそこにあるかもな！」

零士の推測に、獲物を見つけたと言わんばかりに、月が太い笑みを浮かべ。

場を締めるように、社長がパキッと指を鳴らした。

「方針は決まったようだ。特殊永続人獣諸君、お仕事だよ。

半グレ、蟻本のスマホを探し出し、売人の手がかりを入手したまえ！」

「了解」

「うっす！」

命令が下り、特殊永続人獣たちは標的を追う。

多額の報酬、そして――自分たちがヒトであり続ける価値を証明するために。

――02　無法地帯モノポリー――

簡素な更衣室。ロッカーに着ていた制服を預けた柿葉蛍は、ぴすぴすと鼻を鳴らす愛らしいベファレン種のウサギ、その光沢ある白い毛を数本、切り取る。

「？」

「ごめんなさい。少しだけ……ね？」

ウサギに罪悪感を感じつつ、タンブラーを開けた。

スポーツジムなどでプロテインをかき混ぜるのに使う、ごくありふれたもの。

中には炭酸抜きの怪物サプリ、いわゆるエナジードリンクとして販売されている人獣化薬とレシピ通りに計った数種の触媒が入れてあり、あとは混ぜるだけでいい。

「氷少し、バニラアイス半分。野菜ジュース少々、お豆腐少しとウサギの毛……」

デタラメな配合。タンブラーに放り込んだ素材はそれだけで、普通に考えれば生ゴミ同然。できあがるのはネタにならない程度にマズい液体、最悪腹を壊す程度だろう。

チャチャチャチャチャチャ……ッ！

蛍は慣れた手つきでタンブラーを振る。入れた氷が中身を撹拌、砕けて混ざる。

ポンと音をたてて蓋を開くと、中身は――

「美味しくないのよね、これ。いつも通り、しかたないけれど」

ぷちぷちと細かく気泡が弾ける、白くどろっとした液体だった。

色はバニラアイス由来だろうか。だがむっと漂う淡い発酵熱と獣臭さが、まるで別物。

飲むには勇気がいる謎の液体を、柿葉蛍はぐっと飲み乾す。

「……どろどろ。もう少し、喉越し良くならないかしら。……っ！」

どくん、心臓が鳴った。

「〜〜〜――――ッツッ!!」

丸めた背中に、淡雪のような白い体毛が生えてくる。

ミチミチと肉が発達し、骨が伸びる音。手足がスラリとより長く伸び、頭蓋骨が歪むような異常感覚と共に、頭の構造が丸ごと変化するのを感じた。

痛みはない。感覚が通った粘土を捏ねるような感覚。芋虫が蛹、蝶に変態する感覚をヒトが味わえるとしたら、きっとこんなふうに感じるのだろう。

「はぁ……。はあ、はあ、っ……!!」

うっすらと浮いた汗が、白い獣毛をつっと流れてゆく。

ヒトが7、白いウサギが3。比率で言うならその配分、人間寄りの人獣。

全身を覆う体毛は首筋から胸元にかけて薄く、胸の膨らみと頂点の色が露わになっている。

ヒトのままでも美しく均整が取れていた肢体はさらに成長を遂げ、完璧なバランスを保って伸びた手足のライン、筋肉と脂肪のバランスは、芸術的とも言えて。

ハート型のささやかなお尻にぴょこんと伸びた尻尾、頭頂部に移動した長い耳。掌と足の裏には体毛に埋もれるように肉球が膨らみ、まるで全裸に靴や手袋だけを残したようだ。

普通の怪物サプリではない。それならもっと獣が濃く、人間離れした姿となる。

彼女自身の手製、自覚なき幻想によって作られたサプリを摂った人獣としての肉体は、仮面舞踏街を出歩き、捜査するために必要不可欠なものだった。

「……これ、着るの？　本当に……？　騙されてるのかしら、私」

美しくも卑猥、かつ高貴――白き兎の人獣と化した柿葉蛍は、鬱陶しげに乱れた髪を手櫛で上げながら、ロッカーに用意してもらった変装用の着替えを取った。

するすると衣擦れの音。人獣に姿を変え、元の自分とは違う衣装を纏った時、人は表舞台の名前を、顔を、社会性をも捨て去って、ただのケモノに戻って街を行く。

ここは仮面舞踏街、夏木原。

ささやかな宴を終えた人獣たちが仕事に向かう、管理社会のドブの底――。

＊

《幻想清掃(Fantastic Sweeper)》本社ビルは、夏木原(ナツキバラ)駅からほど近い盛(さか)り場(ば)にある。

一昔前なら駅近物件、さぞ家賃も高くついたろう。だが今や仮面舞踏街(マスカレード)、堅気(かたぎ)には使えなくなった地所をいかがわしい手管で買(か)い叩(たた)いた——通称(つうしょう)《オタク通り》の一角。

「……と、聞いているが、実際のところは知らないな。俺たちのアパートもすぐ近くだ」

「コンビニもあって便利だけど、レジに鉄格子(てつごうし)はまってんだよな。トイレも死ぬほど汚(きたな)いし、紙とか絶対置いてねえから入らないほうが無難っつーか、やべえ」

「ありがとう。絶対に近寄らないわ、絶対」

古びた玄関(げんかん)を、三人の人獣(ニンジユウ)が出る。

時刻は夜八時過ぎ。古(いにしえ)の繁華街(はんかがい)、眠(ねむ)らない街の伝統を継(つ)ぐ仮面舞踏街(マスカレード)では宵(よい)の口(くち)。

夜はこれから。夜遊びしたい男たち、客をもてなす女たち、さまざまな人獣(ニンジユウ)たちが目的地へ急ぐ道へ、最初にすっと滑(すべ)り込(こ)むように入っていったのは、黄色い毛並みの人狼(ワーウルフ)だ。

「命(メイ)ちゃんはタクシーに乗っけて帰したし。さて、これからどうすっかね?」

頼山月(ライサンゲツ)——オリジナル人狼(ワーウルフ)。市販(しはん)サプリでたまたまイヌ科を引いた者とは根本が違(ちが)う。

ふさふさとした柔(やわ)らかな毛皮の奥。極度に発達した筋肉が野生の香りを濃(こ)く漂(ただよ)わせている。

明らかな別種。狼犬(おおかみいぬ)ではなく純粋(じゆんすい)な狼(おおかみ)、絶滅(ぜつめつ)寸前の研(と)ぎ澄(す)まされた牙(きば)が光って。

「にしても月(ゲツ)、少し垢抜(あかぬ)けたか? 悪くないな、その服」

「へへっ、いーだろ? 命(メイ)ちゃんの買物につきあった時、選んでもらってよ。コツコツ貯(た)めた小遣いで買ったんだわ。やっぱいいよなー、新しい服ってのは！」

ぶんぶんと振った尻尾、気分は上々。野生の猛獣が時たま見せる可愛らしい仕草のように、古き人狼の末裔は買ったばかりの私服を自慢げに見せている。

いわゆるヒップホップ系。スリムな細いパンツにダボっとしたトップス。ヒトらしく被った帽子のまびさしから、灰色の毛皮に入った黄色いメッシュがアクセントとなっていて。

「そういうお前は変わってねーな。つーか見た目、ほぼヒトだし」

「仕方ないだろう、まさか怪物サプリをキメるわけにもいかない。顔は霧で隠すとするさ」

彼の相棒、霞見零士はほぼ変わらない、一見《ヒト》そのままだ。

喉元から甘く吹いたスプレーのような音をたて、黒いマスクの奥から霧を漏らす。

私服には大したこだわりがないのか、黒のスキニージーンズにスニーカー履き、トップスはダボっとしたパーカーで、いずれも古着を着回しているらしく、くたびれた印象がある。

「俺は真逆――怪物をヒトにする《人間サプリ》で本性を上書きしている立場だ。この街じゃ少し悪目立ちするが、なるべく小さく隠れているさ」

フードを下ろし、なるべく素顔を晒さぬようにする零士の隣で。

「……借りた服に文句は言えない。けど、これは少し……卑猥な気がするのだけど」

「この街にはめちゃくちゃ合ってるぞ」

「違和感ゼロだわ。くっそエロいけど」

「くっ……!! 社長なの、社長の嫌がらせなのかしら、これは……!?」

古いビジネス街の名残のある《幻想清掃》ビルを出れば、すぐ腐臭がする。

血と排泄物と生ゴミと汗と汁のミックスジュース。通りを見渡せばギラつくネオンが輝き、肉食草食爬虫類とバリエーション豊かな人獣たちがさまざまな服装で歩いていく。

が、管理社会からの逸脱を象徴するかのように、ほとんどはラフなスタイルだ。

キャベツを丸ごとかじりながら歩く牛男。全裸にジャージを着ただけで、黒い体毛が開いたジッパーからもっさりと出たまま。彼の腕にしがみついたリス女は、ホットパンツに上半身はビキニの水着だけという開放的なスタイルで、辛うじて胸だけ隠している。

自由と退廃をドレスコードにしたような、この街で。

「あなたたち、前は制服だったわよね。……私も制服じゃダメかしら」

「オレらはこの街がホームってか、住所ここらだし」

「出入りがバレたところで社会的なダメージはゼロだ、社会的信用度など皆無だしな。だが、柿葉の場合は優等生どころかエロ学生堕ちだぞ。失うものがデカい」

「……そうよね。くっ……! わかって、いるのだけど……」

ＪＫバニー、柿葉蛍。

彼女に与えられた変装用の衣装は、そんな街にピッタリ馴染むような——。

「大昔はよくいたらしいぜ、そういうの。昔のメディアで見たことあるわ」

「……痴女なの、昔の人は⁉」

思わず声を荒げ、頬を赤らめて体のラインを隠そうとする蛍。

いわゆるボディコンワンピ。きわどく短いスカート丈、袖も襟もなく交差した布でカップを支えるような作りで、嫌でも若々しい張りのある体つきや薄い体毛が露になっていて。

「クッソ強そう。サイバーパンク感あっていいな！　昔のマンガみてえじゃん⁉」

「それだとすぐ死にそうだな……。宝の地図の入れ墨とか彫ってありそうだ」

「接客中より露出が多いのよ。……無料でこの服を着るのは抵抗があるわ」

「金もらえればオッケーってのもアレだけどな……」

セクシーなドレスと恥じらいの仕草が非常に男心をそそる。

サプリの影響で元の蛍より肉感的で、豊かになっているせいもあるだろう。

二次元で描かれる理想のボディスタイル、豊かな胸と腰回り、そしてギュッと絞られたウエスト。彼女の姿はまさにそれを実現したもので、卑猥な視線があちこちから集まってくる。

「悪目立ちしているな。河岸を変えるか」

「だな、大した手がかりなんてねーし。け……いや、名前はやべーな。何て呼ぶ？」

「……ベファレンで。お店ではそれで通していたから」

そんな風に言い合いながら、夜の街を歩き出す。

仮面舞踏街に車はない。車道も歩道も関係なく、人獣たちが辻に溢れている。

《外》ならたちまちスマホに個人間距離警告が発せられ、解散を強制されるところだ。

が、人獣はそんな煩わしさから解放されている。

乾いた街路を行き交う人々を目当てに無許可で開かれたと思しき露天商が声をあげた。

「はいはいはいはい、安いよ安いよ安いよ安いよ桃桃桃桃。持ってって桃！　エビ！　伊勢海老もついてくるよ、メロンもどう？　メロンメロンメロンメロン！」

「……どう見ても熟していない果物や野菜が、おかしな値段で売っているのは何かしら」

「あー、あれな？　泥棒か密漁、やべー出所のやべーもんばっかなんだわ」

「昔はフリマアプリで転売されてたが、今は潰されたからな。販売ルートはここくらいだ」

「ここらはまだ外の連中がよく来る表通りだからマシだけど、裏通りに潜ったら色々あるよ。消費期限切れのコンビニ弁当売ってるやつとか、変な草育ててるおっさんとかな」

「食中毒と犯罪の臭いしかしないわね……」

このあたりが地元の特殊永続人獣にとっては、見慣れた風景。

が、職場以外興味もなく立ち入らなかった蛍にはそれなりに珍しく、奇妙に見えた。

「……オーナーに、裏通りには近寄るなって言われてたから。守ってよかったのね」

「正しい。ロクなことがない場所だ」

食料だけではない。手慣れた感のある出店で小太りの豚男が売っているのは、3Dプリンタで精巧に複製された魔改造版フィギュアで。

「おほおっ‼　すっげ、すっげ♪　ま、丸見えじゃねえか⁉　食い込みたまんねえ‼」

「むちむち太腿の造形が最高じゃねえ⁉　ああ、マジいいわ、生身の女より興奮する……！」

真下から覗き込むようなアングルでフィギュアを絶賛する男たち。

その隣ではブルーシートで屋根を作っただけの露店に安物のハンガーがかかり、モヒカン頭の犬面男が古着や靴をつまらなそうに売っており、そこそこ客がついていた。

「あの服も盗品かしら？」

「そういうのもあるな。路上で死んでるやつから剝ぎ取ったりとかも、まあたまに」

「あれは防具屋だ。人獣は自前の身体能力で十分強いんだが……」

荒くれた街、暴力が身近な環境だからこそ。

「装備するだけで強くなった気がする護身グッズは需要がある。外に持ち出せば違法だが、店や駅のロッカーに預けておけばいいからな」

ぷかあ……と煙草とは異なる煙を吐きながら店番をしている犬面男。

短毛種の犬らしく薄い毛皮、裸の上半身に古びた皮ジャンを羽織っている。一見普通だが、人獣の体軀に合うようサイズを緩く直してあり、裏地が張り替えてあるのが見えた。

「薄型軽量の装甲を入れて、裏地は防刃繊維。ちょっとした爪や牙なら防げるし、喧嘩をやるチンピラなら、まずあれくらいは普段着だな」

「男ってのは武器が好きだからな……。剣とか持ち歩くヤツもいるぜ？　殴った方が早いし、たいてい人獣化(ニンジュウか)してっから使いにくいんで、ほぼ飾(かざ)りだけど」

「非合理的ね。どうせ無法の街なんだから、銃(じゅう)とかは使わないの？」

「使いたがるヤツもいるが」

零士(レイジ)は猥雑(わいざつ)な街に視線を送る。釣(つ)られるように蛍(ケイ)がそれを辿(たど)ると、

「兄ちゃん、それ買うの？　持って帰れねえし、《外》で見つかったら捕(つか)まるぜ」

「待って待って待って、あああ、持って帰りてえよおおおおッ!!」

「わかる、わかるぜ。《外》じゃ単純所持禁止のブツだからな……。ゆっくり見ていきな。来週、仲間同士で廃(はい)ビルサバゲー会やるけど、よかったら参加しねえ？」

「するするする!!　俺の旧軍装備がやっと使えるぜ、仮面舞踏街(マスカレード)、サイコーッ!!」

金網(かなあみ)で仕切られたワゴンのような武骨な屋台。エプロンをしたイボイノシシ男が《外》から来たばかりらしきガンマニアに、ゴツい自動小銃(しょうじゅう)を見せていた。

「あれ、本物？」

「弾(たま)は出るしそれなりに痛いが、レプリカだ。空気銃(くうきじゅう)だよ」

「《外》じゃ全面禁止だかんなあ。逆にこの街じゃオッケーなんで、サバゲー？　ってのかな。そのへんの廃(はい)ビルで撃(う)ち合(あ)いごっこやりたがるマニアがちょいちょい来るのよ」

「呆(あき)れた。けど……武器として使うよりは、いいのかしら」

「ガチの密造銃(みつぞうじゅう)や、密輸された火器も出回ってないわけじゃない、が……」

たとえ無法の街といえど、そこで暮らす住民は超管理社会の逸れ者で。抗いがたい常識、人間の行動を決定するルールの根底はなかなか変わらない。

「《銃》はこの街でも禁忌だ。喧嘩に持ち出せるほど軽い武器じゃない」

長年銃が規制されてきたこの国で、銃に対する禁忌意識は根強いものだ。

その半面、エアガンやモデルガンのような模造武器は自由だが——もし些細な喧嘩や抗争で、本物の銃など持ち出そうものなら、周囲の目は極めて厳しいものになる。

「人獣も銃で撃たれれば危険、ということかしら？」

「そーでもねえよ。喧嘩慣れした人獣なら弾丸を避けたりできっから」

「体格も筋肉や骨の強度も普通の人間とは違うからな。致命傷にもなりにくい」

月と零士が続けた通り、実用性という意味では銃も他の武器と大差ない、が。

「単純に、銃が身近にないこの国では、まともに使えない。撃ってもまず当たらない」

遠距離攻撃の利点こそあるが、確実性のある接近戦を喧嘩の玄人は好み。

「それに、銃を出すということは『絶対に相手を殺す』という意思表示だ。怪我するくらいは日常茶飯事だが、ガチで殺しをやろうとする奴は引かれて当然だろ」

「見逃して《外》で所持や使用がバレたら人生詰むしな。リスク高すぎるっての」

「おもちゃで遊ぶだけなら、別にいいと思うけど。——ままならないものね」

「そういうことだ」

きゃっきゃと盛り上がるマニアたちを横目に、三人は歩く。

《外》で禁止された趣味嗜好が解放された特区の側面。酒を飲んで暴れるだけではない。かつて許されていた娯楽に興じる人々は、みな子供のようにはしゃいでいた。

「――昔、このあたりはああいう連中が集まる街だったそうだ」

「そうなの？」

「あとメイド喫茶とネットワークビジネスと絵画詐欺。末期はメイドだけ残ったらしい」

「意味がわからないわ」

「だろうな。俺も社長に聞いた時、そう思った」

人類の歴史を変え、数億人が犠牲となった大規模感染症、パンデミックの惨禍。

趣味人たちが集っていた旧夏木原からも人影が消え、テナントは空。

ゴーストタウンじみた空白を利用し、都市の一区画を丸ごと封鎖して特区に変えた。

そうした禁制品を取引する店舗が集中していることから、ここは通称――《オタク通り》。

仮面舞踏街では比較的安全で、表の客もよく集まる一等地だ。

「ところで私たち、どこへ向かっているの？」

先頭を行く零士に蛍が尋ねると、彼は少し気まずげに振り返った。

「……目的は、特にない」

「は⁉　めっちゃ先頭歩いてたじゃん。何もねーの⁉」

「手がかりがないんだ。半グレっぽいのがいれば、暴力で話を聞こうと思っていたが」

「通り魔か辻斬りみたいなやり方ね」

「むう」

否定できずに唸る零士。だが、手がかりらしい手がかりがないのも事実で。

「あの雑巾男から、もう少しまともな情報が出ていれば良かったんだが」

「本社に身柄持ってかれちまったからなあ。出入りしてたグループの溜まり場とか……どっかで見かけたとか、そういうのねえ？　えっと、ベファレンちゃん」

期待感の薄い質問に、ベファレンこと蛍は少し考えてから。

「……無いこともないけど」

「「マジ⁉」」

蛍の答えに、二人が揃って声を上げる。

そんなリアクションをよそに彼女はくるりと振り返る。その後ろ姿――足が長く、尻が高い。それこそ2次元作品に登場する美女のような荒唐無稽な体形が、セクシーに躍り。

「私の、元勤め先。――あのビルに、あの人たちはよく出入りしていたわ」

＊

そこはまだ、焦げ臭かった。

幻想種と怪異、霞見零士と《雑巾絞り》の戦い——主戦場となった街路は社長・楢崎の介入によって修復されているが、地階のガールズバーから出火した風俗ビルは焼けたままだ。二階、三階はランジェリーパブにホストクラブ。四階は違法カジノに雀荘と旧時代の風俗がかつての姿を保ったまま営業していた建物には、出火当時も多くの客と従業員がいて。

『目撃者だらけでしょ？　あんな状況で修復したりしたら、口止めどころじゃないからね』

出火当時、古の魔法を操る《魔法使い》楢崎はそう言って協力を拒み。

現場に急行した零士は人間サプリをキメたばかりで異能が使えず、月が中心となって消火と救出作業に当たり、被害を最小限に留めたものの、ガールズバーはほぼ全焼している。

焦げてヒビ割れたコンクリート。焦げて歪んだ食器類、焼け残った酒瓶は誰が漁ったのか、中身を抜かれたまま放り出されて片付けてもいない。

「ひっで。何も手がついてねーんだな」

「オーナーが亡くなったし、この街だと火災保険とか下りないから」

《幻想清掃》本社がある《オタク通り》から歩いて十分ほど。

焦げた入口を雑に仕切る黄色いテープを前に、三人は無残な焼け跡を眺めていた。

「どうせならここも直してくれればよかったのに。魔法が使えるのよね、社長さん」

「幻想種を、大っぴらにするのはまずい」

火災当時、客や従業員を含めて数十人が現場にいた。全員の口封じは非現実的で。

「そういうものなの？」

「バズると何かと面倒だ。名前や顔が売れて得する仕事でもないからな」

「……普通すぎる理由ね」

結局のところ、そういうことだった。

「能力が割れれば対策を打たれる。利用しようとするヤツも出てくる。どちらも簡単にできることじゃないが、無駄なリスクは避けるべきだ」

人助けがしたくないわけじゃない、と零士は思う。

だが我が身を削ってまで誰かを助ける気もない。

「人ひとりを救うには、最低ふたりいる。自分を支える力がない人間を救うのは難しいんだ。半端な覚悟で手を出したり、助けたふりで気持ちよくなったりする趣味はない」

「命さんみたいなのは例外かしら？」

「足動かなくても、逆立ちで全力疾走くらいやりそうだからな、あいつ。例外も例外だろ」

幻想種として異能を操る人外だとしても、特殊永続人獣は社会的にほぼ最低身分だ。

金もない。地位もない。辛うじて教育だけは受けられる立場になれたけど。

「──《普通》に生きる階段は険しいし、長い。余計な荷物は背負えない」

「冷たいとは言わないわ。けど……」

突き放すように口にする零士に、蛍は静かな視線を向けて。

「辛いわね。あなたが」

「そうでもない。慣れてるからな。──なぜそう思う？」

「選ぶのは傷つくし、疲れるから。人の命や人生の重みがわかっていれば、なおさら」

誰を助けるか、助けないのか。

それを決めるのは辛く、苦しいはずだと蛍は思い。

「だから辛いと思った。勘違いなら、謝るけど」

「……ああ、勘違いだ」

そういうことにしておいてくれ、と零士は思った。

ふたりがどこか、通じているようで遠ざかるような想いを感じながら立っていると──

「仲いいよな、おふたりさん」

「別に？」

「とても気が合わないわ」

「いや、息ピッタリじゃん！　めっちゃ仲間外れ感あるんだけど、オレ!?」

疎外感を覚えたような顔で、黄色メッシュの狼男がうなだれる。

元気を無くした尻尾がズボンの穴からぺたりと垂れた、その時だった。

「——ナメてんじゃねえぞクラァ⁉」

平凡な、ボリュームだけは大きな罵声が響く。

ガールズバーの焼け跡、そのほど近くにある階段とエレベーター。上階の店舗に繋がる通路から、何かを蹴飛ばすような派手な物音と、複数の誰かが動く気配がする。

「「「……？」」」

無言のまま、しっと零士が指をたてた。静かに続け、という意図を察して蛍と月が頷くと、靴音を殺してふわりと階段を登り、物音のする方向を物陰から覗き込んだ。

「だぁかぁらぁ！　出てけっッてんだろぉ⁉」

動画サイトのサムネイルに使えそうな顔。

適当に肉食系のサプリをキメて変わったらしい、ごくありきたりな犬男たち。

いかにもチンピラ然とした人獣が3人、粘っこい口調で絡んでいた。

「だったら連れてきなさいよ、その新オーナーちゃんとやらをね」

チンピラ犬たちに立ち向かうワインレッドのスーツ、派手なシャツ。

茶髪の前髪がふんわりとカールした大男……というよりは、雄だった。

ぴょんと伸びた耳につぶらな瞳。妙な愛嬌があるファンシーな顔つきとマッチョな肉体を併せ持つ、フォーマルな装いの有袋類、カンガルーの人獣が、犬男たちを睨みつけていた。

「本人が来て、筋通して出てけってんならわかるわよ？　喜んで出ていくわ。けどね」

ホストクラブの看板の前。凄みを利かせる男たちの前に立ちはだかって。

「てめえでツラも出さねえでチンピラ送ってくるガキの言うことホイホイ聞いてたんじゃあ、この街で商売なんざやってらんねえってのよ。文句あっか、ゴラァ!!」

「……ひ、ヒッ⁉」

得体の知れない迫力に、チンピラ達が明らかに怯む。

オネエじみた言葉遣いにふとデジャヴを感じて、零士はそっと蛍に訊く。

「キャラが似すぎてる。亡くなったオーナーの関係者か？　あのカンガルー」

「当たり。三階と四階を仕切ってる一番古い部下の人。ガルーさんって呼ばれてるわ」

「似すぎだろ。ほぼ同キャラじゃん、もう……」

呆れた様子で呟く月。マッチョな大ウサギ男のオーナーと、筋肉ムキムキの有袋類。

共通点がありすぎて、双子の兄弟と言われても信じてしまいそうだった。

「まさか、毎回カンガルーなん？　もしかして、特製サプリ使ってっとか？」

「ううん、素。――草食サプリを飲むと、ほぼ確実にカンガルーを引く体質みたい」

「意味わかんねえ……」

「たまにある話だ。犬になりやすい体質、猫になりやすい体質、いろいろ聞く」

そんな話の間にも、犬男たちとカンガルー男のバトルは始まっていた。

「オカマ野郎が偉そうに。お前ら、やっちま……ぶべっ⁉」

「こ、こいつ、強っ……強っ⁉　いてえよおお‼　はな、はにゃが……！」

ビルの階段、もたれかかって壁を見上げる零士と、角から覗き込む月と蛍をよそに。

「い、いだいぃ……折れたァ……」

続けざまの打撃音。会話の隙に挟まる情けない悲鳴。

「ガルーさん、サプリ抜きでも身長2mあるのよね。元ヘビー級アマチュアボクサー」

「そら強いわ。あ、鼻血出てんぞ、あの犬男」

「鼻骨折れてそう。……見てるだけで痛いわ」

「この野郎、ぶっ殺して……ぎゃんっ⁉」

ぼぎっ、と嫌な音。圧倒された犬面3匹が、ジャブで撫でられた鼻を押さえる。

濡れた丸鼻は、イヌ科の動物にとって最重要の感覚器官だ。そこには神経が集中し、軽く小突かれただけでも涙があふれ、息が詰まるほど痛む。

そこを正確に狙う、高速ジャブ。ボクシングをする動物として伝わるカンガルー、その特性を完璧に活かすテクニックは、素人の手に負えるものではない。

「強くなりたくて肉食ばっかり選ぶオトコって、素人よね」

暴力カンガルー。スーツに点々と返り血が飛び、ワインレッドの生地に紛れて目立たない。

拳についたそれを白いハンカチでそそくさと拭い、カンガルーが不敵に笑う。

「あたくしに言わせりゃ、その長い鼻っ面、殴ってくださいって言ってるようなもんなのよ。おまけに嗅覚がビン☆カンだから、痛みも倍。そんなんで喧嘩になるかしら？」

「……クソが……殺してやんよ!!」

「あら、何出すの？　ヤッパでもドスでもかかってこいや……って、アラぁ!?」

声が突然裏返り、イヤイヤと巨体が縮まった。

カンガルー男の眼に映る凶器。犬男のひとりが持ち出したのは、古びた拳銃だった。

保存用のグリスだろう、古びて酸化した機械油の臭いがつんと漂う。ヤスリで落とした錆の跡がくっきりと残る銃口が、興奮に揺れながらカンガルー男に向いた。

「ヤだわウソでしょ《銃》!?　そんなもん持ち出してタダで済むと思ってんの!?」

「うるせえ!!　この街にルールなんかねえ。喧嘩上等、そういうもんだろうが!!」

殴られた鼻から血をたらり。完全に血走り、暴力に酔った顔で犬男は笑う。

「死ね」

「イヤ〜〜〜ッ!!　だ、誰かぁ!!」

怯えるカンガルー男に対し、犬男がサディスティックに笑った瞬間。

「そこまでだ。——止めるぞ、月」

「あいよ、相棒！」

「……え？　ぎゃっ⁉」

引き金に指がかかった瞬間、背後から忍び寄った月がたちまち男を捻じ伏せた。

銃を握る手を天井に向けて強引に曲げ、痺れるような激痛が走る。ポロリと落ちた銃が堅い床に触れる寸前、ドライアイスのように床を這った煙が、ふんわりとそれを受け止める。

「ンまあ⁉」

おっさんの野太く、かつ黄色い声。

カンガルー男が息を呑み、熱い視線を人狼へ向けた。

「素敵素敵素敵ぃ！　どこの子アナタ、惚れちゃいそうよぉ！」

「……そゆ趣味はねーよ！　無事ならいいけど！」

「が……げっ……⁉」

月に囚われた犬男が、舌をだらりと垂らして気絶する。

頸動脈を圧迫して失神させた——いわゆる《落とした》状態だ。

瞬時に仲間を倒された犬男、残りふたりは泡を喰い、口々に叫ぶ。

「な……何だてめえ⁉」

「関係ねえだろ、邪魔すんじゃねえよ！」

「いやいやいや。こんなもん持ち出されたら止めっだろ、普通」

「旧時代に密輸された、大陸製の軍用拳銃か。——ふざけるなよ、屑ども」

床を這う白煙が、綿のように膨らんで銃をたちまち包み込んだ。

雲海のようなそれに呑まれ、拾いたくとももはやどこにも見当たらない。

「なっ⁉」

犬男たちが振り返る。

その手が内懐に入り、隠した銃を取り出そうとするが、あまりにも。

「この……‼」

「遅すぎる」

兵器としてデザインされた銃は、コンパクトで扱いやすい。

訓練された人間なら咄嗟の状況でも素早く抜き、撃てる。だが所詮扱い慣れない素人では、どうしても懐から抜こうとするだけであちこちに引っ掛かり、あまりにも遅すぎる。

「げっ⁉」

「ぐえっ‼」

ほぼ同時に悲鳴が上がる。白色灯の不自然な光の中、白い毛皮が映えた。

ひとりの犬男、その横面に革靴がめり込む。スカートがはだけるのも構わず、距離を詰めた蛍の蹴りが綺麗に決まり、奥歯を一本ヘシ折りながら転がるように蹴飛ばした。

壁に激突し、白目を剝いて気絶する犬男。

そしてほぼ同時に、最後のひとりが始末される。

「黒白霧法。――黒膠」

白煙が黒く染まる。ズボンの裾から滑り込んだそれがたちまち黒く変色し、スライムじみた粘体となって服の内側から絡みつき、密造銃を抜きかけた状態で固定。

「あが、あがががががが⁉　う、動けねえ！　突っ張る！　服が！　いててて‼」

「大したものじゃない。ゼリー状の瞬間接着剤、とでも思えばいい」

しゅうう、と揮発した零士の霧。極微の飛沫たる《霧の怪物》その一部。それが服の内側で硬化し、三人目の犬男は不自然なポーズのまま固まった。

「静かにしろ。力任せに動けば毛皮どころか皮膚が剝がれる。痛いぞ」

「ヒッ……⁉」

こうなると毛皮に覆われた人獣は、たまらない。

体毛が服にくっつき、動けば毛を根こそぎ引っこ抜かれる激痛が走る。

最後の一人が抵抗の意欲を失うのを確認すると、ふうっと蛍が息をついた。

「私、アクションは苦手なんだけど。あなたたちといると、嫌な感じに慣れそうね」

「慣れてくれ。ガールズバーのキャストと違って、うちの売りは愛嬌よりも暴力だ」

「危険ね。転職の自由があるなら勧めるわ」

「俺もそう思うが、選択の余地がないんでな。それで……」

無力化した三人の犬男どもを転がし、零士は白煙の中に隠していた拳銃を拾い上げた。

「ついさっき、銃を喧嘩で使おうとするバカなんていないと説明したばかりだってのに……。いきなり出てくるな。俺が知ったかぶりしたみたいで恥ずかしいだろうが」

「そ、そんなの、俺らのせいじゃ……げっ⁉」

服の内側をガチガチに固められ、彫像のように動けなくなった犬男に歩み寄ると。引き金には指をかけずに持った銃を毛むくじゃらの頬に当てて、零士は訊ねた。

「聞きたいことがある。——痛い思いをする前にさっさと喋れ」

「〜〜〜ッ‼」

涙目になって、犬男は何度も頷く。

本当に撃つ気はなかったが、脅しは十分に利いたようだった。

＊

「ンもう素敵な大胸筋！　フレッシュな若々しさがパンッパンに張ってるわ！　セクシー！もうアタシをこんなに興奮させて、誘ってるわよね、コレ⁉」

本革の上等なソファに座った月にそっと寄り添ったカンガルー男がうっとり見惚れ。

「誘ってね〜〜〜よ‼　ちょっ、離れて！　グイグイ来んなって、怖いわ‼」

「つれない！　けどそれがイイ！　万札ネジ込んでいいかしら、おパンツに！」

「……ちょっと迷う!!　迷うけど、ダメ！　おいこら助けろよ、零士ぃ!!」

シャツ越しに胸をスリスリされた月がグッと力をこめ、距離を取ろうと押しのける。

因縁をつけたあげく、喧嘩に銃まで持ち出した三人の犬男を撃退してから、1時間ほど。

火災から未だ休業中のホストクラブ、客とキャストで賑わうはずの店内。飲み物とスナックを供されたテーブル席に、カンガルー男と月、そして零士と蛍が座っていた。

「あいつら、どうするの？　警察とか来ないでしょう、この街」

「社に連絡して回収。サプリが抜けるまで監禁して、戻ったら顔から身元を洗う」

いくらかの訊問で情報を得た後、犬男たちは拘束されて適当に床に転がっている。

意識はないが、命に別状はない。得た情報を書き留めたアナログなメモをポケットにしまうと、零士は氷を浮かべたコーラのグラスをとり、傾けるように口にした。

「うまい」

「飲み物って意外と高いものね。前の仕事中はたくさん飲んでいたけど」

「それはそれで贅沢だな。カロリーが摂れそうだ」

「お酒は飲まなかったわよ、未成年だから。それっぽいノンアルコールでごまかしてた」

どことなく落ち着かない零士と違い、蛍は慣れたもののように平然としていた。

両手でグラスを挟むように持ち、少しだけ回す。そんな子供っぽい仕草が愛らしいが、隣の少年はそんな姿に目を奪われることなく、炭酸の刺激と甘みを楽しんでいる。

「かき……じゃない。ベファレンはよく来るのか、こういう店に」

「まさか。お金は貯めるもので、使うものではないもの。飲み物くらい自分で注ぐわ」

「だろうな。せっかくの好意だ、貰えるものは貰っておこう」

飲み物と一緒に出された軽食類――クラブのメニューから頼めば数万円のフルーツ盛りやら冷凍ポテトを軽くつまむ。パーティの後だけに空腹ではないが。

「もったいないものね。……いろいろ話を聞けたけど、すぐ行かないの？」

「一休みして、社長に回収を頼んでからだ。この店に放置したままで逃げられたら面倒だし、万が一暴れて他人に怪我でもさせたら寝覚めが悪い」

「警察の代わりみたいなこともしているのね。掃除屋さんなのに」

零士の隣に座った蛍は、野菜ジュースのグラスを両手で持った、子供っぽい飲み方で。

「ゴミ拾いは掃除屋の仕事だ。辛うじて仕事の範囲だよ。……で」

じろりと横目で、カンガルー男に半ば押し倒されて体重をかけてくる月を睨んだ。

「じゃれてないで話をさせてくれないか。遊びじゃないんだぞ、月」

「遊んでねーしじゃれてねえって!!　マジ万札ネジ込んでくんだよこのおっさん!?」

「おほほほほ♪　ゴメンあそばせ、つい。フレッシュな男の子に我を忘れちゃったわ」

ふう、と熱っぽい息を吐きながら、カンガルー男がパンツに札を残したまま身を離す。

「ううう……汚れちまった……。いや、金は嬉しいけど……」

「イヤほんと助かったわぁ。ベファレンちゃんが来てくれなかったら、あの男たちにいいようにされちゃってたかもしれないもの。命の恩人よォ！」

「……されねーんじゃねーかなあ、たぶん」

「犯されるのは心よ。あんな連中に屈した時点で、アタシの中のオンナが死ぬの！」

「わかんねーよ！　何だよその基準⁉　怖っ⁉」

きっぱりと言い切られ、反論する気も吹っ飛ぶ。

深く掘り下げることなく目を逸らす少年たちの隣で、苦笑した蛍が話題を繋いだ。

「私も、ガルーさんに会えて良かった。お店、続けるんですか？」

「そのつもりだったんだけど。……ちょっと事情が変わってきちゃったのよね」

物憂げな息。テーブルに指で「の」の字を書きながら、カンガルー男は言う。

「亡くなったオーナーの息子さん、知ってるかしら？」

「……お葬式で、ちらっとだけ。話はしてないですけど」

「オーナー、若い頃に結婚しててね。元嫁が浮気して離婚したんだけど、ひとり息子の親権は母親側に取られちゃったのよ。……水商売の男親に、子育ては無理だってね」

酷い偏見じみた判決。だが一度下されたそれには、逆らえるはずもなく。

「それでまあ、元嫁の実家で育てられて、養育費だけガッポリ取られてたワケ。動画ひとつ、メールのやりとりすらできなくて、会えたのは息子さんが二十歳過ぎてからですって」

「……そりゃ、ひでえな」

場を繋ぐように出されたソフトドリンク。注がれたコーラに浮いた氷をカロンと鳴らしながら、月は複雑な顔で言った。

「俺も親の顔とか知らねえけど、もし家族がいるって言われたら超会いてえよ」

「でしょでしょ？　念願かなって再会した時はオーナーも喜んでたのよぉ。けど……」

二十歳の誕生日。息子との再会を許された特別な夜に。

「殴られたらしいわ、いきなり。どうして今まで会いに来なかったんだ、放っておいたんだ、愛してるなら押しかけてでも来るはずだ、お前は愛がないってね」

「……いや、ないだろそれは」

思わず素で零士が返す。

「ストーカー推奨か。それで訴えられたら負けるぞ」

「部外者からするとそうよねぇ。けど、オーナーったら優しいから……」

血を分けた息子の言葉に、少なからず傷ついて――。

「詫びにって、財産分与を迫られたんですって。お店もあるし、突っぱねたらしいんだけど、その後も嫌がらせみたいに、何度も何度も」

「……知りませんでした。ガールズバーの方では見なかったので」

「お店のコには内緒にしてたもの。プライベートな話だから心配かけたくない、ってね。息子の方も直接は会いたくないみたいで、半グレみたいな手下に催促させてたわ」

《雑巾絞り》と化した半グレ、蟻本ヤスオとその一味もまた。

「半グレ、ね。……もしかして蟻本ともつながってんじゃねえか、その息子？」

「そういえば不動産がどうのと言ってたな。覚えてるか、ベファレン」

「……言ってたわ。相続前に持ち出されたとか、泥棒とか」

「マジ？　そこまでしたの？　じゃあこのビルの権利書、マジで息子が持ってるのね……」

死刑宣告を受けたように、カンガルー男は深々と息をついた。

「あなたたちが捕まえた連中ね、オーナーの息子とつるんでる半グレなのよ。この街でビジネスをやろうとしてるらしいんだけど、どうもまっとうな商売じゃなさそうね」

　つまり、経緯をまとめると。

「亡くなったオーナーの息子が、遺産から土地関係の書類を持ち出した。それを根拠に、手下を使って立ち退きを迫ってる……と」

「でも、火事があったばかりの建物でしょう？　そんなことまでする価値があるの？」

　零士がまとめ、蛍が訊く。するとカンガルー男は首肯して。

「あるわよお。特区は広いけど、状態のいい土地や建物なんて限られてるんだから」

　首都の一区画をまるごと封鎖したとはいえ。

「表通りに近い好立地の持ちビルだもの。土地だけ捨て値でさばいても数億。建物は傷んじゃったけど、直すなり建て替えるなりすれば済む話だもの」

「お、おく……!?」

「ちょっと裏通りに回れば、あっちこっちに露店が出てるでしょ？　この街で商売したい人は多いけど、土地も建物も手に入らないのよぉ。廃墟ならゴロゴロあるけど」

「廃墟には電気もロクに通ってないからな。ガス、水道も利用しにくい」

インフラを利用するための手続きには、どうしても《外》と繋がる必要がある。

掃除屋として街の表裏に通じる零士と月にとっては、ありふれた話で。

「裏技がないわけじゃないけどな。勝手に水道や下水に繋いだり、ガスはプロパンにしたり。電気は自家発電やソーラーも不可能じゃないが、どうしたって金がかかるんだ」

故に、小さな露店ならともかく——仮面舞踏街といえど、大規模な商業活動には表の身分が必要となり、申告からの課税によって、闇に流れた金を表へ戻す意味をもつ。

「それも、知らなかったわ」

従業員の立場では知るはずもなく、蛍が素直にそう言った。

「でしょうね……。けど、そうなるとウチも店を畳むことになりそうね」

「零士やあんたの話を聞いてると、その息子にやらすよりあんたが店続けた方がだいぶましな気がするけどな、オレ。いや、難しいことはわかんねーけどさ」

「あら、ありがと♪　でもこればっかりは、筋目の問題だもの」

盗品同然とはいえ、オーナーの遺族が不動産を相続するのは筋が通っている。

そして新しい所有者となった息子が立ち退けと言えば、従わないわけにもいかない。

「本人が来るようなら、立ち退きには応じるつもりよ。店の子たちには悪いけど……。それがオーナーの遺族に対する、通すべき筋だと思うから」

「……わかります、けど」

ちらりと蛍が視線を送る。その先にいた零士は、グラスの中身を飲み乾しながら。

「あの連中が、前オーナーほどまともな商売をするとは思えない。それに」

微かな息継ぎを経て、告げた。

「奴らとオーナーを殺した犯人は同じグループだ。息子が殺害に関与、あるいは示唆した……その可能性を確かめてから進退を決めた方がいいんじゃないか？」

「そんな！　ありえない！　……とは言えないわね、マジやりそうだわ」

苦しげに悶え、しなをつくりながら苦悩するカンガルー男。

「けど、どうやって確かめるつもりなの？　銃まで持ってるような連中よ、若いコが危険なめに遭うのはお姉さん、感心しないわ。ケーサツに通報も無理なのよ、この街じゃ」

「俺たちも連中に用がある」

言ってしまえば、ついでのようなものだと零士は告げる。

「今捕まえた連中はつるみだしたばかりの下っ端で、嫌がらせに使われただけの鉄砲玉。裏の話なんて知らないが、それでもアジトの場所は吐いた。どうせこれから行く予定なので」

「お仕事。ビジネスってことね。なら、アタシからもお願いすべきかしら？」

「もう月が受け取ってますから。パンツの中に」

「え？　これ？　セクハラの慰謝料とかサービス料とかじゃねえの!?」

「俺はそれでもいいんだが」

嫌そうにカンガルー男と相棒を交互に見ながら、零士。

「その場合、お前はパンツに札束をネジ込む権利を売ったことになるぞ」

「ヤだよ!!　めっちゃくちゃヤだよ!?」

「あらあらあらあら、素敵素敵ぃ！　月くんなら大歓迎よ？　いっそうちでホストやらない？　その肉体美、スレてない感じ、モテモテ確定よぉ！　いっそアタシが推したげる！」

「いやもう勘弁！　マジで！　三万で売るには安すぎんだろ、その権利!?」

「なら諦めて働け。どうせ、こちらの話を聞くついでだしな」

パンツに突っ込まれてしわくちゃになった三万円を名残惜し気に取り出す月。

呆れ顔の零士と冷ややかな顔つきの蛍の前で、諦めたように息をついた。

「他人事だと思いやがって……。ガルーさん、イケメンだからこいつじゃダメ？」

「アタシ、可愛い系がタイプなの。クールボーイはちょっと……いえ、そうでもないかしら。二人まとめてセットにして、右と左に座ってもらうとかいいわねぇ……ぐふふ」

「……余計なこと言うんじゃない‼　やばいだろうが‼」

「そのやばい人にオレ売ろうとしたよなお前⁉　目を逸らすんじゃねーよ！」

わちゃわちゃとしたやりとりに、呆れ顔の蛍が突っ込んだ。

「仲がいいわね、ふたりとも」

「「良くないっ‼」」

ピッタリのタイミングで声が合い、特殊永続人獣たちが否定する。

「……とりあえず、会社に行き先を報告してくる。ガルーさん、電話は？」

「カウンターの裏に置いてあるわ。自由に使ってちょうだい」

「ありがとう。少し電話してくる。席を外す」

仲間と一時別れ、会計用カウンターの付近に設置されている電話を取る。

暗記している番号をいちいち入力し、コール音を確認。回線が繋がるのを待って——

「……面倒くさい！」

『どしたの、いきなり』

「すいません、ネルさん。《外》でケータイを普通に使えるようになると、どうしても」

仮面舞踏街の不便さがどうにもキツい。

外部に情報を漏らさないためとはいえ、骨董品じみた電話回線以外の情報網がほぼ未整備の状況は、いつでもどこでもネットに繋がる《外》に比べると、まるで原始時代のようだ。

携帯電話すらまともに繋がらない。Wifiの電波も飛んでいない。辛うじて連絡を取る手段があるとしたら、こうした店舗や街角に設置された固定電話を使うだけだ。

『イラっとくるの、めちゃわかる。文明の光から逃れられない、わたし』

「だから職場を出ないのか。どんな生活してるんですか」

『ぷらいばしー。で、何の用？　社長なら、さぼりちゅう』

「……相変わらずですね。柿葉蛍の元職場、火事があったビルで銃を持ちだしたバカを確保。人獣3匹、回収願います。どうも元オーナーの息子が関与しているらしくて――」

軽く経緯を説明すると、電話口の秘書ネルはふんふんと相槌を打った。

『りょ。つまり、これからそのアジトに乗り込む感じ？』

「その予定です。そっちは何かありましたか」

『あった。《タワマン闇カジノ》知ってる？』

「……目立つ建物ですから、場所くらいは」

パンデミックの混乱で封鎖。内部で発生したクラスターにより大勢が亡くなり。住民がいなくなった後に特区指定を受け、紆余曲折を経て《外》の業者に買収されて、今や違法賭博の温床となったタワーマンションは、地元の者ならよく知っている。

「また下水でも詰まらせたんですか？　死体を流すなと警告したはずですが」

『昨日の夜、用心棒が3人殺された。死体を裏のドラム缶で焼いてて、異臭騒ぎ』

かといって警察なきこの街で、通報先など限られており。

周辺の店舗の経営者が《幻想清掃》に連絡したことで、発覚した。

『1億が消えた。わずか1分足らずの停電中に、屈強な人獣の用心棒3人を殺して。何者かが札束の詰まったケースを、密室じみた部屋から盗んだ可能性が高い』

「……は⁉」

常識ではありえない話に、警戒が反射的に高まった。

「死体の検証は？　もうしたんですか」

「本社の鑑識チームが、さぎょーちゅー。燃やされてたから望み薄だけど」

「《怪異サプリ》あるいは《幻想サプリ》が使われた可能性は？」

「まだ不明。けど現場になった事務室を検証して、いくつか発見があった」

一瞬受話器が沈黙。苛立たし気な舌打ちが聞こえた。

『……動画も画像も送れないとか、情報通信としてまじごみくそ。骨董品。ちね』

「気持ちはわかりますが殺さないでください。で、発見って？」

『現場のエアコン、素人工事。ややでかめの通風孔。人が入れるサイズじゃないけど。カバーが外れて、毛髪っぽい痕跡が発見された。今、そちらもあわせて解析中』

本来なら画像を送りたかったのだろう。口頭でのたどたどしい説明を聞き、零士は問う。

「つまりそこから事務室に潜入して、金を奪ったと？」

『いちおう、通風孔に現金ケースはギリ入る大きさ。けどまあ、普通じゃ無理』

この場合の『普通』とは人獣化した場合も含む。

小柄な動物——たとえリスやネズミの人獣がいたとしても不可能だ。

『お金が消えてガチギレした闇ツアコン、ぶちぎれ。責任者はデスゲーム送り。他の目撃者はとばっちり恐れてとんずらこいた。見つかるかどうかは不明』

「つまり、犯行当時の様子はほぼわからない、ってことですか」

『そうなる。だから死体に《語らせる》』

ぞっとするほど無機質に、あどけない声が告げた。

『本社の鑑識チームは優秀。治安組織が導入している以上の精度で死体の痕跡を調査できる。死因らしき繊維の断片なども入手済み。数時間で結果が出る予定』

カタカタカタカタ、パーン！

わざとらしいキーボードの打鍵音と共に、存在しないメガネをくいっと上げる気配がした。

「……それはわかりましたけど、今の茶番に何の意味が……？」

『わたしがアガる。で、それだけ？　鑑識が仕事するのを待つなら、折り返し連絡するけど』

「いえ。捕まえた連中に吐かせたネタがあるので」

暴力を頼みにする者は、それ以上の暴力に弱い。

すっかり尻尾を丸めた犬男たち、拳をちらつかされた奴らは呆気なく口を割った。

「怪異《雑巾絞り》――蟻本ヤスオが属していた半グレグループ、連中の拠点が割れました。仮面舞踏街の境界ギリ、壊れた歯医者の看板がかかったビル」

『検索。――あった。管理者なし、ガス電気水道契約なし。所有者はいるけど放置。周辺に稼働してる施設なし。《神待ち通り》……ふりーのえっち屋さんが立ってるエリアの、近く』

「……そういう言い方されると、ただの売春が何か違って感じますね、それ」

『あ、電話回線だけ残ってる。繋がるかも。番号、調べておこっか』

「お願いします。あと、連中について聞いたことですが……」

夜空を見上げれば、仮面舞踏街と《外》を隔てる壁はすぐ見える。

首都、その中枢近くに出現した癌細胞の如く。林立するビル間を繋ぐように設置された壁、移動型巨大バリケードは地味な暗緑色に塗装され、異様な雰囲気を放っている。

だが、それが設置可能なのは大通りのみ。小さな路地は簡単な金網やバリケードなどで一応閉ざされてはいるものの、乗り越えて移動することは難しくない。

「《外》のFラン大学生が集まって作ったグループだとか。前々から仮面舞踏街でたむろ、信用スコアは最底辺。当然まともな就職もできず、この街で稼ぎはじめたらしいです」

収入源は女――《神待ち通り》に佇む私娼を脅して巻き上げる金。だが遊ぶ金には足りず、大きく稼げる風俗や水商売に食い込もうと、強引な手段に出ていたらしい。

その手段が、銃をはじめとする武器であり――そして。

「蟻本が拾ってきた《怪異サプリ》だったとか。ただ、キメたあとはろくに接触できなかったみたいですから、そちらの情報は望み薄かもしれません」

オーナーの遺産絡みのゴタゴタが、それにどう絡むのか、と言えば。

「怪異サプリをキメた蟻本のグループが、息子とつるんでいた。黒幕に教えたという連絡先に息子が含まれている可能性は高いでしょう。蟻本のスマホを入手できれば——」

『おけ、まかせろり。即解析、まるはだか』

「お願いします。まったく、せっかく《普通》に生まれたってのに」

何を考えていれば、あっさり捨てられるのか、零士には理解しがたい。

生まれながらの幻想種。先祖の因果か前世の悪か知らないが、化け物の末裔として生まれ、望みもしない力の対価を求められ、人権なき怪物として社会の末端に引っ掛かる。

「ああいう馬鹿が、《普通》に生きていられるのに」

何故、あいつは。

妹は、そうできなかったのかと——そう、怒りで震えた。

『おちつく、そーりー。どーどー』

「……すいません。ちょっと、イラッときました」

怪物じみた生まれ。小学校に上がる直前に起きた家族の修羅場。

唯一かばってくれた妹以外、すべての家族が敵に回り、監禁された挙句、一家心中しかけた。今も当時の記憶は頭から離れず、忘れがたい悪夢として刷り込まれている。

けれど、それでも。

『おしごと、わーく。だーてぃ、あんどうぇっと。けど、くーるにね？』

舌足らずに言う秘書ネルに、零士は受話器を口元から少し離して答えた。

「わかってます。俺達は使える、それを証明しますから。──じゃ」

『りょ。また連絡よろ』

軽い挨拶、そして電話が切れる。

受話器を戻しながら、零士は苦い思い出を塗り潰すように、軽く自分の頬を叩いた。

(切り替えろ、俺)

過りかけた過去に引きずられたくない。一度しくじれば後は無い。

辛うじて人権を与えられている特殊永続人獣、立場は最弱。無能を晒せば切り捨てられる。

示し続けなければならない──有用性。自分たちの価値。捨てるには惜しい、飼うべきだと社長に、本社に判断させるための材料。それを続ければ、きっと。

生きて、暮らして、恋をして。

(──お前ができなかった《普通》を、生きてやる)

想いを押し殺すように、振り返った顔からはすべての感情を消し去っていた。

「そろそろ行くぞ。ふたりとも」

「了解。んじゃすんません、急ぐんで！」

「ああん♪　つれない……けどそういうところがマジそそる！　またね♪」

くねくねと身をよじるカンガルー男から身を離し、コミカルに駆け寄ってくる月。ソファを立った蛍が続き、三人はホストクラブの扉を開けて、ふたたび夜の街へと出た。

切れかけた蛍光灯の光にぱたぱたと飛び交う小さな蛾。コンクリートの通路はきちんと掃除がされているが、年季の入った壁や床の汚れは隠せない。

寂しい通路にコツコツと、三人の靴音が響く中。

「今夜はあと4人、半グレ連中は溜まってるそうだが」

「……そんなに？　その人たちも、やっぱり銃を持っているのよね。危険じゃない？」

「それだけじゃない。昨晩、サプリが使われた可能性のある事件が起きている」

出迎えるのは鬼か蛇か、あるいは。

武装した半グレ、または怪異か幻想か。おぞましい三択、その答えは。

「心配ねーよ、ベファレンちゃん。今夜は俺、それなりに調子いいからさ」

不安げな蛍に月はそう言い、毛むくじゃらの指で窓を示した。

猥雑な街、あちこちで光るドラム缶の焚火、薄い煙にガスの靄。星などほとんど見えない、明るすぎる不夜城の夜空——だが、それだけは冴え冴えと輝いていた。

「いいお月さん、出てっから」

「関係あるの？　それ」

不思議そうな問いかけと共に、三人はビルの階段を軽く降りる。

目指す先は半グレ連中の溜まり場。廃業した歯科医があるというビルの一角だった。

＊

ほんのわずかに欠けた月が、明るすぎる夜空の端にかかっている。

ギシギシ軋む売春車。

店に勤めて給料を貰うタイプではない、下着姿にコートを羽織って道に佇む女たち。

サプリをキメた脳がセックス時に分泌する強烈な快楽物質を求め、その言い訳に金を貰う。

《外》ではごく普通の一般市民が人獣と化し、心おもむくままに乱れる場所——

「ここにはよく来るの、あなたたち？」

「優しい顔して言うんじゃねーよ……。来ない来ない、仕事じゃしょっちゅうだけどさ」

「普通にトラブルだらけだからな、ここらは。死体から空き缶、何でも捨てていく」

私娼、個人営業で身体を売る女たちの巣窟、《神待ち通り》。

半グレから聞き出したアジトはその近く、通りを一本外れた場所にあった。

妙に生臭い、発情フェロモン入りの媚薬が焚かれた空気。路上には使用済みのゴム、雨風を凌げる物陰にこんもりと溜まった煙草の吸殻などが散らばっている。

「あんまきょろきょろすんなよ。そういう初々しいのが好きな変態、腐るほどいっからさ」

「新人狩り的なもの？　ゲームみたいね」

「どちらかといえば、野生動物に近い気もするけどな」

生まれたばかり、海に帰ろうと砂浜を進む赤ちゃんウミガメを襲うカニのように。

初々しい、そそる女を求めて、いつだって変態は目を光らせている。

散らかるゴミに潰れたゴム。最悪の何かを踏まないように歩く三人。

不躾な視線が集まるのを感じる。見た目は普通の人獣である月はともかく、ヒトの形をしたままに見える零士と周囲を見渡す蛍のふたりは、まるでこの街の素人のようで。

「き、キミ。新人⁉　はじめて⁉　10Kでどう⁉」

「悪いねおじさん、そういうのじゃねんだわ。だいたいクッソ安いっつーの！」

興奮した客が先走り、発情した声をかけてくるが——月が割って入り、呆気なくいなす。

「ちぇっ、予約済みか……。ホテル行けよ、そんなら。期待させやがって！」

撃退され、ぐちぐち言いながら引き下がる男。状況が理解できずにきょとんとした蛍は、ようやく今自分に向けられた視線に気づいた。

「……風評被害を感じるわ。男性ふたりと女性ひとりでここを歩くのって……その、かなりの特殊プレイ前提で見られる気がするのだけど」

「そういう街だからな」

「……てかベファレンちゃん、意外と照れたりしないのな」

「おじさん相手の接客業は、駄洒落と下ネタとの戦いだから。……慣れてるけど、不愉快」

——だが、不愉快。いや、怖いのだろう。

兎の要素を帯びてもなお整った表情から、かすかな違和感を感じ取って零士は思う。

柿葉蛍、彼女は特殊な異能者であり、クールで論理的な思考ができる人材だが。

（その半面、混沌と言うか。……デタラメな動きをするヤツが苦手なんだろう）

芸事、勝負事の世界では「素人が怖い」とはよく言われる。熟練者が系統立てて学んだ手筋を知らず、定石もわからず、デタラメな動きをされると読みにくく、理解できない。

恐らく蛍もそうなのだ。理性的で論理的なだけに、外れた行動が想定しづらくて。

「現場は近くだ。荒っぽい仕事になる、怪我をしないように隠れていろ」

そんな風に、不器用な気遣いをしたくなる。

「……手伝わなくていいの？」

「できるのか」

「覚悟はしているつもり。……このあたりのアレとか、武器になるんじゃない？」

「よせ。壊れた自転車とか何に使うつもりだ」

「こう、ガシャーン！　と叩きつけようと思ったの。……ダメかしら」

道端に転がっていた放置自転車、スポークが歪んで走れそうにないスクラップを触る蛍。

人獣の体力があれば持ち上げて振り回すくらいは、当然できるのだが。

「どっかのゲームじゃねえんだから……。やめとけって、隠れててくれた方が助かる」

「そう？」

少し残念そうな顔でスクラップを放す蛍をよそに、荒事に慣れたふたりはある建物を見た。

古ぼけたビル。仮面舞踏街成立以前に放棄された廃墟らしく、今は当然使われていない。

10階建て、窓は残らず割れて残っていない。外壁にかかった看板は、投石か何かで割られたらしく、辛うじて『歯科』の文字だけが見えていた。

玄関はガラス張り、かつての自動ドア。当然、今は叩き割られて素通しだ。

《神待ち通り》から距離があるためか、人影は見当たらない……が。

「おい零士。――やべえぞ」

「どうした」

風が吹く。

生温い風が窓のないビルを吹き抜けるたび、月の鼻がピスピスと鳴った。空気を嗅ぎ取り、ほぼ満月と言っていい丸い月光に晒されながら、警戒に首筋の毛皮が逆立っている。

「血の臭いだ、ぷんぷんしやがる。新しい。ちょっと指切ったとか鼻血出たとかじゃねえ……豚骨スープ仕込んでるラーメン屋くらいぷんぷん臭うぜ」

「わかりにくい。数は？　位置は判るか」

「ひとりふたりじゃねーな。最低でも4……5人分くらいの血が混ざった臭いがする。場所はこの建物の中、どっかだ。バラバラじゃねえ、たぶん一か所に固まって」

嘘や冗談ではない。本気としか思えない、確信をこめた言葉だった。

「凄いのね。それも幻想種の異能、というものなのかしら」

くるるるる、と喉を鳴らして唸る人狼を見上げ、蛍が訊ねる。

「能力的にはそのへんうろついてるイヌ科だってやれるはず、なんだけどな」

イヌの嗅覚はヒトの数万倍、という。

だがイヌの嗅覚を人獣化したヒトがフルに発揮するのは難しい。何故なら――

「嗅覚の言語化って難しいんだよ。ワイン通のおっさんとかソムリエとかが、酒の臭いとかを変な風に例えたりしてんじゃん？　濡れた犬とか雨上がりのアスファルトとか」

「詩人みたいね。けど、なんとなくわかるわ」

「そそ。あんな感じで、うまく伝えられねえんだ。ちゃんと訓練しなくちゃな」

極めて精密に嗅げる、感知できる。だがそれを他人に伝えられるかとはまた別だし、個人の体臭を嗅ぎ分けたり、いわゆる臭いの痕跡を辿って尾行するには技術が必要だ。

「本社の命令でさ。オレはそういう訓練を受けてる、だからそれなりにわかるし確信できる。この中で間違いなく人が死んでるぜ。悪いことは言わねー、ここで待ってた方がいい」

「ホラー映画の定石、知ってる？」

「は⁉」

いきなり話題を変えられて、蛍を諭していた月は目を丸くした。

「鉄則は『一人になるな』——。古今東西、仲間から理由をつけて離れた女性は殺されるか、エッチなことをされるか、エッチなことをされて殺されるかの三択だわ」

「最低じゃねえか……」

「そうよ。せっかくだから私は違う選択をするわ。……このまま、ついていく」

冗談めかしてはいるが、本気のようだった。

ピン！と兎耳を上に伸ばした蛍に睨まれ、月は相棒に助けを求める。

「おい、どーするよ零士。やべえことになるのほぼ確定じゃん？」

「それはそうだが、言ってることそのものは間違っていない」

冷静っぽく見える面持ちで、零士は静かに蛍の提案を検討する。

「この周辺の治安は、一言で言って最低だ。強盗殺人レイプに暴力、訴える先が無いから平気でやらかす。この場にベファレンを放置した場合、さっきの三択が現実になるぞ」

「マジかよ。じゃ、連れてくってコト⁉」

「想定と状況が違いすぎる。単独で放置よりマシだろう」

武装しているとはいえ、半グレ連中の溜まり場を襲うだけならそう難しくない。月とふたりで奇襲をかければたちまち壊滅だ。しかしすでに誰かが事を起こし、犠牲が出ているとなれば――守るべきものから目を離し、危険に晒すわけにはいかず。

「行くぞ」

「ん……」

議論を打ち切り、３人は頷いて合意を示す。

背中を丸め、地面に近い臭いを嗅ぎながら先頭を進む月。

続く零士は煙草を吹かすように霧を吐き、音もなく広げたそれで周囲を警戒し、前後の状況を監視する。ごく薄まった彼自身、極微の飛沫と化した身体には視覚も聴覚も存在しない。

(糸電話の要領で音を拾うにも、距離の制限があるからな)

微かな音は当然、拾いにくい。振動が弱いからだ。

零士自身の耳へ届くまでに減衰してしまい、正確な音として聞き取れなくなる。

身体の一部、目や耳を直接霧にして送り込めば別だが、今そうする必要はなくて。

(霧が触れたもの、そのだいたいの形や熱は……わかる)

形のない指のごとく、霧が静かに流れてゆく。入り込んだ廃ビルは放棄された歯科医院らしく、大きな受付カウンターの残骸と、ブルーシートで囲われた粗末な居住区があった。

明かりはない。

しかし割れた窓から射す街明かりと月光で、うっすらと荒れた室内が浮かび上がる。そこへドライアイスを焚いたように、白い霧が床全体を流れつつ調べていった。

「……!!」

「どうかしたの、何かあった？」

「……ああ、最低だ。本気でな。くそっ、馬鹿どもめ。何考えてやがる……!!」

霧の末端が触れたもの、生暖かい、おぞましいものの正体は。

「簡易トイレだ……。ゴミ箱にビニール袋被せたやつ」

「最悪だ、触っちまった。洗いたい、めちゃくちゃ洗いたい。いや、直接触ったわけじゃないし、洗えるような実体があるわけじゃないんだが、気分的に……!」

霧が触れたおぞましい感覚に、零士は凄く嫌な顔をした。

「……触らなければいいのに、と思うけど、ダメなの？」

「霧には触覚しかないからな。触ってみなけりゃ判別できない……」

細かく形を探らなければ、それが何かもわからないのだ。

他にも床に散らばる物体を、くまなく霧化した飛沫が確かめる。お菓子の袋、コンビニ弁当を詰めたゴミ、雑に積んだクッションは寝床のつもりだろうか。

「居住空間代わりにしてたらしいな。ロクなものがない」

「血の臭いは上だ。階段とか探して使えなけりゃ、外壁登るしかねーかもな」

しれっとそういう選択肢が出てくる。

事実、人獣しかいないこの街では、多少の不便は力で解決できる。

しかし面倒なのは事実で、ここを使っていた奴らも、それを厭う程度には文明的で。

「一階の走査を完了。特に珍しいものはない。階段……そこを曲がった角だ」

「了解」

「便利ね。地図がいらないわ、あなたがいれば」

しゅうしゅうと音をたてながら揮発する身体。零士の霧が床を埋め、廃ビル1階の間取りをほぼ完全に理解する。半グレたちは1階はほぼ放棄し、入口付近のみを使っていたようだ。

階段にさしかかる。人の出入りがあるせいか、比較的片付いた印象。

窓からの街明かり、朧に浮かぶそこを警戒しながら登っていくと――そこに。


「！」

「げっ⁉」

「何これ。……何⁉」

血が、溜まっていた。

登りかけた階段の踊り場、その真ん中。

深さ1センチほどもない。薄く広がる血溜まりに、花束のように何かが落ちている。

高級そうに感じる着物が血に染まり、日本髪と言うのだろうか？　長い髪がぼうぼうに乱れ、白い陶磁器のようなもので造られた頰に乾いた血糊でへばりついて。


サイズ感は、大きめのペットボトルほどの――

この街ではまずお目にかからない、日本人形だった。


「……気味悪ぃ……!!　ゾゾッと来たぜ、ホラー映画かよ⁉」

「ちゃんと飾ってあればともかく、この状況だと本気で怖いな……」

血溜まりに転がる日本人形。リアルな造形が、幼子が乱暴された末の無残な屍のようだ。

「これ、何のために置いたのかしら。安物じゃないわよね、どう見ても」

「ただのゴミにしては個性的に過ぎる。何か意図があるように感じるな」

血まみれだが、無傷の人形。それがここにある意味がわからない。

しゅううと音をたてて、零士の霧が階段を逆さに昇ってゆく。霧は低きから高きへ降りる、という法則も、幻想種には通じない。その先端が血だまりに触れ、触覚が伝わって。

「本物の血……まだ固まってない。そう時間は経ってないようだ」

「臭いの元は、この上だ。アレか？　猟奇殺人犯とかがやるって……アレ」

登りかけた階段の半ばで止まり、月が頰のあたりの毛皮を掻きながら記憶をたどる。

「シンボル、っつーの？　俺がやったんだぞ、みてーなやつ」

「わざわざ日本人形を選ぶとか、センスがイカれてるな」

B級ホラー映画じみている、と零士は言った。

しゅうう、と床を霧が這い、血溜まりから人形に触れた。形の無い指がどこかざらっとした触感を伝え、血から伝わった温もりか、人肌のような温さを感じる。

「どこまでも気持ち悪いな。……生温かい」

「拾ったほうがいいのかしら。証拠になると思うけど」

「触ったり動かしたりしない方がいいだろう。指紋や遺留物が回収できるかもしれない」

「普通に触りたくねえしな。とりあえず置いといて、本社の鑑識に頼もうぜ」

「そうしよう」

現場の保存を優先し、血溜まりを踏まないよう踊り場を超える。

まるで滝のように、階段にべたりと血がついていた。2階、3階、4階、まるでナメクジが這った痕のように……コンクリートを濡らしながら、続いている。

「何かが、あの人形があった場所から『上がった』……のか？」

踊り場には窓があり、割れていた。

二階であることを考えれば、人獣の身体能力ならそこから侵入するのは難しくない。

零士がそんなことを考えながら登ると、ちょうどビル半ば――5階に差し掛かったところで、血痕は階段からビル内へ続き、閉ざされた非常口の鉄扉によって遮られていた。

「開けるぜ？」

「……ん」

先頭の月が確認を取り、ドアノブを捻る。

鍵はなく、錆びた蝶番が悲鳴のように軋んで動く。開いた扉……その先に。


「「――!!」」


歯科医院のロビーだった。放棄されてずいぶん経つのだろう。古びて腐ったソファ、いつのものとも知れぬ古雑誌が差さったままのマガジンラック、埃だらけの受付。

「……ん？」

ぽつんと置かれたアタッシュケース、歪んだ蓋、こじ開けるのに使ったらしきバール。

適当に放り出された着替えや酒瓶、ガラスのない窓にはロープが張られており、その先には仮面舞踏街の境界――バリケードの上を掠めて《外》へ渡れるようになっていた。

「何だこりゃ。空っぽだけど」

「さっきネルさんに聞いた。タワマン闇カジノが襲撃されて、1億が消えたらしい」

「はあ？　んじゃこのケース、中身はまさか……」

「可能性はあるな。盗んだ金をここに置いて、ケースをこじ開けたのかもしれない」

総じて、この部屋は。

「境界破り……。越境用の拠点か」

サーカスの綱渡りじみているが、人獣ならば難しくはないだろう。5階の窓からバリケードを越えてロープを張り、それを伝って越えてゆけば知られることなく出入りできる。

床には血痕。濡れたモップのようなものが部屋の奥、受付から診療室があるであろう場所と非常階段を繋ぐように、くっきりと1本の帯を残していた。

「……おかしいわ」

「そらおかしいって。血だらけだぜ」

「違う、違和感があるの。……具体的にはわからないけど」

まるで間違い探しのようだ。明らかに何かが違うのに、具体的にそれを指摘できない。

喉元まで出かかっている違和感に顔を曇らせる蛍。零士はそんな彼女をよそに、霧を室内へ深く這わせると、受付を越えて診療室の方へ進めていった。

「……ベファレン。来るな」

「え？」

「そこで止まれ。素人が見るもんじゃない」

その言葉に何があるのか察したのだろう。蛍を押さえるように、月が彼女の前に出る。

男たちが壁となり彼女の視界を遮りながら、奥を覗く。街明かりの乏しい室内はさらに暗く、ほぼ闇に沈んだ中に、こんもりと何かが積み上がっていた。

「……うっげえ……！」

「吐くなよ。せっかく食ったカロリーが無駄になる」

「心配すんの、そこかよ。つーかさ、こりゃ……まともじゃねえぞ？」

たらふく腹に入れたご馳走を戻しそうになる、強烈な異臭による嘔吐感。

それは、あまりにも無残で、残虐な——解体現場。

「ッ!!」

「見るな。……見なくて、いい」

覗き込みかけた蛍の視界を、ふわりと漂った霧が目隠しとなって遮った。

それでも一瞬見えた光景に、白兎の毛皮の奥で、彼女の血の気がざっと引く。

「黒い……蜘蛛の、巣？」

「違うな。糸じゃない。——《髪》だ」

荒れ果てた診療室の廃墟。壊れた歯科医の椅子、散らかった機材のゴミ。

その中に4人の屍がある。天井や床に張り巡らされた黒い糸が蜘蛛の巣のように広がり、幾重にも絡みついては肉に食い込み、ハムのように縛り上げていた。

手、足、身体……千切れ、バラバラになった肉塊。辛うじて形が判別できる大きなそれが、恐ろしく長い黒髪に絡まって、血溜まりの上にぶら下がっている。

人獣化しているせいだろう。一見すると惨殺された動物のようだが、残骸の部分部分――指や目のカタチがヒトを連想させて、それに気付いた瞬間、嫌悪感が膨れ上がった。

偶然そうなったという感じではない。意図的な悪意で死体を刻み、飾るように、誇るように掲げたそれは、見る者を奈落に引きずり込むようなおぞましさがある。

「まだ新しい。コトが起きてから、一時間と経っていないだろう」

「うぇえ……マジか……」

床の血溜まりは乾いておらず、わずかに粘るような感触がある。

正確な死亡推定時刻を割り出すのは零士には無理だが、その程度なら想像できた。

「コレ片付けんの、オレらの仕事になんのかなあ……？　マジやべえやつ――……！」

「たぶんそうなるな。……いや、本社が直接処理する可能性もあるが」

この街で起きた人獣の死亡事件は、ふたりが属する《幻想清掃》がほぼ一手に片付けている。

が、例外としてBT本社の処理班が出動する場合もあった。

「本社の人間が関与(かんよ)でもしていれば、出てくるだろうな。それ以外は俺たちだ」

「……きつい仕事ね。時給、高いの？」

「悪いが、最低時給以下だ。何せ人権が無いからな」

「本当に、最低ね」

まったくだ、と零士(レイジ)は答える。

警官と警備員とゴミ収集業と特殊清掃(とくしゅせいそう)作業員――何でもやる、やらされるが。


「どこにも行けないんだ、俺達は」


他に行き場も、寄る辺もなく。

転職するような自由もなく、飼われるしかない。

「……とりあえず、ざっと中を調べとくか？」

「ああ。二人とも近付くな、痕跡(こんせき)を残さないように、俺がやる」

零士(レイジ)の霧(きり)が隅々(すみずみ)まで犯行現場に入り込み、現場に立ち入ることなく証拠(しょうこ)を探す。

「ロッカーがある。どこかの部屋から持って来たものだろうが……」

「……そいや、油と火薬の臭(にお)いがするぜ。たぶん、そのロッカーん中だ」

「拳銃、それに弾丸。捕まえた奴らが持っていたのと同じ、密輸品か」

月の鼻がふんふんと鳴り、それに従ってロッカー内を霧で探ると、すぐに見つかった。

海外製品らしいパッケージ。保管状態が良くなかったのか、ところどころ錆が浮いた拳銃の弾丸と、ホストクラブの半グレが持っていたのと同じ形式の銃が、あと5丁。

すぐ使う予定はなかったのだろう。錆止めのグリスをべたべたに塗り、布が巻かれていて。

「ロッカーは8。銃が残っているロッカーは5……」

「銃が入ってないロッカーは、ホストクラブに押しかけた3人の分なら、勘定が合うな」

「ああ。他も中を探ってみよう」

壁際に置かれた錆びたロッカーに霧がじわりと迫り、わずかな隙間から隈なく内部を探る。

「人獣向けじゃない《外》の服。それにスマホや財布。これは8つ全部に入ってる」

この奥の部屋は、更衣室だ。

正規ルートで仮面舞踏街に入るには、公共交通機関で夏木原の駅に到着。ロッカーを借りて着替え、服やスマホを預けてから、怪物サプリをキメて身元を隠し、入場する。

ここは半グレ達の拠点であり、正規を外れた《裏ルート》だ。怪物サプリで人獣化、窓から張ったロープを伝って境界線を越えると、ここで服を着替え、スマホを置いていく。

そう零士が推察すると、それに応じた月が頷いた。

「死体は4つ。ってことは……前にブチのめして捕まえたのが3人で、7人分」

「着替えがひとり分多いわ。それって、もしかして」

捕えた半グレを訊問し、吐かせた仲間の数は、あと4人。

クラブで捕まえたのが3人、合計7人。数は合う、ならば浮いた『1人』の正体は?

「恐らく、ヤツだ。《雑巾絞り》──蟻本イサオの所持品の可能性が高い」

「目的のものが見つかって良かった、とは言ってらんねーよな……」

複雑な面持ちで言う月。その背中に視界を塞がれ、ぴょんぴょんと跳びながら蛍が聞いた。

「よく見えないけど、手がかりが見つかったのよね。良かった、じゃダメなの?」

「後始末がめんどくせぇ」

「まったくだ。ただの人獣の死体なら、ゴミ袋持ってきて詰めれば済むが」

ロッカーには《外》との繋がりを証明するもの、スマホや着替えが丸ごと残っているはずだ。

無ければ仕方ない。だが見つけてしまったら無視もできない、つまり。

「……このあと、あのバラバラ死体をひとつひとつ調べて、中の人は誰か調べる作業になんの。

似たようなこと前もやったけど、マジきっついぜ、死体のパズル」

「それだけじゃない。後回しにしてたが、この状況は異常すぎる」

蜘蛛の巣のように絡み合う髪。ホストクラブでネルから聞いた別件と符合する。

タワマン闇カジノ襲撃犯の死体から発見されたという繊維。

今解析中であろうそれが、現場に残された謎の毛髪と同一だとしたら、つまり。

「同一犯の犯行だろう。これと同じように、異常な髪で殺されたとしたら……まともな人間や人獣にできることじゃない。十中八九──《怪異サプリ》をキメた奴だ」

古の時代に絶滅した、神話伝承の怪物。

博物館に保存された毛皮や体毛、歴史的遺物を基にそれらを復活させる《幻想サプリ》。

そして現在。今も人々の口からまことしやかに語られる都市伝説、フォークロア、民間伝承。

人々の共通意識が神秘を生み、発生した《怪異》を捕え、絞ってエキスを抽出し。

ヒトの身でありながら、都市伝説の怪異へと姿を変える《怪異サプリ》。零士や月が属する《幻想清掃》の上部組織、BT本社が極秘開発し──盗まれ、流出させた代物だった。

「幻想サプリかも知れねえじゃん。そのへんどう思う？」

「社長に聞こう。妖怪博士みたいな人だからな、あのおっさんは」

「……小学生みたいな称号ね。施設の子にもいたわ、パソコン博士とか、ものしり博士」

「似たようなもんだ。実際に役に立つことがあるのが困る、無視もしがたい」

そんな会話の間にも、現場の異常さに身が竦む。

蛍はもちろん、場慣れしている零士や月ですら居心地の悪さを感じていた。

「気持ち悪い現場だな」

「そりゃそうだろ。グロいっつーの」

「そういう意味じゃない。死体を損壊するだけじゃなく、わざわざ人毛で絞殺の末、天井から吊るす。このやり口には歪んだ自己顕示欲を強く感じる」

「……もうちょいわかりやすく話してくんね？」

頭に疑問を浮かべる月に、零士はぶらぶらと揺れる遺体を指した。

「殺すだけなら締めた時点で終わりだろ。わざわざぶら下げて目立たせるのに作為を感じる。発見者に恐怖を与え、ビビらせて喜ぶ、殺人のトロフィー」

どう？　凄いでしょ、怖いでしょ、えっへん。

そんな風に叫んでいるような、子供じみた残虐さ。

「隠蔽どころか誇示してる。ガキッぽい……そんな印象を感じさせる現場だ」

「……わからないわ。そんな判断、どうやってするの？」

「直感だ。絵画を見たり、小説を読んだりすると、製作者の意図というか……。こう感じろ、こう見せたい、そういうものが伝わってくる感じがあるだろう？」

青ざめた蛍に、零士は直接触れないよう現場を見渡して言う。

「間違ってる可能性もある。けど、こういう第一印象は意外と当たる。今後の捜査に多少なりとも役に立つかもしれない——予断は禁物だけどな」

プロファイリングとすら呼べない素人判断。が、この手の現場を見るのは初めてではない。

幻想種や怪異が絡まない、人獣が引き起こした無残な現場なら。

「こんなものを、たくさん……見てきたの？」

「仕事だ」

無法の街でたったふたりの実働部隊。ワンオペ勤務なんて生温いものではない。

「この間の《轢き逃げ人馬》もそうだが、死体の片付けはよくある仕事だ。慣れた」

「これで最低時給以下だもんな。クソだわほんと」

はあ、とため息をついてから、月はうんざりして現場を見渡した。

「応援呼ぼうぜ。死体袋やら防護服やら洗剤やら、持ってきてもらわねーと作業できねえ」

「ああ。ネルさんの話だと、どこかに電話があるはずだが……」

ふたたび零士の霧が犯行現場を探る。

彼が電話機を探している間、無残な現場をブロックされた柿葉蛍は、ふと何かに気づく。

「そういえば。……これ」

二階の踊り場から、階段を経て半グレたちのアジト、虐殺の現場まで続いていた血痕。

そこに感じた違和感が、蛍の頭の中で明確な像を結んだ。

「おかしいと思った。この血痕、変よ」

「へ？」

不意に声をかけられ、月が振り返る。

きょとんとした人狼に、蛍は思い浮かんだ疑問を整理するように語った。

「2階の階段、踊り場にあった大量の血痕。血の痕は階段を上へ続いていた」

「私たちからはそう見えた。血まみれの何かを持った何者かが階段を登っていった、と」

「けれど、血は途切れずここまで続いていたわ。横に逸れた様子もない。なら……」

血痕の主と、必ずどこかで出会うはずだ。

一直線の一本道。霧の探索に隙はなく、途中で隠れる場所はなく、窓から出た形跡もない。

「普通に考えりゃ出てったんだろうけど……」

「どこへ？　だとしたら往復分、血痕は2本残るはずでしょう」

「言われてみりゃ、そうかも。……待ってくれ、それって……どういうコト??」

おかしい、矛盾する。蛍の脳裏を疑問が渦巻き、彼女は屈みこんで床の血痕を観察した。

濡れたモップで床を拭いたような血みどろの痕。それはよくよく見れば、ひとつの流れ——

死体が転がるアジトの血だまりから受付を抜けて、非常階段へ向かっているようだった。

「……入ったんじゃない。この血痕は……《出た》……!?」

としたら、だとしたら、それが意味することは？

階段の踊り場から惨劇の場へ、自分たちは進んできたのではなく、遡るように辿っていた。

必ず出会うはずの殺人者。だが遭遇しなかった。この矛盾を説明できるとしたら。

「私たちは、すれ違っていたんじゃないかしら。——犯人と」

「は!?　たって、そんな化け物っぽいヤツなんて……」

「《ヤツ》はいなかったと思う。けど」

——《人形（モノ）》は、あった。

結論に達した瞬間、全身の毛がぞわりと逆立つ。

兎の耳がピンと張る。咄嗟に振り返った蛍の眼に、それが映った。

荒れ果てた受付、カウンターの上。半グレ連中が散らかした酒瓶とほぼ同じサイズ。

窓から射す街の明かりに浮かび上がる、血染めの衣装と血の化粧。

「……ケタタケタケタケタケタケタケタケタケタケタケタケタケタ……!!」

あの踊り場、血溜まりに沈んでいた日本人形が、腹話術の人形のように。

カコッと硬質な音をたてて口を開き、目を剝いて笑う。

踊る舌、ぎょろりと睨む眼球、飛び散る唾液。すべて作り物の殻の中、みっちりと詰まった

ミニチュアサイズのヒトの肉。作り物の殻を被った——人形人間（ガタビト）。

「!?」

声が出ない。喉が詰まる。

理解しがたいモノを見た衝撃で、柿葉蛍（カキバケイ）の思考は漂白された。

一秒間の間隙。着物から金光。服の奥に隠していた刃物——医療用メスをクルリと回して、

まるで薙刀を扱う大和撫子のように構えて、ケタケタ笑いながら一直線に。

（だめ　間に合わない　切られ——……!?）

カウンターを蹴る人形人間。

刃が蛍の眼球を串刺すように突っ込んで、刺さ……

「——させっかよ!!」

「ケッ!?」

振り返りざまの一瞬に、人狼——月の安全靴が弧を描き。

鉄芯入りの爪先が、奇怪な人形を迎撃した。

＊

「だ〜〜〜〜ッ!!　マジビビッた!!　何だよアレ、キモッ!?」

「それを躊躇なく蹴るのも凄いわ。……私、呪われそうで絶対に嫌。ありがとう」

「おう!　素直に礼を言えんの偉ぇ!　呪われんのやだけどな、オレも!!」

柿葉蛍の生死を分けたのは、月の刹那の決断。

一秒にも満たない一瞬。振り返った先にいた人形人間、日本人形の姿をした――小人。

あり得ざる光景に蛍は完全に思考が停まり、何の判断もできず動けなかった。

だが、隣に立つ少年――頼山月は違った。

同じモノを見ながら、秒もかけずに反応し、目を抉られる寸前だった蛍を救ったのだから。

「あの野郎、どこ行った⁉」

「わ、わかんない‼　あの、あなたが蹴飛ばして、小さくて軽いから飛んでっちゃって‼」

迎撃の蹴りを受け、人形人間は軽々と吹っ飛んで、壁に叩きつけられる直前。

「……くるっと逆立ちして、壁に着地して。そのままペタペタ天井へ……」

「意味わっかんねえ⁉　何だそれ、虫⁉　虫みてえ⁉」

「私に言われても……。霞見くん、変態よ、変態が出たわ、あなたの担当よね⁉」

「わけのわからんものの担当にするな！　……ちっ」

電話を探していた零士は、見つけたものを放り出す。

線が切られ、もはや役に立たないアナログ電話。もはや助けを求める術はなく。

「アレを始末するしか、俺たちが生き残る目は無さそうだ。――やるぞ、月」

「了解。つったって、あの大きさで、この暗さで、あの素早さってのは……！」

かさかさかさかさかさかさかさかさ。

虫のような音がする。人形の手足が壁や床に擦れる音、活発に動き回っている証だ。

ひくひくと兎耳を動かす蛍、首が右、左、上、とあらゆる方向をきょろきょろと向いて。

「……あちこちから音がするわ。攪乱されてるみたい」

「臭いはどうだ、イヌ科」

「無茶言うなっつーの。……血まみれだぜ、どこもかしこも。全部同じ臭いだわ」

虐殺現場の間近。血溜まりからぷんぷん漂う鉄臭さ。人形人間も血にまみれ、完全に紛れてしまっている。視覚、聴覚、嗅覚、すべてを阻害する術を整えていて。

計算された殺戮舞台。人獣狩りのために計算された——殺しの罠。

「舐めるなよ、玩具もどき」

スプレーを甘く吹いた音。しゅううう、と零士のマスクから白煙が吹きあがる。

「見えない、聴こえない、嗅ぎつけられないなら。すべて——埋めてやる」

固まった三人の周囲に、白い霧が渦を巻く。複雑な手印を組みながら告げた名は、

「黒白霧法——胎黒守」

「……まるで、竜巻」

場違いな美しさに、柿葉蛍が感嘆した。3人を包んだ霧の渦はぐるぐると回転しながら黒く変わり、わずかに残る白煙と混ざって、天文写真で見た木星のように輝いていた。

「零士、何だこれ？」

「触るなよ。触ったら——《斬れる》ぞ」

パキペキピキベキピキカキッ……！

硬質の音が響く。渦の外、空中を漂う塵や虫が渦に触れた瞬間、霧そのものが硬化する。

「触れた瞬間、渦を構成する俺の飛沫が、即座に硬化し刃となる。つまり――この中心以外、外はミキサーにかけられているのと同じだ。部屋ごと磨り潰してやる」

極微、細かく砕かれたカミソリの刃が空中を舞う渦巻ミキサーが少しずつ大きくなってていき、壁や天井に触れた瞬間、ガリガリと音をたててコンクリートごと削っていく。

「素早いのが自慢だろうが……避けてみろ。できるものならな」

「キキッ⁉」

猿のような声がした。刃の渦に何かが触れて、黒い花火のように輝く。

きらきらと散る刃の破片、渦巻く気流に細かな破片と血糊が混ざるのが見えた。

「当たった⁉」

「いや、表面が削れただけだ。用心深いな……ちょっと触れたら引っ込んだ」

「待って、ちょっと待って。まさか、逃げちゃったの⁉」

「時間の問題だ。このまま渦を広げていけば磨り潰せる」

「そういう話をしてるんじゃなくて！　この渦を突破できないとしたら……そのまま逃げて、どっか行っちゃったりしない？　私ならそうするわ」

「……………」

思わぬ指摘に、ピタリと零士が止まった。

「この渦の中だと、外の様子なんて見えないもの。逃げたかどうかもわからないでしょう」

蛍の指摘通り、3人が立つ受付の一角——直径2mほどの渦の外は、何も見えない。

つまり、もし正体不明の怪異がガン逃げを選択したとしたら、それを察する術は無く。

「それに、渦を大きくしすぎたら犯行現場もミックスジュースみたいになると思う。殺された人の身元を調べるとか、そういう仕事があるって言ってたわよね。いいの？」

「……一理ある。あれを逃がすのはまずい」

声を聴き、姿を見て、霞見零士は直感した。

(怪異は、人を殺す)

悪党でも人間なら、目的を果たすために人を殺したり傷つけるだけだ。面白半分で殺したり、理由もなく人を傷つけるような、そんなイカれた真似はそうそうしないし、できない。

しかし、ごく稀にそういうタガが外れた存在が生まれる。

殺しを楽しむ類の生き物、存在が迷惑な猟奇殺人者じみた怪物。怪異サプリによって本人の隠れた性癖が露になったのか、あるいは単にハイになってイカれてしまっただけなのか。

「アレを逃がせば、もっと殺す。それはまずい。だが……」

渦を解けば。

まず狙われるのは当然、最も弱い誰か——！

「わかってるのか？　あんたが一番危ないんだ。俺たちより遥(はる)かに死にやすいからな」

人形人間(ガタビト)は異様に素早(すばや)い。

隣(となり)の人狼(ワーウルフ)・月(ゲツ)といい勝負だろう。だがそこで体格差が利(き)いてくる。

小さすぎるサイズ。大きいものは強く、小さなものは速い。人狼(ワーウルフ)の反射を上回る速度、またはまだ開示されていない何らかの奥の手、怪異(カイイ)本来の非常識を使われれば逆転の目がある。

ミスは許されない。それは、つまり。

「失敗はあんたの死だ。危機感ってものがないのか？」

「だからって！　あれを逃(に)がして、誰(だれ)か殺されたら。またオーナーみたいに――！」

誰(だれ)か、わからないところで誰(だれ)かが。

「大切な人を亡(な)くして、泣くのよね？　そんなの絶対に嫌(いや)。いくら安全で無事だったとしても、そんなことになったら一生ご飯が美味(おい)しくないわ。止めて！」

迷いなく、すがるように蛍(ケイ)は言い。

「……こいつ……！」

凄(すさ)まじく苦い顔の零士(レイジ)と視線が絡(から)む。自分の危険などどうでもいいと、二の次にするところ。

そういうところが大嫌(だいきら)いだと零士(レイジ)は感じた。絶対に合わないと、最低で、最悪だと思った。

（そんなところが）

失った家族(イッカ)に。

死んだ妹にそっくりだから、その優しさに甘えて生き残ったから。

「──腹が立つな、お前は!!」

「私だって、そうよ!! 私のことなんかいいから、止めなさい!!」

「いいわけがないだろうが!! 大人しく安全に守られていろ、この将来有望なクソ美人!!」

「はあ!? あなただってイケメンでしょう、絶対助けてくれるって信じてるわ!」

「だからそんなことを言ってるんじゃなく……!」

睨み合うふたり。挟まれた月は混乱したように左右を繰り返し見て、

「モメてる場合じゃねえだろ!? どうすんだよ、つーかそれ喧嘩!? 喧嘩なの!?」

「「ガチ喧嘩だろ(よ)!」」

「イチャついてるようにしか見えね──よ!! 最悪俺が守るから、解いちまえ、零士ぃ!!」

息ピッタリに叫ばれ、月は怒鳴るように返す。

相棒にまで言われ、零士は深く奥歯を噛みしめてから。

「解除する。守れ!!」

「オーケー、相棒!!」

切り裂くように零士が腕を真横に振ると、刃の渦がかき消えた。

床と天井はドーナツ状に抉れていたが、室内はそれほど荒れていない。散らばる瓦礫、壁の亀裂に天井の裏、人形サイズの怪異が潜むには十分な隙があった。

「いるな……！」

逃げてはいない、と零士は直感する。音は聞こえない、気配もない。だが視線を感じるのだ。

うなじがチリチリと震えるような感覚が、正体不明の警告となって悪意を伝えてくる。

（ヤツの体格からして、奇襲一択。だが、どこからくる？）

足元の瓦礫か。天井の亀裂か、あるいは壊れた壁の隙間なのか。

どこに潜んでいるか知れない怪異、だがその時、不意に目に映る何かに違和感があった。

「何だ？　さっきと違う……ッ!?」

影が動いた。いや、それは影ではなかった。

傷んだ艶消しの黒い糸、無数の繊維。

ヒトの髪の毛が影に紛れて潜み、零士が察知した瞬間、蛇のように跳ねた。

何百何千何百万、見当がつかないほどの数。

信じられない長さの髪がうねり、少年たちの足元をすり抜けて蛍を狙う。

一瞬で彼女の靴先に髪が触れ、絡みつく。それは牙なき大蛇の群れ、巻きつけば肉を潰して骨をも砕く、ついさっき見た半グレたちの無残な死をも再現する、生きた首吊り縄！

「あ……」

それがＪＫバニー、柿葉蛍を捕らえる寸前。

「ぐえ……!!　ぎぎぎぎっ、くっ……!!」

庇うように割り込んだ零士に髪が絡む。瞬く間に足首から膝、膝から腰へ。とぐろを巻くように髪の毛の束が遡り、凄まじい勢いで筋骨を締めつける。

「え⁉　霞見くん、大丈夫⁉」

「〜〜〜〜ッ‼」

答える言葉も吐けないほどに、苦しい。

本来、霞見零士は生きた飛沫、霧の化け物だ。人間サプリをキメてヒトの形をしているが、その実体は形なき気体であり、いかなる銃も刃も飛沫の間を虚しく擦り抜けてしまう。

が、しかし——形なき霧すらも、うねる黒髪は捕えている。

ギチギチミチミチギリギリギッ……！

骨が軋み、肉が潰れ、血が滞る。服の中で人体がおかしな方向に曲がり、骨が砕ける。その計り知れない激痛は、霧に分解するはずの実体を怪異が捕え、傷つけている証だった。

（前戦り合ったヤツ……《雑巾絞り》と同じか。怪異はやはり、俺を殺す力がある……！）

幻想種と怪異に優劣はない。最古と最新の違いこそあれ、同じ神秘を纏うもの。

故に霧の怪物たる零士を、この得体の知れない人形人間は殺せる。もさもさと蠢く髪束は足から腰へ、肩から首にまで巻きついて、一気に窒息を狙ってくる。

その源、黒髪の根元。床の隙間、瓦礫に隠れた小さな影。

瀬戸物のような日本人形の肌が淡い光に映えて白く光り、硬い無機物の質感を残したまま、まるでCGのようにうねり口角を上げた。

「キキキキ！　キキキキキ……‼」

楽しげな笑顔。髪を振り乱した日本人形の怪異は、地引網を曳く漁師のように両手で摑んだ己の髪を異常な力で引っ張り続け、今にも零士の全身を砕こうとしている。

零士を縛る、何百万本か想像もつかぬ髪、髪、髪。それはすべて怪異人形の頭部、そこから凄まじい勢いで伸びながらうねり、零士を飲み込んで次の犠牲者に迫ろうとしていた。

が、それは。

「げ……ッ‼」

「おうよ、任せろ‼」

人形人間に誤算があるとしたならば。

異様な能力を発揮する霧人間、零士のみを脅威とみなし――人狼たる相棒、頼山月をただのありふれたイヌ科の人獣と判断し、初撃から外したことだった。

「おお……おおおおおッ……‼」

見上げれば月。満月に満たぬやや欠けの、されど美しく輝く銀の皿。

窓から微かに覗く円盤は、古き人狼の血を覚醒させる。音をたてて筋肉が肥大し、背丈すら一瞬で数センチは伸び、淡い光を帯びた毛皮はより美しく輝いて。

蠢く髪をグローブじみた手で摑む。絡みつき、一本一本が激しくうねる髪の抵抗をものともせず、オリジナル人狼はそれを凄まじい力で引っ張った。

「キ……キイイイイイッ⁉」

人形人間の叫び。ネズミじみた甲高い、しかし恐怖し、怯えているのがわかる声。

「うおおおりゃあああああっ‼」

まるで一本釣り。

髪の毛が束になり、複雑に絡まって編まれたワイヤーロープを鷲掴み。

文字通り床に根のごとく髪を突き立てて抵抗する人形人間を、二倍三倍に筋肉を膨らませた人狼がとにかく引く。ピンと極限まで張りつめる髪、だが一本たりとも千切れない。

「うわ、すっげえ丈夫。こりゃマジでしぶてえわ、けどな……！」

ミシミシ、ギシギシ。人狼、髪、人形人間、髪――限界張力。ミシ、ギシリ……！

床に、蜘蛛の巣のような亀裂が走った。

めこっ、床が盛り上がる。釣られまいと抵抗し、床に刺さった怪異の髪は絶対に切れない。

だがそれを支えるべき重さが足りない。遥かに小さな人形人間、体重はごく軽く。

故にコンクリに髪を打ち込み、鉄筋で支えた。本来なら無敵、力負けなどするはずがない。

だが、馬鹿げた問答無用の暴力が、コンクリの硬度と重さと鉄筋に打ち勝っていく！

「切れねえってことは……ブン回せるってことだよなァ⁉」

鉄筋が曲がり、引きずり出される。

壊れた欠片をぼろぼろこぼし、根っこごと引き倒された大樹のように。

髪が絡んだ鉄を、文字通り根こそぎ——振り回して、叩きつけた。

「キ……ッッ⁉」

大砲じみた破壊音。引っこ抜かれた勢いで吹っ飛んだ日本人形は、勢いのまま天井に激突。石膏ボードを軽々と貫通し、血染めの着物が粉を叩いたように白く汚れていった。

「——糸使いならぬ、髪使いか」

しゅううう、と噴出音。髪に絡まれた少年がみるみるしぼみ、霧となり拘束を逃れる。

外れた髪がびちびちとのたうつ中、零士は再び実体を結んだ。

「月でも千切れないとは、航空宇宙用のカーボンワイヤー並み……。人間のタンパク質如きじゃありえない、怪異ならではの特性。死体ぶら下げ飾りは、これを使ったらしいな」

「《絶対に切れない髪》ってか？　床屋に行けねえな、それじゃ」

「長さは調節できるはずだ。行く必要もないだろうが……試してみるか」

極細の髪が糸ミミズのように激しくのたうつ。掌中のそれを気味悪げに見下ろす月に対し、ようやく解放された相棒、霞見零士は天井にめり込んだ怪異を睨んだ。

「黒白霧法。斬黒首」

零士の右手が空を斬るや、一瞬で凝固した黒霧が断頭の刃となって襲いかかる。

天井にめり込んだままの怪異、それを真下から突き上げ、挟みこむように真っ二つ——！

「……には、ならないか。物質としての硬さじゃ、ないな」

「ぎ、キ、キキキイィッ……！」

ぎしぎしと音をたてて髪が軋む。

髪の束が蛇のようにうねり、黒い刃を止めている。

火花を散らして迫ったそれは、ガラスのようにひび割れ、砕けて空中に溶けていった。

「本当に切れてない。……霞見くん、あの技ってどのくらい切れるの？」

「乗用車くらいなら丸ごと開きにできる。戦車は試したことがないが」

少なくとも、鉄より硬い。

有機物の限界を超えたそれは、普通の物理法則に属するものではなかった。

明らかな矛盾、破綻した論理を成立させるもの。完全管理社会において蓄積した1億数千万の不満や不安、痛みや悼みや怒りが、都市伝説、陰謀論、怖い話——感情を掻き立てる物語によってしかるべき形を与えられ、ついにはカタチを得るまでに至ったもの。

——《怪異》は死なず、壊れない。

「き、キキキキキキキ、キキキキキキ……‼」

鼠の鳴き声のように人形は嗤う。

めり込んだコンクリートの天井から、粉塵と血でべとべとに汚れた着物を剝がしてゆく。

割れた顔。日本人形特有のリアリティとディフォルメを組み合わせた幼い少女の顔立ちが、叩きつけられた衝撃かヒビ割れて、左目付近の殻がぽろぽろと落ちる。

「イタァイ……イタァイ……!! けど、ヘイ……き……キキキキキキキ!!」

狂気じみたくすくす笑い。

割れた人形の頭に、ミニチュアサイズの肉が詰まっている。ちょうど理科室の人体模型——皮膚を剝がされた眼球回りの筋肉が、ピンクの体液にぬらぬらと濡れてぎょろぎょろ動く。

「うぷっ……！」

あまりのグロテスクさに、蛍が思わず嘔吐いた。

血濡れた人形、のたうつ髪は大蛇の群れか、あるいは飛び出た臓物か。

コンクリートに激突し、ギロチンの刃じみた斬撃を受けてなお、それはまるで傷つかず。

「人間サイズの人形。日本人形の怪異……誰か、コレに関わる話を知ってるか？」

「わ、わかんねーって！　うっへ、気持ち悪ぃ……！」

「そうか。拙いな」

成立した逸話、伝承、都市伝説に基づく手段でなくば、怪異は死なず。

法則を暴かない限り無敵。同じ幻想種であろうとも、それは覆らない。

「……殺す術が、ない!!」

「キャアアアアアアアアアアアアアアアアアアアア――ッ！」

狂った人形、歓喜の絶叫。

血に濡れた髪が襲い来る中、霞見零士は苛立ちのままに叫んだ。

＊

とぅるるるるる、とぅるるるるる……。

今時耳にすることも珍しい、アナログ電話の音がする。

「通じない。電話線……切れてるか、抜かれてるっぽい」

「おやおや、それは困った。番号は間違ってないだろうね、ネル君？」

「ちりばつ。三回確認した。けど、しゃちょー」

仮面舞踏街夏木原某所、《幻想清掃》社長室。宴の始末もそこそこに、ノートPCを操作しつつ固定電話のプッシュボタンを押していた秘書ネルに、社長・楢崎は呑気に言った。

テーブルに置いたボトルは、マグナムサイズの白ワイン。イタリアンファミリーレストランの自社ブランドで、品質はいいが格調高い代物とは言えない。

されど、注ぐグラスはクリスタルガラスの最高級品。奇をてらった形ではないが、何十年、百年もの時間を超えて受け継がれてきた、風格すら感じさせる逸品で。

「お酒くさい。おいしいの、それ？」

「ふむ。ブドウの産地に注ぎ方、品種にグラスの形。香りの嗅ぎ方、空気の含ませ方などなどいろいろもろもろ——蘊蓄はいくらでも語れるけど」

　そうした誤差を検知するには、センサーたる人間の感度の方が重要となる。

　つまるところ世の中そんなものではあるのだが、と楢崎は冷笑して。

「結局は完全な主観だよ。個人の感覚を他者へ拡大しようなどと考えるから、ただ味わうだけの行為に序列をつけたり、優劣を断じて格差を煽ったりするハメになるのさ」

「長い。三文字で」

「うまい」

　律儀に三文字で答え、冷えた白ワインを丁寧に嗜みながら、楢崎は顔色一つ変えていない。打ち上げの時からそこそこ飲んでいたのだが、酒には強いようだった。

「伝統ある高級品には相応の価値があるわけだが、私としては手軽なお酒も高く評価したいところだね。万人に共通の認知——《うまい》を与える、魔法だよ」

「怪異も、そんなものだから？」

「ああ、ネル君、我が秘書よ。君はとても話が早くて素敵だ。もう少し熟女っぽければ即座にアフターへ誘うところだが、残念ながら幼女の君ではそうもいかない」

「死ね、ばば専」

「はっはっは、イケメンだから死なないよ。とはいえ話を戻そうか、怪異はヒトの共有認知から生まれ、その法則によって縛られる。以前の《雑巾絞り》も同じだね」

「……吸血鬼が日光に弱い、とか。人狼が月を見ると変身する、とか。そういうの？」

「それは幻想種の法則だが、両者は本質的に同じものだ、正しい。ただ古い幻想種の場合は、共有認知もひとつじゃない。過去を遡れば健康のために日光浴かます吸血鬼や、卵の卵黄とか見て変身する人狼だっているだろう。後者はラブコメ高校生活とかやってそうだね！」

「昔話ばかりするおっさん、うざい」

「つまるところ古く多様な伝承を持つ幻想種は、能力の拡大解釈や曲解が可能なのさ」

本人の努力、根性、妄想――つまりは考え方ひとつで。

「自分はそういうものだ。知らなかった、そうだったのか！　これが成立できる、という点で、幻想種は怪異に優越する。ま、そのかわり新参者には勢いがあるんだけどね」

「単純に戦ったら、あっちの方が強い？」

「相性にもよるけどね。幻想種の時代、神々の時代と現代では人口密度が比べ物にならない。何百万、何千万人の共有認知によって産まれた怪異と、そのエッセンスを吸収した人間――。数えきれないヒトの妄想を流し込まれて動くバケモノだ。そりゃ強いよ、数が多いから」

「みもふたもない、りくつ～……」

「だが正しいだろう？　数は暴力さ。まあ、僕なら絶対怪異をキメるのは嫌だけど」

強くなるのは確かだ。怪異サプリがもたらす超常の能力は幻想種に匹敵、まれに優越する。しかしその代償として、妄想の焦点となる精神汚染は深刻だ。自由意志は歪み、いつしか怪異の逸話、法則に従って惨劇を引き起こすだけの存在――受肉した怪異となるだろう。

「そうなったらまあ、生きてるとは言わないよね。ホラー映画の化け物が実在したら、それはただの脅威であってエンタメじゃない。ドラマすら生まない、ただの舞台装置だ」

ホラー作品においてドラマを紡ぐのは襲われる側の人間だ。

怪物はそれに対抗する人間、なすすべもなく蹂躙される人間、そうした人々のドラマが共感を生み、視聴者を楽しませるよう設計されている。

「舞台装置を退場させる唯一の方法は、台本通り結末を迎えさせることさ。幻想種の例なら、吸血鬼は昼間棺桶に戻ったところで心臓に杭を打てばいい。人狼の場合は銀の弾丸だったり、あるいはトリカブトが効くそうだけど……普通に考えてトリカブトは誰でも効くよね？」

「そらま、毒だし」

「ま、そんな無粋なツッコミは置いといて。今、まさに零士くんたちがぶつかるであろう怪異への対抗策、逸話、伝承、法則のすべてが僕らの手にあるんだけど……」

ぱさりとデスクに投げ出したのは、わざわざ秘書に印刷させた電子報告書の写し。

本社鑑識に回された《タワマン闇カジノ》で発見された死体の検視結果だった。

「さすがBT本社の鑑識は仕事が早い。数時間でこの情報量、読むのが実に面倒くさいね」

「それはいーけど、伝える手段、ない」

報告書が届いてすぐ、調べがついていた半グレのアジトに電話をかけた。

だが古風な受話器に届くのは、無機質な呼び出し音のみで。誰もいないのか、それとも。

「やっぱ通じない。とっくに荒事になってそう」

「ま、大丈夫さ。今回の怪異——《死人形》の法則はわかりやすい、ありふれたものだから」

人形にまつわる怪異、怪談噺、妖怪譚は数多い。

中でもガラスケースに納まった日本人形、誰も触れていないのに自然と髪が伸びている。

持ち主が気づいてぞっとする、するとさまざまな祟りが。ペットが死に、ケースが不自然に揺れ、気付いたらいつの間にかケースを出て思いがけない場所にある、などなど。

さまざまなアレンジが為されているが、ほぼ共通するのは。

「——《髪が伸びる》ということだ。科学的に完全に説明のつく、勘違いなんだけど」

「そーなの?」

「ああ、要するに昔の人形は、陶器などの頭に直接ヒトから買った髪の毛を植えて作るのさ。で、接着剤などは使わず、中で結んで留めていたわけなんだけど」

時間と共に結び目が緩み、少しずつ伸びていく。人形を大切にし、手入れをしたり、髪の毛を梳かしていればより早く。そしてそういう持ち主は、人形の異常にも気づきやすく。

「余裕をとって結んであるのがほとんどだから、簡単には抜けないんだよね。そうして伸びた髪を見て人々は怖れ、まさか生きているのでは、呪うのではないか、動くのではないか……」

想像し、妄想し、恐れ。

ゴミの中から発見された証拠品から解析された事実が、その正体を暴き出す。

「ドラム缶に放り込まれた人獣の焼死体から発見された繊維の断片から、DNAが採取できた。焦げていたが、生焼けっぽい部分もあったらしくてね。それとデータベースを照合した結果、該当者はないどころか……毛髪1本1本ごとに違うDNAが検出、デタラメに近い結果が出た。即ち髪の毛すべてが違う遺伝子を持ち、かつ実在しない人間のものということさ」

「……人工的なもの？　安いウィッグとかに使うやつ」

「それなら工業製品だ、DNAなんて最初からないさ。純粋に存在しない、誰でもない人間の髪。それもデタラメな量、生活反応なし。毛根に生えていない、死んだ髪の毛」

この証拠が意味することは、ひとつ。

「この髪は非現実的存在。つまるところ、怪異の一部ってことさ。そしてBT本社が回収し、サプリ化した怪異の中に該当する存在はひとつしかない」

収蔵番号G028141、階級：《緑》──『死人形』。

BT本社から手に入れた極秘資料に書かれたテキストを軽く読み、楢崎は笑う。

「《髪が伸びる日本人形》は比較的最近、近世に成立した都市伝説だ。たいていはある日ふと自分の家にあった人形の髪が伸びていることに気がついて、それから祟りを受ける」

「ふぅん。……やっぱり、死ぬの？」

「まさか！　定番は変な音がしたり、家族が病気になったり、その程度で済むことが多いよ。そして祈りを捧げたり、供養を依頼することで終わるまでがセットだね」

《髪が伸びる日本人形》の怪談噺、都市伝説において死者が出るのは珍しい。

考えてみれば当然で、いくら不気味でも小さな人形だ。祟りや呪いといった怪奇現象は容易に想像できるが、まさか人形が直接暴力で殺しにくるシーンは想像しがたい。

「本社の判定によれば怪異サプリ《死人形》の階級は《緑》……直接人を害するものじゃない。キメたところで多少祟る程度のはず、なんだけどね？」

「祟られる時点でヤだと思う。程度の問題じゃなく。それに……」

当たり前の感想を言いつつ、秘書ネルが不思議そうに聞き返した。

「おかしくない？　わかってるだけで3人殺されてるし、めちゃ危険」

「だね。だからまあ、この先は私の仮説だ。実際にどうかは本物に遭遇し、検証してみなければわからない。最善はとっ捕まえて解体することだが、そこは置いといて」

よっ、とわざわざ荷物を除ける仕草をしてから、楢崎は答える。

「古の呪術について、ネル君は知っているかな？」

「魔法陣しいて、でるでるでるねで悪魔が出てきてテレッテレー……的な？」

「微妙に違うけど惜しいね。魔術、呪術、陰陽道、修験道、密教、さまざまな名で呼ばれるが、要は集合意識の制御による超自然現象のコントロールだ。プログラミング言語の違いみたいなもので、起きる結果は同じだよ。アプローチする言語や文化が違うだけさ」

少数智者による多数愚者のコントロール。

何があり、どうすると、こうなる。分解してしまえばたったそれだけ、原因があり、過程を経て結果に導かれる論理の流れを独占し、知を握る一部の者が権力を独占した。

「たとえば古の時代、欧州を席巻した神の教えは最も複雑な言語で記され、翻訳など許されなかった。聖職者たちは神の言葉を独占し、その威光のもと支配を続けたわけだね」

それもまた魔法であり、古より続く旧来の呪術のひとつ、であるならば。

「BT本社が、そしてこの国の政府が行っているのもそうさ。完全管理社会による情報統制、繋がりを断たれた仮面舞踏街——秘匿により力を持つ、隠秘だ」

「長い。うざい。わかりづらい」

受話器を片手にうんざりする秘書。だが楢崎は止まらず、ぺらぺらと舌を回し続ける。

「知の独占による隠秘的支配こそが、超管理社会を統べる権力の源泉だ。そう考えると、今回の黒幕——首吊り殺人事件じゃない、幻想サプリ流出に始まるテロの違う側面が見えてくる」

隠秘に対抗するは共有。

智者の叡智を暴きたて、愚者に晒す冒瀆。共有された叡智は手垢のついた常識となり、叡智を叡智たらしめる権威の衣は剝がされて、二度と纏うことなど許されなくなる。

《轢き逃げ人馬》《雑巾絞り》どちらも代償もなく、理由すらなく犯人たちに与えられた。黒幕なる存在が能動的に行った行為は、彼らの動画を共有してバラ撒き、存在を開示したこと。どれも旧来の魔術、隠秘に対する共有という近代魔術によって対抗するものだ」

「……共有が、魔術？　意味がわからない、ふぁいあぼーる！　とか出ないでしょ」

「それじゃ陳腐なRPGだよ。杖を振り、呪文を唱えて使う魔法なんてものは、魔術の一側面に過ぎない。ネットでバズり、何も知らない愚者たちにその存在を知らしめること——」

新しい概念で、文字通り世界を改変すること。

「これも魔術さ。それがどういう結果をもたらすのか、わかるかい？」

「さあ。興味もあんまり」

「だろうね。だがもうちょっと聞いておくれ、ここから先が本題だ！」

とっておきのジョークのオチを言いたくてたまらない、とでも言うかのように。

ニヤけた顔、面白がっている仕草を隠そうともせず、楢崎はワイングラスを掲げた。

「怪異に対する幻想種の優越。即ち歴史の違い、厚みの差。逸話の蓄積、神話伝承の変遷に、近現代の漫画やアニメ、ゲームなど——常にそのイメージは塗り替えられ、無限に拡大解釈が可能だ。さっきも例に出したけど、日光に強い吸血鬼、なんてものも可能だろうね」

だが、怪異（カイイ）のサプリの存在が動画の流出と公開によって証明された今。

「これをキメれば凄（すご）いことができる。髪（かみ）が伸（の）びるなら、それで人だって殺せるはずだ。だってあの動画じゃやってたじゃないか、できない理由はない！」

「……怪異（カイイ）の、拡大解釈（かいしゃく）。能力の、拡張……!?」

「そういうこと！　いやあ、面白（おもしろ）いことを考えるね。黒幕が誰（だれ）かは知らないが」

ＢＴ本社が定めた怪異（カイイ）の危険性を示す三大階級。

安全、迅速（じんそく）に確保せよ——《緑（Safe）》。

危険、即座（そくざ）に確保せよ——《黄（Warning）》。

滅亡（めつぼう）。手段を問わず、いかなる犠牲（ぎせい）を払（はら）おうと確保せよ——《赤（Dead）》。

「《死人形》は《緑（Safe）》。ささやかな祟（たた）りを起こす程度で死者が出るほどじゃない。そのはずだった。だがサプリをキメた誰（だれ）かがあの動画を観（み）ていたとしたら、基準は一切（いっさい）当てにならない」

こうあれかし、と願ったならば。

妄想（ネガイ）は必ず実現する——。

古き幻想種のみが獲得するはずの特性を。

怪異に、ネット上での動画共有にて可能たらしめた——魔術。

「能力の拡大解釈によって危険性を増した殺人怪異が、今夜も街をうろついているわけだね。いやはや危ない、戸締りしてもう帰っちゃおうか。お酒飲んで眠いし」

「……今まさに修羅場になってるかもしれない部下に、連絡とかしようと思わない？」

「だって電話通じないじゃないか。探しに行くとか面倒だし、いいでしょ」

秘書ネルがかけていた電話は、半グレ集団がアジトに引いた回線だ。

電話番号の調べがつき、今乗り込んでいるはずの彼らと連絡がとれるかもとかけてみたが、電話線が切られているのかそもそも通じず、スマホの電波も届かない。

「けどま、安心していいよ。やばい異能を手に入れたかもしれないが、死人形への対処は難しくないからね。ちょっと考えてみればすぐわかるさ」

「弱点を突く、ってコト？　でも人形の弱点って、なに」

「そういうわけじゃないかな。弱点と言うよりオチ——《髪の毛が伸びる日本人形》の伝説、それがどんな結末を迎えるか、ってことこそが大事なんだよ」

毒殺された神話の英雄。その遺物が発見され、怪物サプリを創ったなら。

それをキメた者も英雄となる。が……その逸話通り、毒を盛られたとしたら？

「――そうあるだろうと決まった通り、必ず死ぬ。こればかりは神話伝承が成立した時代から延々と受け継がれてきた意思の蓄積、つまりは《神秘》によるものだ。避けられない」

「すぐ病院行ってもダメ？」

「前例が無いからわからない。けど、最低でもその毒によってサプリをキメた人間の英雄性、神秘はすべて失われるだろう。例外なく、伝承は決まり事に従うものさ」

テレビゲームのようなものだよ、と楢崎は古臭い喩えを口にした。

「攻略法さえ知っていれば楽勝で倒せる類のボス、あれと同じだよ。それ以外の方法じゃ倒しづらいけど、人形にまつわる怪談噺のひとつでも知ってれば……ま、大丈夫でしょ」

「……それを知ってるかどうか、わからないんじゃ？」

そう呆れたように疑問符を浮かべる秘書に対し。

「かもね。けどまあ、いけるよ。たぶん」

《幻想清掃》社長・楢崎が社員に嫌われ、秘書にも微妙に疎まれる理由。

「たかが成立から半世紀程度のクソザコ怪異に手こずるほど、うちの怪物たちは弱くないさ。正体不明の零士くん、オリジナル人狼たる月くん、そして魔女っ子ちゃん。ざっと見積もって3千年から4千年もの神秘が、その実力を裏付けている」

無茶ぶり、危険球、キラーパス。部下の優秀さを心から信じ、かつ彼らにここ以外行き場がまったくないことを熟知し、逃げる術などないことを判った上で、利用している。

「限界まで使ってあげようじゃないか。それが彼らが結んだ契約……

幻想種を社会に匿い、ヒトとしての命を与える代償だからね」

＊

同時刻、廃ビル内、現場にて。


「キイイイイイ～～～～ーーーーーーーッ!!」

ヒステリックな絶叫と共に、黒くしなやかな髪の毛が鞭となってブン回される。

武術や技巧など一切ない、ただ子供がグルグル握り拳を振り回すようなデタラメぶり。

だが、その威力は凄まじい。人形人間と対峙する霞見零士、霧化した輪郭を曖昧に溶かし、
影法師のような姿を次々と結んでは消え、消えては結び、怪異を翻弄しながらも。

ガゴッ!!　バキッ、ゴカッ!!

(鉄筋入りのコンクリが楽勝で砕ける。月はともかく、一発カスるだけで蛍は死ぬな)

超硬質のワイヤーロープを巨人が振り回すようなものだ。

その威力の源は恐らく髪そのもの。ヤツの髪一本一本がすべて筋繊維のように伸縮し、先端
速度は音を超えて衝撃波すら放つ。

黒髪に埋もれて小さな人形、その本体は視認するのも難しく、それに。

(あの髪……あれは武器であり、装甲だ)

大蛇のごとく、鞭のごとくうねる髪は、女の子らいし三つ編みだ。

ガーリーな魅力を演出するはずの形が狂暴に暴れ、一撃でコンクリを叩き割る。

その強度、伸縮性、どれをとっても異常。人形人間はその大本であり、常にうねる髪の毛に守られている。これまで幾度も攻撃が通りかけた……が、無情にもすべて防がれている。

「黒白霧法。――黒千本！」

たゆたう霧が凝固。無数の黒針と化して機銃のごとく打ち込まれる。

幾千もの刺突音。針の雨が人形めがけて降り注ぐが、それはやはり――

「……編み物が得意だったのか？」

「キキキキキ……!!　手芸、ブゥ……ッ!!」

まさか答えが返ってくるとは思わなかったが、納得がいった。

「手芸部――糸、繊維の扱いは得意か。だからだろうな、能力を使いこなしている」

放たれた黒針は、すべてセーターのように編まれた髪で防がれていた。

繊維に食い込んだ針は本来ならばそのまま貫き通る。だが髪は一本一本がうねり、刺さった針を絡めとって圧力をかけ、ガラスのように呆気なく砕いてしまうのだ。

言わば生きた防弾チョッキ――人髪防壁。編み込まれた髪は衝撃を殺し、刺突を防ぎ、かつしなやかで決して切れない。つまり絶対の要塞に立てこもったも同然で。

(おまけにあの髪鞭。あれは俺の実体を捉える)

結局のところ、幻想種と怪異の違いは年季——歳月の積み重ね、歴史だけだ。

成立してから時が経ち、語り継がれるほど神秘は蓄積し、格は増す。だが専門家である楢崎すら匙を投げるほどマイナーな出自、結局正体不明のまま《霧の怪物》と呼ばれている零士は、恐らく古い神秘のはずが、古の神々じみた格はなく、むしろ若々しい怪異に押されている。

「敵は優勢。こちらは弱点を抱え、あちらは完全防御。こちらは有効打がなく、あちらの攻撃はカス当たりでもそれなりに効く。普通に考えれば、負けるな」

「キキキキキキキッ♪」

気分を良くしたのか、髪の奥から鼠のように人形が嗤う。


「おい、あれ」

「……やだ!」

「そうか、なるほど」


うんざりした顔で、少年と少女が口々に。

「……男かよ（なの）、アレ⁉」


少女を象った日本人形。血まみれの振袖、そのはだけた裾の奥。

カニの甲羅のような白い殻、つるりとした人形の股間から、肉の棒が隆々と。

おぞましい欲望を示すように、勃起していた。


「オイテ　け？」

「カネ　オンナ　……ソシタラ」

「ミノガシテ　ヤルカモ　シレナイ――ヨ？」


耳障りな声。だがそんなことよりも、零士はあることが気になった。

「そんな姿になってまで、金と女か。俗物だな……というか」

零士の隙を狙い、執拗に蛍を狙う人形人間。

カバーに入ることまでを見込んだ、こちらを削る戦術と思っていたが。

真実はもっとシンプルで、救いがたいものだった。

「怪異にモテる謎のフェロモンでも出してるのか？　柿葉」

「知らないわよ！　だいたいお人形に知り合いなんか……」

いない、と言いかけて。

「おまえ　おとこのほウ　知ってル」

ぼそりとした言葉を、聞いた。

「おやじノ　火葬ニ　来てタ……かっぷル。うぜェ。けど、いいオンナ……！」

「ありがとう。けれど、褒められてもあまり嬉しくないわね」

どこかずれた答えを返してから、蛍は零士に視線を送る。

「……あのひとの正体、心当たりがあるわ」

「奇遇だな、俺もだ」

金とか女とか車とか、非常にわかりやすい欲望を剝き出しにして。

火葬場ですれ違った、そんな人物を……知っている。

「実業家になるんじゃなかったのか？　ドラ息子」

「キイイイイイイイイイイイイイイイイイイイイイイイイイイイッ!!」

皮肉をこめて、零士が言う。

逆鱗に触れたらしき、人形人間の叫び。

「オレ!!　ワルクナイ!!　こいつら、バカ!!　オレノカネ!!」

「トッテキタ!!　イヂオグ!!　モチニゲ!!　ショウトシタ!!　ダカラ!!」

「ああ、なるほど」

聞き取り辛い独特の声音。だが、いくつかの単語が理解できた。

「怪異サプリをキメて、カジノから盗んできた金を、仲間が持ち逃げしようとしたわけか」

「……わりーけどミリも驚かねえ。そらそうだろ」

月のぼやきに、まったくだ、と零士は思う。

（こいつが、オーナーの息子だとしたら）

大学生だ、と言っていた。恐らく大学の繋がりから半グレたちと接触し、手を組んだのか。

本人的に友情があったのか、あるいは利用しただけかは知ったことじゃない、が。

「化け物になるってことは、そういうことだ」

近代社会、普通の暮らしではまったく出番のない超能力、異能の対価。

チートの代償——迫害、不信、無理解、人間関係の崩壊。怪物との約束は守られず、騙した卑怯者は勇者と讃えられる。物語の常道で、どこにでもあるありふれたお話だ。

「自分だけは裏切られない。自分は愛されている。自分だけは例外だ。そんな風に思ったか？　そんなわけないだろう。悪いが、目的といい行動といい、死ぬほど普通だよ。あんたは」

「ッ!!　ザ!!　チガ!!　ッケンジャ、ネエエエエエ!!　ナメてんじゃネェェェェェゾ!!」

脅し文句すら陳腐に過ぎて。

怯えるより先に哀れみすら感じ、零士は確信した。

（こいつは、まだ……《人間》だ）

怪異は喋らない。その必要がない。ただ物語の法則に従って動くだけだ。

生物のように見えるが上辺だけ、決まり事から離れて勝手に動くことなどありえない。

ついさっきまでの人形人間は限りなくそれ、怪異の本質に近かっただろう。

(だが、今。人形人間は崩れた)

ぺらぺらと、聞いてもいないことをよく喋る。

情報をバラ撒くだけ、何の意味もないふざけた行為がその証。

物語の法則から外れてアドリブをはじめ、芝居を壊した役者のように。

「《雑巾絞り》——蟻本に紹介されて、怪異サプリを買ったのか」

「ゴネ、ツエェだろォ？　……イッシヒヒヒヒヒ……！　マジ安ィ！　タダ!!　みてェな！

ブッケンバライ!!　クソゴミ紙切れいちまィで!!　イヂオグ、ゲッド!!」

自慢げなマウンティング。無機質な人形が、これでもかと醜さを露に。

「物件払い？　……そういえば」

斎場で交わされた会話を思い出す。

遺産から、どこかの権利書を持ち出したとかで、母親とモメていた記憶。

「燃えたガールズバーが入ってたビルの権利書か。あれを売人に渡した？」

「ちがゥ。あそこ、オレのみせ!!　ゴミみてェな経営しかしなィおやじとちがう!!　りえき！

カネ!!　カネカネカネカネカネカネカネカネカネ!!　あそこ、おれノもの!!」

「正直、会社だと経営の話をされてもわからん。だが」

亡き人の面影を零士は悼む。

ほんのわずか、数分の会話しかない。寂しい思い出だったけど。

「あの人は、信念を持っていたと感じた。エロスよりアガペーだ、とな。金だけじゃない、他の目的があって店をやり、それを叶えていた。おまえとは違う」

「なにィ……!?」

「おまえがどんな店をやるかなんて知ったことじゃない。だが人の金を盗み、命を奪った責任を果たしてもらう。それが、俺たちの仕事だ」

「やってミロよ。ガキ」

ぬるりと編まれた髪の隙間から、人形人間が顔を出す。

ヒビ割れた頭。亀裂から覗く皮を剝がれた筋肉。ぬるぬると分泌される血に似た体液。

ぎょろぎょろとした丸い眼、どれもヒトを正確に小型化した、完璧なミニチュアで。

「答えろ。蟻本が父親を殺したのは、お前の指示か？」

「知らねェよ」

吐き捨てるように。

「しネとは言ったぜ。そしたら遺産、オレの。かねもち。じんせい、ぎゃくてん……!!　ねがいカナッタ！　らっきー!!　そんダケじゃン!?」

「くっそ雑い……。いいのかよ、そんなんで？」

呆れ顔で突っ込む月。

ケタケタ笑う人形に対し、零士はどうでもよさそうな顔で答えた。

「母親の浮気で離婚。金をせびる目的で、いい大人になってから父親と再会。突っぱねられたあと、自分で店に顔を出すこともできず、手下を通わせて様子見か」

情報を総合すると、そういうことになる。

「狙って父親を殺したのなら、少しは恐れていた。《外》ならともかく、この街ではな」

だがその覚悟もなく、勝負に出る度胸もないままに。

「流されるままに他人にやらせ、したことといえば親の遺産を盗んでやばい薬をキメただけ。しかもそれで強くなってからじゃないと、殺しも盗みもできやしない」

「……‼」

「お前は凡人だよ。どうしようもなく普通の、せこくて意地汚いただのクズだ」

答えは唸る髪の鞭。

イラッと来たのだろう。零士に向かい、次々と襲いかかる。

しかし、のたうつそれはすべて虚しく空を打つ。

巧みなフットワーク。いつしか室内に立ち込める白い霧、その中心にたゆたう黒い靄。

白と黒が混ざる濃霧の中、佇む少年の輪郭は――わずかな光に映えてぼやけ、ずれていた。

「キッ⁉」

「さっきまでの方が怖かったぞ。ぺらぺら喋り出したとたん、一気に小物感が出た。……だがまあ、無理もないとは思う。せっかく強くなったんだから」

「……ナニ、言っテ……⁉」

車でも、ゲームでも、武器でも、薬物でも、暴力でも、同じことだ。

ヒトは優れた何かを手に入れた場合、それを自慢し、ひけらかそうとするもので。

「俺たちをびびらせて、苦しめて。気持ちよくなりたかったんだろ？」

快楽。喜び。楽しみ。純粋な怪異たる《死人形》に存在しなかったもの。

サプリをキメたヒト、人形ならざる人間ならではの感情。ヒトは喜びに抗えない。

キメたがるような、今の自分に不満を抱く弱者。かといって変わる努力をしない怠惰。

そんなありふれた愚者なら、なおさらだ。

「俺はこんなに強いんだ、怖いだろ、凄いだろ？　――そう見せつけるために殺したな」

「なんだヨ、それ」

「カジノ強盗の話だ。金だけ盗むこともできたはずだ。だがお前は3人殺した。そして仲間も殺したな。あんなふうにぶら下げて、死体まで貶めて、股ぐらをおっ立てた」

まるで同情できないな、と零士は思った。

人殺しの言い訳にいいも悪いも無いといえばそうだが、それにしても酷すぎる。

家庭環境の悪さはまだ同情の余地があるかもしれない。だがその後はどうだろう。高等教育を受け、大学まで入ってやることが半グレ集団の仲間入り。戸籍上他人の父親に金をせびり、クズならクズでクズらしく殺して奪うこともせず、誰かが殺すのをただ待って。転がり込んできた金で強くなったとたん、殺して奪ってイキりだす。

「凄いな。いっそ感動的なほど同情の余地がない」

だから、と霞見零士は言った。

「教育てやるよ。――本物ってやつをな」

「チュキイイイイイッ!!」

理解不能の絶叫、唸る髪鞭。小さな爆発じみた破壊音、連打。

鞭が巻き起こす風がごう、と霧を巻く。即座に駆ける零士、狭い室内、逃げる場所などないはずなのに、まるで体重のないものかのように、壁や天井を蹴って縦横無尽。

「ふワふワ……トッ!?」

「べらべら喋るからだ。――十分に《積めた》」

ふわりふわり。鞭が巻き起こす破壊の嵐、だが零士は暴風に漂う風船のごとく避けてゆく。

時には驚くほど身体を反り、バレリーナのように脚を開き、クルクル踊るように回って。

「黒白霧法。――奇門遁黒」

指の印が刻むのは、ある程度閉鎖された空間でしか成し得ない技。

室内に撒いた霧は目くらましであり、さらにスクリーンとしての役割を果たす。

空を漂う零士の断片、水分を含んだ飛沫、霧のひとつぶひとつぶが光を屈折させ、靄に隠れた零士の実体を、ほんの数センチずらして映すのだ。

「つまるところ、蜃気楼だ。どうした髪使い、捕まえてみろよ！」

「キイイイイッ‼ ……ナめるンじゃ、ネ――――ッ‼」

ヒステリックに叫び、怪異の髪がほどけ、針のように尖るとまっすぐに伸びた。

栗のイガ、雲丹の棘、山嵐の針のように。全方位に突き刺さる針の奔流、回避など関係ない。

室内を埋め尽くさんとする刺突攻撃に、霧が対応するかのごとく変質する。

ぐにょり――黒い粘土。白い霧が針と化した髪に黒く変わってまとわりつき、瞬時に硬化。

接着された髪は鋭さを失い、勢いすらも無くしてガチガチの塊となっていく。

「ア……⁉　な⁉　切レ……なイ……⁉　イタッ‼　イタタタタタ⁉」

「無限に伸びる髪の毛だ、毛根から抜けるってこともないだろう。決して切れない髪、それが怪異としての法則と踏んだ。お前を創る逸話や怪談について、俺はまるで知らないが――まるで磔刑のごとく。」

伸びた髪を接着された人形人間は、無敵の髪そのものによって縛られていた。

「――黒白霧法、黒膠。簡単に取れると思うなよ」

触れれば瞬間硬化する黒い接着剤。

髪にへばりついて取れない、切ることさえできず、髪は抜けない。つまり、これでは。

「ギ……キッ、キイイイイッ!! はな、ハナナアアアア!! ハナ、セッ!!」

虐殺現場の真逆。髪が創る蜘蛛の巣に囚われた犠牲者、半グレたちの屍の代わり――

人形の怪異を宿した人間は、自らの無敵に絡めとられ、封じられた。

「ギッ!! キイイッ!! キ!!」

人形の首がギシギシと軋む。外骨格じみた殻のヒビが広がり、体液が滴る。

「その髪、それなりにパワーがあるみたいだが……壁や床を丸ごと剝がして自由になれる、って程じゃなさそうだ。まあ、髪を伸ばせるだけ伸ばせばある程度動けるだろうが」

「!」

追い詰められた人形人間は、わざとらしく与えられたヒントに飛びついた。

しゅるるる、と再び擦過音。接着剤で固められていない髪がぐんと伸びると、髪に埋もれるように隠れていた小さな人形が飛び出し、節くれた指を鉤のように曲げて襲いかかる。

「キイイイイッ!!」

「……少しは考えろ。いくら伸ばしても、繫がってる限り逃げられないだろ」

言葉は冷たく、反応は早かった。

微かに身を反らしただけで飛びついてきた人形の手を躱し、少年の爪先が人形を蹴った。

抉るようなハイキック。矮軀が叩きつけられ、抵抗する間もなく何度も何度も踏みにじる。

「ギイッ⁉　ギ⁉　イ‼　いた‼　イタイ‼　や、ヤメ……‼」

「おまえが殺したやつに言ってみろ。絶対にやめないだろう」

「……キ……ィッ‼」

ヒビ割れた人形の顔に、はっきりとした焦りと恐怖が走った。

零士は微塵も加減することなく、何度も何度も靴底の踵を叩きつける。びちゃびちゃと着物に染み込んだ鮮血が飛び散ってズボンの裾を汚していくが、かまいもせずに。

ガンガンガン、ガンガンガン、ガンガンガン、ガンガンガン……！

「殴ろうが蹴ろうが、半分怪異だ。本質的にはダメージにならない。だから」

「キ、キ、キ……⁉」

「能力を使うまでもない――心がへし折れるまで続けてやるよ」

「き、ひぃ……っ‼」

それは、すでにただの悲鳴だった。

踏み躙り、蹴飛ばし、叩き潰す。怪異たる法則に守られた人形人間は、本質的に傷つかない。

だが情け容赦なくひたすら蹂躙され続け、痛みと共に恐怖を叩き込まれる。

いくら逃げようともがいても、床にへばりついた髪が邪魔すぎた。

壁や天井と接着され、いくら髪を伸ばして移動できたとしても隠れることすらできず、目にもとまらぬほど素早い身のこなしも、紐つきの状態ではまったく意味をなさない。

「ひ、ヒィ……ヒイイイッ……！」

無残な姿。血染めの着物は無数の靴跡を叩きこまれ、ただの汚いボロ布のようだ。

怯え、竦み、辛うじて顔を庇って丸くなる。人形人間の背中を容赦なく蹴り続ける零士に、その場を見ていた蛍が息を呑み、声をかける。

「やりすぎじゃない？」

「甘い。さっきも言ったが、法則に則った攻撃以外、こいつにはほとんど効かない」

ガッ!!　ガンガンガンガン、ガツガツガツガツ!!

何度も何度も踵を叩きつけ、蹂躙する。振り返った零士の顔には、サディスティックな欲望などまったく無い。あるのは焦りと、そして危機感だけだった。

「俺はこいつの元ネタを知らない。弱点法則が見抜けない以上、決定打が無い。だから暴力で黙らせるくらいしか思いつかん。他に方法があるなら聞くが、あるか？」

「……サプリは!?　また人間サプリを作って飲ませれば、戻るんじゃ……!?」

「どうだろうな。……怪異サプリは、幻想サプリより身体に残る」

時間経過で戻った《轢き逃げ人馬》と、サプリをキメた結果戻れなくなった《雑巾絞り》。

後者は人間サプリの摂取で元に戻ったが、怪異法則を突いて無力化した状態だ。この状態、竦んでいても怪異としてはノーダメージの人形人間に効くかどうかはわからない。

「弱点を突いて無力化する以前に飲ませて効くかどうかは賭けになる。ただでさえ劇薬じみたヤバい代物を適当に飲ませて、無事で済むかどうか」

「……それは、困るわ。殺したいわけじゃないもの」

「だろ。なら暴力だ」

「ヒッ……!? ギッ、キイイッ!! た、タス……け!? やめ、テ……!!」

再び人形を蹴り始める零士。じたばたともがく小さな体を体重をかけて踏むが、人形の殻に入ったヒビから嫌な色の体液がぐちゅりと滲んだきりで、大きな傷にはならない。

（——必死だわ。本当に、他に方法がないから……）

蛍は思う。口実を作っていたぶっているだけなら、もう少し楽しそうな顔をするだろう。

だが実体は真逆。露悪的な言動、言葉の鋭さや冷たさは意図的なものだ。殺せない怪異——弱点を突かれないかぎり無敵の怪物を、ほぼ無駄な暴力と脅しでヘシ折っている。

「安心しろ、こういうのは得意だ。何せ、昔さんざんやられたからな」

「……え……？」

「ひどい顔だ。綺麗にしてやるよ、その面をな」

ガッ!! ゴリゴリゴリゴリゴリゴリゴリゴリ……！

「ヒイイイイイイイ……ッ!!」

泣きべそをかきはじめた人形人間、その小さな頭を鷲掴みにすると、コンクリートに擦る。

鑢をかけたようにゴリゴリと削れているのは、怪異ではなく壁だ。

怪異自身には大した痛みも傷もない。

だが言葉の脅しと、恐怖を刺激するビジュアル、痛そうな音が心をえぐる。

──痛々しい。

それは再現、いや……《再演》だ。

「昔、あなたがされたことを……しているの？」

「俺はこいつほど丈夫じゃなかった。血も出たし痛みも味わった。ちょうど今の柿葉みたいに妹が親を止めてくれたが、効果はなかったな。こっそりやるようになっただけだった」

ガンガンガンガンガンガンガンガン！

髪の毛を掴み、人形の頭を持ち上げては何度も何度も鼻先から床に叩きつける。

「俺の時は風呂場の角だ。前歯が全部折れるまでこうされた、治ったが。お前は折れるかな？たぶん無理だろ、丈夫だから。つまり終わらないってことだ、良かったな」

「ひ、ヒィ……！　や、ヤダ!!　やメ……ギャッ!?」

歯一本折れず、鼻筋も歪まない。人形怪異にダメージは全くない。

だがガタガタ震えながら目尻に涙を溜めるその顔は、心から恐怖を味わっていた。

「嫌なら、出てろ。社長へ連絡して対処法を聞いてくれ」

「……その間、ずっとあなたは、それをするの？」

「目を離して逃がしたら、今度は俺の責任だ。犠牲者が出たら詫びようがない」

だから、やめない。やめられるはずがない。

たとえ自分自身の心を抉り、傷つけ、殺すような。

妹を刺し、家に火まで放った両親の狂い方を真似てでも。

「無駄な暴力で、可能な限り恐怖を与えて無力化する。——これも、仕事だ」

何の感情も浮かんでいない虚ろな顔。

痛みに慣れて麻痺した、けれど傷ついていないはずのない、その顔に。

「——行かない」

「こいつを助けたいのか。尊敬してたオーナーの息子だから？」

「違うわ。正直、その人は私も好きじゃない。いえ、普通に嫌いだけど」

それはそれとして。

「あなたが……友達が目の前で傷つくのが、もっと嫌」

そこで一拍、想いをこめた息を吐いて。

「だからあなたを止めるわ、霞見くん。

その暴力で、その子よりあなた自身を傷つけてるから」

まっすぐ目を見て告げる真摯な視線。蛍のそれと、零士のそれがぶつかる。

「……え〜と、どうすりゃいいんだ、これ？　どっちの味方すりゃいいの？」

尻尾をくるりと内股に巻き、毛をしゅんとヘタれさせた月が言うと。

「俺だろう。ＤＶ以外、コレを無力化する手段がない」

「ＤＶが手段に入る時点でどうかと思うわ。別の方法を考えるべきでしょう」

柿葉蛍は都市伝説について詳しくない。オカルト方面に興味もなく、知ろうとしなかった。

だがそれでも、日本人形やフランス人形にはぞっとする不気味さを感じる。

「もし家に、こういうお人形があったら、どうしたらいいと思う？」

「……ゴミの日に捨てる？」

首を傾げる月に、蛍は頷いた。

「そうね、最初に思いつくのはそれだと思う。けど、それで怪談噺にオチがつくとは思えない。

もっと違う、それらしい対策が必要よ。読者が『それで何とかなりそう』と感じるような」

聞いたこともない都市伝説、怪談噺のオチを想像する。必要なのは、説得力だ。

祟りが終わり、穢れが祓われると確信できる何か。トラウマを抱えた少年のＤＶではない、

もっと清らかでスマートな解決方法が、きっとあるはずで——。

「——あ」

ふと、思い浮かんだのは。

死者を送る場、空へ高らかに昇ってゆく火葬の煙。

「お焚き上げ、って聞いたことない？」

「何だ、そりゃ」

「遺品とか、どうしても処分しづらいものをお寺や神社に持っていって燃やしてもらうのよ。私も詳しくないけど、そういうものがあるということだけ知ってるわ」

死者を送る方法は、火。ホラー映画の怪物が炎に飲まれて消えるように。

故人の想いがつまった遺品を、ただ捨てるのではなく彼岸へと送る儀式——。

「火をつけましょう。たぶん効くと思う」

「……エ？」

ぎしり、と人形が軋む。ぼろぼろの顔、頭を零士に掴まれたまま。

媚びるような、まさかそんなことするはずがない、というような怯えた顔で。

「まさカ　あんタ　まじ？　……おれを　燃やス……って、コト!?」

「殴られ続けるよりいいと思うけど。嫌なの？」

「嫌だヨ!! 嫌!! たすっ……タスケて!! こいツ、おかしィ!!」

「失礼ね、おかしくないわ。そのままだとあなた、人間に戻れないかもしれないのよ？」

じたばたともがく人形人間に、蛍はきちんと距離を置いてそう諭す。

注射を恐れる年下の子供に言い聞かせるような、穏やかな語り口で——。


「だから、燃えて。大丈夫よ、ちゃんと消すわ」

「ィ……ヤァアアアァアァアアアアアァアァァア!!」


ゴッ……!!


タンパク質が焦げる嫌な臭い。

あれほど丈夫だった怪異の髪がチリチリに短くなり、毛根と皮膚の瀬戸際まで達していた。

現場に転がっていた半グレのライターで生え際を焼かれ、泡を吹いた人形人間。

「アギ……アギギギギィ……」

「小火で済んだわね。すぐ燃え尽きてくれて助かったわ」

ビクビクと痙攣するそれに、バケツの水をかけた姿勢で見下ろして、柿葉蛍はそう言った。

「……釈然としない。殴るのはダメで、燃やすのはアリでいいのか？」

「それはオレもそう思う……。歴史の教科書の拷問みてーになってんだけど」

火をつけたとたん、あれほど丈夫だった怪異の髪は呆気なく燃えた。

全身を炙られて転がり回る人形人間に慌てて水を調達、ぶっかけて消火。

幸いと言うべきか、お焚き上げという予想は当たり——完全に無力化されている。

「だって、殴っても解決にならないでしょう？　元に戻らないかもしれないわけだし」

「燃やせば戻ると決まってたわけでもないだろ」

「殴るより可能性は高いわ。やり得よ」

「……それはそれでどうかと思うが、実際効いたから言い辛いな……」

拷問まがいのＤＶで心をヘシ折るより、弱点を突いて無力化した方が安全なのは確かで。

そういう意味で蛍の判断は正しい、と頭の中で思いつつも。

「……蛍ちゃん、怒らせねーよーにしようぜ、零士。こういうタイプが一番怖いわ」

「だな。……気をつけよう」

「失礼だわ。理由もなく友達を燃やしたりしないわよ」

「理由があれば燃やすのが怖いんだ」

そんな風に話しながら、ふと不意に。

「だが。助かった。……ありがとう」

「え？」

「俺のために怒ってくれたから。昔、そうしてくれたのは妹だけだったから」

だから、ありがとう。

繰り返すように零士は二度、そう言った。

＊

「何とかなったってさ。ほら、言ったとおりだったでしょ？」

《幻想清掃》オフィス。現場から届いた電話を切ると、社長・楢崎はそう言って。

「結果おーらい。……行き当たりばったりなのが、かなりだめ」

「そうかなあ。とりあえず成功しただけいいじゃない」

ヒトを象った形代に厄を寄せ、流す儀式は古来より各地に伝わっている。

魔術儀式としての詳細は絶えて久しい。しかし古来の文化習俗という形で残り、近代化した冠婚葬祭の中にもその名残がある。火により亡骸を荼毘に付すのもまた、そのひとつで。

「《死人形》の厄は焚き上げられた。あとは人間サプリを打ってやれば、そのうちヒトに戻るでしょ。証言が取れるかどうかはわかんないけど、まあ最悪無しでもいいさ」

仮面舞踏街での殺人はほぼ立証できない。

身元を示すものを持たず、サプリをキメた状態では顔や指紋、ＤＮＡ鑑定も難しいからだ。

しかし今回は被害者の身元が遺留品から判明する可能性が高く。

「普通に強盗殺人だからねえ。昨今は死刑判決もカジュアルに出るし、未来は暗いね」

「ふぅん？」

秘書ネルはつまらなそうな顔で聞きながら、ＰＣを操作する手を止めもしない。

つれない態度。一切聞く耳持たない、どうでもいいという感じの彼女に、楢崎は喋り続ける。

「で、《雑巾絞り》のスマホは無事確保できたそうだよ。そっちの調査は進みそうかい？」

「もんだい、なっしん。というか……」

閲覧中のディープウェブ。

一般人はログイン不可のアンダーグラウンド御用達、盗品など訳アリの品を捌くマーケット。

競りにかけられた商品の履歴を追っていたネルが、ある結論に達していた。

「ネット慣れしてないのは、本当っぽい。──最低限のカモフラだけで、見つかった」

「おやおや。それじゃわざわざ蟻本のスマホを回収する必要は無かったかな？」

「わかることはあるから普通にいる。けど……」

開かれたのは、旧時代のネットオークションを模した古めかしいＷＥＢページ。

匿名の入札履歴がズラリと並ぶ。分類は『ヘルスケア・健康食品』──適当すぎるカテゴリ。

「おや、コレかい？」

「たぶん」

出品者──匿名。ハンドルネームすら表示されない空白。

商品説明はURLひとつのみ。それが示すものが何なのかは、言うまでもなく。

「例の動画。《雑巾絞り》や《轢き逃げ人馬》のプロモ。別アングルで撮影した新バージョン」

「そんな映像を持ってるのは当事者だけ。本物だという証明ってわけだ。で、状況は？」

「競りかけてる。入札してるのが誰か特定するのは、今は無理。……わお」

「こりゃまた大金だ。世の中にはヒマ人が多いもんだねぇ」

画面を覗き込んだ楢崎が、眼鏡を軽く持ち上げながら感嘆する。

オークション終了1分前、景気よく吊り上がる数字。8桁から9桁にまで届きそうな──

「入札する？」

「そんなお金無いよ。あったとしても、コレに使うのは嫌だねぇ」

コチコチと減る残り時間。00：58、00：57、00：56……と秒刻みで焦燥感を煽り、釣られたかのように入札が増す。特に競りかけているのは3人、いずれも当然、匿名で。

00：03　──¥98,000,000

00：02　――¥99,000,000
00：01　――¥100,000,000
00：00　――¥120,000,000 NEW!!

『――落札！』

カウントが0を刻み、オークション画面が閉じる。
残りのやりとりは落札者と出品者のみ、他者が知ることはできない。
暗転した画面に反射した秘書と社長の姿が――あたかも亡霊のように、映り込んだ。

5th chapter
#感染
#Infection

積み重なった瘡蓋のような違法建築。

仮面舞踏街、夏木原には新規で居住許可が下りることはない。

故に公に『住める』場所は仮面舞踏街認定以前からのアパート、マンション、一軒家のみ。

それ以外は不法占拠にほかならず、運営側による強制執行による排除が幾度も行われていた。

だがそれでも、この街に住みたい――仮面を被ることに慣れすぎるあまり、《外》の世界へ戻るのを拒む者は数多く、彼らは許可が下りている建物に殺到した。

結果出来上がったのが、蟻塚めいた異形の建物。

建築基準など無視したDIY紛いの施工によって継ぎ足された部屋。

がんじがらめの配線や植物の根のような配管は、血管が浮いた異形の肉塊じみていた。


そんな《継ぎ足しマンション》の一角――二階、角部屋。

窓を開ければ向かいの壁。元マンションの雑居ビル、最悪なことにラーメン屋が同じ階。

換気扇から漂う猛烈な豚骨スープの悪臭。定休日以外窓は開けられず、風呂とトイレは最近リフォーム済みで比較的マシながら、洗濯機を置くスペースが無く玄関脇に出してある。

他の住民はほぼいない――マンションまるごと《幻想清掃》の所有、塩漬け物件。

条件のいい空きビルと見て住みつこうとする人獣たちを追っ払う番犬代わりにと、相場より1割引きの家賃を給料から天引きされながら、ふたりの少年が住んでいる。

表札はちぎったメモ用紙。『霞見』と『頼山』と書いてあるが――

何を勘違いしたのか、マジックで相合傘の落書きをされており、見るたびに鬱になる。

「死ぬほど部屋は余ってるんだから、ひとりひと部屋でいいと思うんだがな」

「……んな金ぇ――……ねーじゃん？　家賃、倍だぜぇ――……？」

やたら間延びした声が返ってきて、霞見零士は深々と息をついた。

シャカシャカシャカシャカ、リズミカルな音をたてるブラシ。いい香りの青い洗剤を白磁の陶器にぶちまけて、隅々まで黄ばみや汚れを落としていく。ピカピカに。ピカピカに。

「それは痛い。痛いんだが」

「ならぁ……いーじゃーぁ――……ん？　めんどいっち……しぃ……」

「寝ぼけ過ぎだ、顔でも洗ってシャキッとしろよ。ああもうこんなところまで汚しやがって、あと毛だ。抜け毛。詰まるんだよ、配管が！」

ぎゅっぽぎゅっぽぎゅっぽ。

流れの悪いトイレに特大の吸盤を突っ込んで詰まりを解消。大量のイヌ――

人狼の抜け毛に、いつものことながらうんざりする。わかっちゃいるのだが、やはり。

「リフォームの時、イヌ科用の便器にすべきだったか？　配管太めの詰まらないやつ」

仮面舞踏街におけるトイレ事情は意外と深刻な問題だ。

何せみな呑むし、食べる。肥満対策、健康志向を名目に表社会では規制された暴飲暴食が、この街ではしぶとく生きており、それ目当ての客は尽きることがない。

当然、食べたら出るのだが、人獣化した客たちは内臓の形すら変化しており、成分から形、方法すら違う場合がある。肉食用、草食用、爬虫類。さらに尻尾がある場合も多い。普通にしようとすると水のタンクが邪魔なので、尻尾を後ろから肩に乗せるように持ち上げてするのが普通だが、寝ぼけた月はちょくちょくサボって尻尾を濡らし、慌てて洗うのだ。

とはいえ、まだ中型サイズなので比較的マシだ。肉食草食を問わず、大型種を引いた場合、当然体格に合わせたバスタブみたいなトイレを使うはめになり、設置数は極めて少ない。

中には動物らしく、外の砂地やペットシートでやりたがる変態もおり——そうした片付けもまた、怪異の探索や捜査をしていない時期の《幻想清掃》、下っ端社員の最悪な仕事だった。

「やはりヒト用だと詰まりやすいか。まったく、しょうがない……!」

「……よろこんで、ねー？　おまえ……」

「ない。ふざけるな。まったく、しょうがない、しょうがないからな……!」

と言いながら、マスク越しにもわかるほど、零士の口角は上がっている。

ハイになった笑顔。別にトイレが好きなわけではない。好きなのは掃除。風呂も好きだが、トイレ掃除も案外ハマる。ゴム手袋をはめ、ピカピカに磨き上げるのは満足感がある。

「次は備品の高圧洗浄機をレンタルするしかないな。その時はお前も金出せよ」

「え～……？　まじぃ……？　だりぃじゃん……。いくらよ、なんぼ？」

「関西か関東かどっちだ。まあ数万の出費になるだろうが」

「ひっでぇ……。お前、こうドロッとなって詰(つ)まり解消とか……できんじゃね――……？」

「できないことはないと思うが、それ俺に便所に全身突(つ)っ込(こ)んで掃除(そうじ)しろと言ってるんだぞ。さすがに嫌(いや)だ、風呂(ふろ)の排水溝(はいすいこう)の詰(つ)まりくらいならともかく、トイレは嫌(いや)だ」

霧の怪物(ブロッケン)、不定形の存在だが、触(さわ)った感触(かんしょく)は伝わってくるのだ。

自分たちが使っているとはいえ、嫌(いや)すぎる。そのくらいは月(ゲツ)も理解しているはずだが。

（あいつは朝が弱すぎるからな。まだ寝(ね)ぼけてるのか）

人狼(ワーウルフ)は夜型だ。天体の方の月が出ている間、生理的に肉体が活性化し、脳が覚醒(かくせい)する。

健康診断(しんだん)を受けた時、医師が言っていた。大量の脳内麻薬(まやく)――アドレナリン、エンドルフィン、他にもいろいろあるらしいが、人狼(ワーウルフ)となっている間はそれらが大量に出ていると。

眠(ねむ)くもならず、痛みもほぼ感じない。だがその代償(だいしょう)は大きくて、そのかわり夜に眠(ねむ)り辛(づら)く、朝の寝(ね)起(お)きは最悪で、目覚まし時計をいくつ並べても起きられないほど辛(つら)いようだった。

（まあ、当然か）

ちらりとトイレから顔を出し、零士(レイジ)は部屋を眺(なが)める。

申し訳程度のキッチン、リビング。家具らしい家具はほとんどない。

中古のゲーム機、雑誌の束を積み上げて台にしたモニター。暇(ひま)な時間は動画サイト、無料番組を垂れ流し。幸いネット回線は通じており、部屋周辺のみ限定だが使える。

寝床がふたつ――ひとつは零士、すでに畳んで布団は上げた。

もうひとつは月。昨夜もうまく眠れず、睡眠薬で無理矢理眠った。呑みかけのペットボトル、空になった錠剤シート。LEDの光を逃れるように布団に包まり丸くなっている。

「俺に合わせて無理するからだ。夜間制にした方が絶対ましだろう、お前」

「だって、よぉ――……。こわいじゃん、ひとりでガッコとかさぁ……。寂しいじゃん……？ひとりで定時制とかやだよお……。きつくても朝起きて一緒に行きてぇ……」

「赤ちゃんか。甘えるな」

「つめてぇこと言うなよう……。泣くぞ、俺ぇ……はあ、だりぃ――……」

もぞもぞと蛹のように、丸くなった布団が動いている。

昨夜は徹夜に近かった。蛍は終電前に帰したが、血みどろの殺人現場の清掃、死体の片付けと運び出し、さらには人形人間――怪異《死人形》だった男の訊問まで。

正直、零士も疲れは隠せない。

なのに仮眠から覚めてトイレに入れば、イヌ科の抜け毛で詰まっているのを発見。

コトを始める前だったからまだマシだが、それでも睡眠不足で寝起き即トイレ掃除の苦行は精神的に来るものがあって、文句のひとつも言ってやりたいのは山々だったが。

（お互い様、ではあるからな）

相棒を責める気にはなれなくて、手を動かした方が早かった。

そんな風に思っていると、ふたたび死にかけたような声がする。

「おれらが、つかめぇたのによ――……なんでまた、訊問、できねえんだか……」

「本社預かりになったからな。受け渡しまでに聞きたいことはできるだけ聞けた」

髪の毛を焼かれて悶絶した《死人形》に人間サプリを打ち、無力なヒトに戻した後。

BT本社が引き取りに来るまでの一時間弱。強引に情報を吐かせたのだ、が。

「柿葉を呼ぶぞ、と言ったとたん喋ったからな。薬が強烈に効いたらしい」

「そりゃ、こえ――……よ。蛍ちゃん、迷わず火ぃつけんだもん……」

それな、と思わず零士も納得する。ふてぶてしい態度をとっていた元《死人形》が、帰った蛍を電話で呼ぶ素振りを見せたとたん、強烈にビビってぺらぺら吐いた。

「あのドラ息子と、蟻本のスマホも回収できた。ネルさんに渡した結果、見たか？」

「んや……見てねぇっつうか、もう結果出たのかよ。早くね……？」

「まあ、早いな。連中のスマホから、闇オークションにログインできた」

2台のスマホ。どちらも違法改造の結果、ディープウェブへのアクセスが可能だった。

違法品が大量に並ぶ現代の闇市。当然、出品者と落札者、入札者の情報は守られているが。

「どういう手段を使ったか知らんが、昨晩開催されていた怪異サプリのオークションを発見。入札者のIDを割ったらしい。誰が最終落札者かは不明だが、手がかりにはなる」

「……じゃあ、今日はそれを調べる感じ？」

「放課後からな。他にも課題は山積みだが……」

たとえばカジノの売上金、1億。

最後の意地か、その行方だけは《死人形》は頑として吐かなかった。

「殺された半グレ連中が持ち出したのか、あるいはドラ息子が隠したのか。時間があれば現場周辺を探すべきだろう。それに、あいつがパクッた不動産関係の書類もだ」

前オーナーの所有する不動産について、公的な書類からある程度の調べがついた。

「盗んだのは権利書だけで、実印までは持ち出していなかったからな。名義変更の手続きとかまるで知らずに、それだけ持ってれば自分のものだと思ってたらしい」

そもそも相続の手続きすら終わっていない以上、横領か窃盗か。

《外》の法律に疎い零士には理解しがたいが、オーナーが所有していた仮面舞踏街の土地建物。ガールズバーのビルを含む複数の不動産関係の書類もまた、見つかっていない。

「あのオーナー、本気で金持ちだったらしい。アパートやら店舗やら、仮面舞踏街の中だけで十件を超えるそうだ。本腰を入れて動かしてるのは元ガールズバーのビルだけらしいが」

「なんでまた……。税金、取られるだけじゃねえの……?」

「無法地帯だからな。資産価値なしとみなされて固定資産税は猶予されるらしい。ただし賃貸に出したり、店を出したりするとがっつり取られる。だから放置した方が安い、そうだ」

「……金持ちって、めんどくせえ」

「まったくだ」

正直よくわからないが、金持ちには金持ちの事情があるということだろう。

そんな風に感じながらトイレ掃除を終え、零士は蒸れたマスクとゴム手袋を外す。

解放感と涼しさを感じながら、ハンドソープをたっぷりつけて手を洗っていると。

「んじゃ、そっちも調べんの……？」

「いずれはな。まずはバラ撒かれた怪異サプリの追跡を優先するよう、社長の指示だ」

《死人形》は怪異サプリの対価として、盗んだ権利書を出したらしい。

《外》の登記などが動けば、公のルートから秘書ネルが察知できる。だがそうした手続きを踏むことなく、塩漬けになっている土地や建物をこっそり使っているとしたら。

「直接調べてみるしかない。黒幕が出入りする可能性もある。有力な手掛かりだが……」

流出した闇サプリを押さえるのが先だ、という社長の判断は理解できた。

黒幕を追うのも重要だ。しかし、怪異サプリも幻想サプリも、放っておけばめちゃくちゃな被害を出しかねない。死人、怪我人、金銭的被害、それ以上に。

『本気でヤバい代物が流出していたとしたら？　――マジで世界がヤバいかも、ね♪』

とか言い放った社長のドヤ顔を思い出すと、腹が立つ以上に恐ろしい。

「闇サプリを追跡、確保して被害を抑える。黒幕を追って捕まえる。両方やらなきゃならん。連日きついだろうが、今日も仕事はするぞ。月」

「わあってる。……サプリ、落札したやつ……手がかりとか、あるんだよな……？」

「今、ネルさんが割れたIDから入札者の特定を急いでる。時間がかかるらしいが」

「んなもんできんのか……。ぱねーな、あいかわらず……」

「今の時代、テクノロジーとそれを操る技術者の方がよっぽど魔法使いだよ。杖を振り回して箒で空を飛んだり、狼男やモクモクしてる俺よりも、ずっとな」

社会に順応し、魔法としか思えない手際を発揮する時点で格上だ。

少なくとも秘書ネルの技術は他の企業でも引く手あまた、潰しが利くが。

「俺達には、ここしかない。つーか、わりぃ……頭回んねえ、おなかいてーわ……」

「……──まあ、な。羨ましい限りだよ」

「おい。さっきから様子が変だと思ったが」

「んな──……」

物凄く疲れ切った、怠そうな声。

もぞもぞと布団が揺れ、包まっていた中から頼山月が顔を出す。

パジャマ代わりのタンクトップに短パン姿で、顔色は真っ青な──

「酷い顔だ。……剃れるか、それ？」

「きついかも。つーか悪い、来ちまった……」

もさもさとした柔らかい毛が、月の全身から生えていた。

いつもの人狼姿とはまた違う。顔や骨格などはほとんど変化しておらず、人間のまま。だが薄い毛皮が全体を覆っており、シルエットの変化はマスクをしても隠せそうにない。

古の病名——動物人化感染症。

欧州を席巻し、数々の村で人に紛れ、夜な夜な村人を貪り食ったとされる怪異に由来。最も恐るべき疫病。日本でも地方にその伝承が見られたが、近代には根絶された。

欧州においても徹底的な防疫戦略と、村ごとに人狼を見つけ出しては吊るす《人狼狩り》が行われた結果、その数は激減。今や大陸の奥地や南方にごくわずかに残るのみ、とされる。

中でも絶滅種とされるのが、純粋な人狼。

大陸に生息する人虎——ヒトの姿をとっても踵がなく、爪先で立つ。

南方に住むという悪魔豚、北欧の狂熊など。さまざまな人が獣に変ずる逸話伝承の中でも、月齢によって大きな影響を受け、強い伝染性と不死性を持つ、最も忌まれた人狼症の代表。

「どこかの田舎に、残っていたんだったな。病の《株》が」

「んあ——……。らしい、わ。俺もどこだか知らねーけど」

欧州では狂気的とすら言える魔女狩り、人狼狩りによって絶滅したとされる人狼症。だが日本の辺境、とある田舎——因習の地の生き残りから採取したウィルス。満月に酔い、数十人を殺戮した末に獄中死した老人のそれを移植された、実験体こそ。

――頼山月という少年の、正体だ。

「……よけーなことすんなって超言いてえけどな」

「野生のニホンオオカミは絶滅したが、ニホンオオカミオトコだけ復活だ。めでたくないが」

普通の狼なら、動物園の目玉くらいにはなるだろうが。

狼男が復活したところで、喜ぶどころか恐れるのがせいぜいで。

「サプリは飲んだのか？」

「朝飯の後に飲もうと思ってて、まだ……。悪いが適当に何か、たのむ――……」

「……パンと卵ならまだギリあったか。これでギリ済ませるか」

ちっぽけなキッチンの片隅、古びた冷蔵庫。粗大ゴミから拾ってきたがまだ動く。

中身は乏しく、カチカチになった食パンが一袋と調味料がいくらか、そして卵と牛乳だけ。

野菜は今切らしていて、ギリギリ古くなった柴漬けが少しタッパに入っていた。

「柴漬けと食パンって合わね――……よ」

「贅沢言うな、安かったんだ。味がついてるだけマシだろう、というか」

とりあえず牛乳を冷蔵庫から出し、賞味期限を軽く確認しながら。

「早くないか？　今夜のはずだろう」

DIYで張り替えた壁紙は安っぽい白。

画鋲で留めたカレンダーには月齢がイラストつきで描かれており、それを遠目に確認する。

「んなぁ――……。ずれることも、あんだよ……。内臓、キリキリする……」

ぐったりと布団に包まる月。薄い毛皮越しにもわかる、顔色の悪さ。

人狼症の諸症状のひとつ。夜空に輝く月を視る――視覚による獣化反応は、不完全だ。月が満ちれば強くなり、月が欠ければ弱く。衝動は不規則に変化し、対応しづらい。

「ぎっこんばったん、か。上がって下がる、不便な能力だ」

「内臓ぎょりぎょりすんだよ……まじうっぜぇ――……ぶっ壊れろ、満月ぅ……」

「そうなったら人類が滅びるな。腹を温めてもう少し寝てろ、朝飯を作るから」

「ふぁい……悪ぃ、役に、立てなくて……」

《その日》とか《あの日》と呼ぶことが多いが、満月の前後、頼山月は体調を崩す。

日中でも半ば獣化したような状態が続き、人間サプリの弱いもの――特別に処方されている錠剤で症状を抑えなければ、最悪の場合理性を失って暴れ出すことになる。

人狼症の最大の問題、月齢狂化。かつて欧州を席巻した悪疫はこれによって人類との共存を拒まれ、弾圧と虐殺によってその存在は歴史となった。

狂化を抑えるため、月は毎月人間サプリを服用する。その副作用――貧血、倦怠感、頭痛に腹痛、強い鬱状態など。さらに高額の医療費請求が、家計のほとんどを占めていた。

「そのざまじゃ鼻も利かないだろう。いっそ休むか？」

「そうゆうわけにも、いかね――……よ」

力尽きたように、俯せの枕に顔を埋めて。

すうすうと弱い寝息を立てる相棒に、「しょうがないな」と呟いてから。

「フレンチトーストでも、作るとするか」

＊

「……無駄に女子力高いもん食ってるわね、朝から」

「美味いし、早いし、簡単だ。あと牛乳の賞味期限がやばかった」

都立アカネ原高校、2‐A教室、隔離された感のある教室の隅。

早朝、まだ他の生徒のいない時間帯――車椅子が入るよう、備え付けの椅子を外した最後列。賣豆紀命は、少し遅れて教室へやってきた少年を面倒くさげにじろりと睨む。

「はあ？　うちのママが作った時は、クッソ怠かったわよ。牛乳と砂糖放り込んだ卵に食パン何時間も漬けてバターで焼いて、みたいな感じで」

「手順が違うんだ。砂糖か甘味料を入れた牛乳をレンチンして温めて、古い食パンを漬ける」

よく知らないが熱とかそういうのが絡んでいるんだと思う、と適当に言って。

「そうするとパンに牛乳がすぐ染みこむから、あとは溶き卵を衣みたいにつけてマーガリンで適当に焼けば完成する。古いパンでも柔らかくて美味く食えるぞ」

「主婦かアンタは。その妙な女子力、どっから来てんのよ」

睨まれた少年、霞見零士は朝食を撮った携帯の、解像度が死にかけた画像を見せながら。

「ノルマは大事だからな。俺の生活は基本、存在しない妹に捧げている」

「……そう。まあ、よくわかんないけど突っ込むのはやめとくわ。何、アニメの話？」

「実在はしたが存在しない、というだけだ。あまり気にしなくていい」

ぱちん、と音をたてて古い携帯電話を畳む。スマホですらない骨董品じみた機械をしまい、零士は向かいの席でぐったりと机に突っ伏している相棒に言った。

「見ての通り、月はこのありさまだが――死にやしないから心配はいらない」

「いやするわよ、普通。風邪？」

「みたいなものだ。腹と頭が痛くて貧血で鬱だとかで」

「だうぅ――……。大丈夫だ、はなし、聞いてっからあ……」

零士に肩を借りて、辛うじて登校してきた頼山月は、席に座ったまま動かなかった。

というより、動けないのだろう。顔に生えた毛だけ強引に剃り、あちこちカミソリ負けして赤くなった頬を机の天板につけながら、ぴくりともしなかった。

「なにその病気の多重構造。……難儀な体質してるわね、あんたたち」

「特別なんてたいがい不便だ。大金を払ってまでなりたがるバカの気持ちはわからない」

「轢き逃げ野郎をぶっ殺そうとして自分が轢き逃げやらかすバカに、変なもん貰った末に戻れなくなったバカ、カジノ強盗殺人仲間割れバカ。わかんなくていいわよ、そんなの」

ざっとだが、3人目の怪異サプリ——。

《死人形》の話を聞いた命は、つまらなそうに言った。

「どいつもこいつも半端なのよ。素の自分で人殺しになる覚悟もない雑魚ばっかだわ」

「かもな。命なら、本当に殺りたければ自分で殺るだろう」

「当然でしょ。ナイフだろうが超能力だろうが、殺られる側にとっちゃ同じだわ。だったら、シラフのまんま真正面からぶっ刺した方がすっきりするし」

「……狂暴だな。が、わからなくはない」

過激な命の言葉を、零士は受け止めるように答えた。

「昔、悪疫禍が真っ只中の頃。今と似た事件が多かったそうだ」

社会に対する不満や不安、溜まった何かをブチまけるような凄惨な事件の数々。

特定の個人に対する憎悪ではなく、もっと漠然としたイメージ。

男性や女性、酔っ払いや風俗関係者など、レッテルを貼った他人——個人ではなく肩書や、職業を狙ったかのような根拠のない悪意に基づく殺人や、傷害事件。

「結局のところ、誰でもいいのかもしれない。癇癪を起した子供がおもちゃを壊すみたいに、ただ暴れて大切な何かを壊せれば満足なのかもな」

だから、そのための凶器は特別でなければならない。

ありふれたナイフや刃物、手作りの銃のような実用的な凶器ではなく。

「特別感を演出し、殺人への忌避感を無くすギミックとして……怪異サプリは有効だ。ただの通り魔殺人じゃダメなんだろう、何も面白くないし、自慢にもならない」

「バカの理屈だわ。で、そんな真似をやろうとしてるヤツが、3人いるって話よね？」

「ああ。――ネルさんから連絡が来てる。この短時間で、よくそこまで絞れたもんだ」

昨夜から徹夜だろう。曲がりなりにも幻想種である自分や月がヘロヘロに疲れているのに、秘書ネルは自宅に戻った様子すらなく、ほぼずっと会社で活動を続けていた。

その結果、ついさっき登校途中に届いたばかりの情報は――

「命、SNSは起動できるか？　閲覧だけでいいんだが」

「いいけど……ああ、その骨董品みたいな携帯じゃ見れないワケ？」

「別にやりたくもないけどな。とはいえ義務だ、いずれ七色のデカい綿あめとか買って、彼ピとシェアする匂わせ画像とか撮らなきゃならん」

「だから女子力高い用途で使おうとすんのやめなさいよ。キモいから」

そう言いつつも、命はスマホを取り出してアプリを起動、SNSを閲覧する。

液晶の検索欄を零士が示し、いくつかのキーワードを入力した。

「入札者のひとり。動画投稿SNSで人気の配信者——だったか？　情報商材を売ったり、企業経営コンサルタント会社を経営している人物だ」

「あー……知ってるわ。一昔前、テレビとかいうメディアに出てた芸人なんかとコラボして、イケメンだからちょくちょく騒がれてた。何つったっけ、名前」

「配信グループ代表、クライヤミ【Darkness】……だそうだ」

SNSに表示された画像は、マスクで顔を隠した若い男だった。

どこか陰のあるイケメンで、モデルのようにすらりとした体格が様になって見える。

「金持ってそうな顔と服だわ」

「……社会的な地位もある。正直、怪異サプリなんぞに手を出す必要は無さそうだが」

「どーかしら。『噂の怪異サプリ！』『手に入れました、結果は⁉』とかデカいサムネで動画作れば、案外ペイできるかもしれないわよ。落札代金も経費で節税とか」

「ありそうで嫌だな……」

次に表示したのは、トップ配信者とは対照的——フォロワー数わずか数百。

大袈裟なギャグ顔のアップをアイコンにした中年男だった。

「自称お笑い芸人《ピカ☆ルン》……まあ、言うまでもないが」

「パクリ臭いわね」

「直球すぎる。いやまあ、だいたい合ってるが」

ふくよかな体つき、作った笑顔。SNSから動画投稿サイトに貼られたリンクを確認すると、動画は毎日のように投稿されているが、1動画あたりの再生数は千に満たない。

「積極的にSNSを更新し、他人へのリプライも多いが……空気を読まない言動が目立つので、かなりウザがられている、らしい。このあたりはネルさんのまた聞きだけどな」

「動画コメント欄がある意味面白いわね。規制逃れて叩くセリフの見本みたいだわ」

ネットワークが検閲されている完全管理社会において、晒し、叩き、炎上は書き込んだ者にも責任が行く。信用スコアの低下による被害を避けるため、言葉は柔らかく——

『スキンケアした方がいいんじゃないですか？　毛穴がヤバいですよ』

『面白いですね。ただ、サムネは工夫しましょう。どっかで見たような感じです』

『少し投稿頻度を落としません？　ゆっくりいい動画を作ってください！』

それらのコメントを一瞥し、ふんと命は切り捨てる。

「つまり顔がキモい。つまんねーんだよパクリ野郎。つまんないから投稿すんな、ね」

「……悪意を翻訳するのがうまいな、命」

「現役時代似たようなこと言われてんのよ。つーか……ろくに売れてない自称芸人でしょ？　闇オークションに入札するお金、あるの？」

「親の遺産があるそうだ。都内に実家、持ち家。売れば2億は固いらしい」

「そういや、落札額っていくらなの？」

「1億2千万、だそうだ」

零士にとっては目も眩むような大金だが、大金すぎて現実感がない。

「あるところにはあるんだな、程度の感想しか出てこない。嫉妬する気にもならん」

「億超える金突っ込んでイカれた化け物になりたがるとか、バカじゃないの」

「それはそうだ。――次3人目、これで最後だ。少し、やりづらい」

最後に表示されたSNSのプロフィールには、十代前半の少年が映っていた。

「北島祐一、16歳。高校一年。都立アカネ原高に今も在籍中だ」

「は？」

思いがけない繋がりに、命は変な臭いを嗅いだ猫のような顔でスマホを睨んだ。

「……ってことは、1コ下の後輩？　見たことない顔ね」

「学年が違うからな。親は都内で病院を経営してる医療法人の経営者だ。いわゆる上級国民のお坊ちゃんだが、最近どうも親ともめてるらしく、SNSに愚痴が多い」

プロフィール画像に載っているのは、素朴な少年だ。

視線を切って数秒で忘れそうな――何者でもない、群衆のような。

華のないのっぺりした顔で、ぎこちない作り笑いを浮かべて、映っていた。

「医者の子か。頭いいの？」

「成績は中以下、らしい。学校から情報を得るまでもなく、自分で呟いてる」

タイムラインをざっと遡ると、投稿内容はキラキラとした学校生活の見本じみていた。

流行りのカフェでのコーヒーブレイク。友達と遊びに行ったカラオケ。個人間距離を保ち、消毒しながら回すマイク。有名大学への高進学率を謳う塾での勉強について……。

「……こんなキラキラ高校生ライフを送っている人間が、なんでまた？　という気になるな」

「転校初日からハブられクソボッチのあんたがそう言うのなら……」

「誰がハブられクソボッチだ。言葉のナイフやめろ」

表の情報を見る限りだと、とても闇オークションに大金を注ぎ込むとは思えない。

勝ち組配信者。自称芸人。金持ちの息子。

「この誰かが犯人、って言うか……その激ヤバサプリを買ったヤツなのね」

「そうなる。だから放課後、手分けして調査を進める予定なんだが……」

「あんなんなってるワケ？」

「あんなんなってるワケだ」

「……わりぃ……。だる――……」

ちらりと送った視線の先では、相変わらず話を聞きながらも机に突っ伏す月の姿。

ちょっとした体調不良だ、と零士は説明していたが、その姿はまるで――

「あんた女子じゃないでしょうね。毎月生理が来るＪＫの実とか食べてんの？」

「……ね――……よ！　まじで、きついんだって……」

「本当に辛（つら）そうね。温かいお茶、お弁当用に持って来たけど、飲む？」

「あり……って、蛍（ケイ）ちゃん？」

不意にかけられた言葉にうっそりと月（ゲツ）が顔を上げると、意外な人物がそこにいた。

早朝、彼ら以外来ていない教室。今しがた戸を開けて入ってきたばかりの柿葉蛍（カキバケイ）は、スマホと連動した無線イヤホンを外しながら、学校指定の鞄（かばん）から水筒（すいとう）を取り出す。

「はい、どうぞ。さっきから話だけ聞いていたわ」

「え、そうなん？」

「二回も三回も同じ話すんの、時間の無駄（むだ）でしょ」

そう言うと、命（メイ）がスマホを軽く振（ふ）った。

暗転した画面はメッセージアプリのネット通話、スピーカー状態で固定されている。

「おかげで話題についていけて助かるわ。けど、どうして早朝に呼び出しなの？」

「それアタシも思った。昼とか放課後でいいでしょ」

「……接触（せっしょく）には、学校内が望ましい。仮面舞踏街（マスカレード）に呼び出すのは、目撃（もくげき）された場合の言い訳に困るからな。報告されて生活態度の悪化から信用スコアが下がるかもしれない」

この超（ちょう）管理社会において、信用スコアの低下は直接的な被害（ひがい）に繋（つな）がる。

金銭的な被害（ひがい）——電子決済、クレジットの限度額低下。学校側からの内心評価、賞罰（しょうばつ）の履歴（りれき）は大人になった時、あらゆる進学・就職の合否に影響（えいきょう）してしまう。

（俺たちとの接触、それ自体観測されたくない）

たとえば昼休みだ。弁当などつつきながら話せれば学園青春感マシマシで非常に楽しい。

そう零士自身も思っている。めっちゃやりたい、やってみたい。だが、それは。

（くだらない、わがままだ。許されるはずも——ない）

ギリギリ、社会奉仕と搾取の代償として人類社会の参加権を貰っているケダモノ。

関係を匂わせるような行動を衆目の前でした場合、信用スコアの低下を招きかねない。

「校内では一線を引いた方がいい。友達付き合いができるのは嬉しいが、そちらのためだ」

「……変なとこで律儀ね、あいかわらず。ったく、めんどくさ……！」

「でも、必要なことだと思うわ。……ありがとう、気を遣ってくれて」

そう神妙に言う蛍に、零士は素っ気なく視線を逸らす。

「……別に。まあ、朝の教室なら人目もないし、不自然でもない。昨夜はいろいろあったのに呼び出して、そのあたりすまないとは思っているが」

「かまわないわ。けどあなたたち、残業代は出たの？」

「俺達の勤務にタイムカードはない。人権意識皆無のブラック中小企業だ」

「現代社会の倫理観にマジで逆行してるわね、あのオッサン……」

呆れ顔の命。かといって転職できる立場でもない、人権なしの特殊永続人獣たち。

そんな彼らに同情の視線を送りつつも、蛍もまた小さく息をついた。

「お金に関しては、私も少し困っているわ」

「そうなの？　仕事してくれたら、キッチリ報酬は払うわよ」

「ありがとう、命さん。けど時間がかかるでしょう。その間無収入だと、施設が潰れるわ」

「……ああ」

柿葉蛍は贅沢をしない。

高い成績に生活態度。生活援助・社会支援度：B認定——優等生とされ、ひとりでの生活に家賃や食費などの補助を受けているが、彼女が育った児童養護施設の経営は傾いていた。

夜の街、仮面舞踏街でこっそり働き、その給料を施設に寄付しなければ、弟妹同然の子供たちが暮らす施設の存続に係わるほどで、優等生に危ない橋を渡らせた原因でもある。

「それで、昨夜ガルーさんに言われたんだけど……お店で使っていたものと同じ、変身先を特定できるサプリの入手先を知らないか、って」

「あー……蛍ちゃんが使ってる、アレ……？」

仮面舞踏街で売られている怪物サプリは、変身先を特定できない。

だから店に接客の女性を雇おうにも、毎日がガチャだ。男ウケしない種類に変身した場合、売り上げにも響くことになる。その点、蛍が以前勤めていたJKバニークラブは画期的で。

「現役JKウサギ娘だけ揃えたガールズバー、ね。そりゃスケベなおっさん爆釣でしょ」

「売り上げは良かったらしいわ。仕入れ先が私ということは、オーナーしか知らない。だからガルーさんも、私が何か知らないかカマをかけた程度の質問だと思う」

とはいえ、これからの定期的な収入を考えると。

「かなり高値で買ってくれるみたいなの。売っていいかしら？」

「……まずいな、それは」

需要は間違いなくある。あり過ぎて困る可能性がある。

オーナーが入手先を秘密にしていたのもトラブルを避けるためだろう。接客業だけでなく、変身先を特定できるサプリは、仮面舞踏街に通う者なら誰もが欲しがる需要があった。

「ガルーさんが信用できないとは言わないが、安全性の問題もある。手作りのヤバい薬を売るとか、グレーどころかブラックだろう。やめておいた方がいいぞ」

蛍は荒れ果てたキッチンで拾った材料で、即興で人間サプリを創れる異能者だ。

明らかに霧の怪物、零士や人狼の月より換金性が高い。ありすぎる、とさえ言っていい。

今は社長がBT本社に報告した様子もない。その理由は、零士にも想像がついた。

(社長のことだ。何か企んでるな)

摑みどころのない男だし、憎めないところもあるが——その裏で油断ならない鋭さがある。

本社をも出し抜くような企みを抱いて黙っている可能性が高い。

が、もし本社が柿葉蛍の存在を、未知の異能者の存在を、知ったとしたら。

「最悪、捕まるぞ。人権を失いたくなかったら、よせ」

「警察に？　私、法律は何も破ってないけど」

「もっと厄介で面倒くさい、BT本社の警備部だ。金と権力がある上に公共機関の利用履歴、国民登録番号の閲覧、照会権まで持ってる。表の身分を捨てないかぎりまず逃げられない」

この超管理社会で、登録番号なしには電車にも乗れず、電子マネーも利用できず。文明から切り離された生活でもしない限り、追跡を逃れるのはまず不可能だ。

「まだ社長の方がマシだ。忠告しておく、変な動きはよせ」

「……そう。なら他にお金を稼ぐ方法を探すことにするわ。みんなのお手伝いも続けるけど、それはそれとして、私にとって施設が実家みたいなものだから」

「まっとうな手段で頼む。最悪、うちの会社でバイトだろうが……おすすめしないぞ。たぶん水商売の方がホワイトだ。死体の片付けとか嫌だろう」

「……それは、普通に嫌ね」

「正直でいい。月は寝かせといてくれ、放課後働いてもらう。体力を温存させた方がいい」

「この状態で？」

「できれば、怪異サプリをキメる前に阻止したいからな」

昨夜の《死人形》もそうだ、と零士は思う。

情報を摑むのがもう少し、ほんの一日早ければ余計な犠牲を出さずに済んだ。

神ならぬ身だ。全員救えるなんて傲慢なことを思いはしない、けれど。

「より犠牲を少なく、より社会に貢献して信用を稼ぐ。今の生活を維持し、向上するために」

──結局のところは、欲望だ。

叶えたい願いがあるから、欲しいと思うものがあるから、よりよい結果を求めているだけ。

ボランティアじゃない。善意だけでは続かない。欲望とのミックスが必要だ。

「ま、それはいいとして。……結局、どいつが一番怪しいと思ってんの？」

「こいつだな」

零士が示したのは、一番早く開示した有名配信者。

「シンプルに金がある。大金を右から左へ動かしても問題ないからな」

「マジかどうかもわかんない、偽物を掴まされるかもしれないオークションに大金入れる余裕がある、ってことね。自称芸人の無職と高校生よりは可能性ありそうだわ」

「芸人も資金面では可能らしい。だから、とりあえずこの二人から調べるつもりだ」

「1年の後輩は？　金持ちの息子でしょ」

「……さすがに1億2千万は無理じゃないかしら。かじる脛が無くなりそうよ」

「あたしもそう思う。だからまあ、こっちで軽くやっとくわ」

思いがけない提案に、零士と蛍の注目が集まる。

命は表示したSNS画面を眺めながら、そんな二人にニヤリと笑む。

「ぼっちどもと違って、あたしは社会性があんのよ。元部活の後輩連中から、評判なりこいつの最近の様子なり聞き出すくらい、朝飯前よ」

「依頼人を働かせるのは気がひけるんだが」

「あんたらがやるよりマシでしょ。ここの面子以外とまともに話せんの？」

「……それを言われると困る。正直、どう話せばいいのかわからん」

零士がまともな学校に通えたのは、小学校低学年以来なのだ。

月に至っては施設生まれの施設育ちで、何もわからない。根が明るいので適性はあるが——

「現状、コンディションが最悪だからな。本当にいいのか？」

「もちろん。ま、あたしも何かやりたいのよね」

誰かに何かをやらせたまま、答えを待つだけというのは意外と辛い。

「金だけ出してても実感がなくちゃ、やった気がしなくて心が鈍るわ。やらせて」

なお不安げな零士と蛍。

冷たいようで妙に人がいいふたりに、賣豆紀命は微笑んだ。

＊

放課後、夕暮れの街。
とある高級住宅街の一角で——

『……というわけでリアルガチ違法捜査、行ってみようか！』

「捕まったら社長がやれってそそのかしたんです、って供述しますよ？」

物陰に隠れて不穏な会話をする、マスク姿の少年。

古い型のガラケーをウレタンマスクの頬に当てて、通話口から漏れる声に冷たく返す。

『捕まらないでくれたまえ。ちなみにポリスに確保された場合だいたい全部君のせいになる。ただでさえ最低ギリギリの社会信用スコアが動物以下になるから注意したまえ』

「……拒否権は無いんですね？　一応確認しておきますが」

『ないよ。というより、我々は捜査権も逮捕権もない清掃会社だからね。正攻法の捜査なんて最初っから選択肢にないし、警察やBT本社を動かす材料もない』

つ・ま・り、と社長、楢崎はほくそ笑むように言った。

『君は事件を未然に防ぐヒーローになるわけだ。少年ハートにビンビン来るだろ？』

「どっちかといえばそれは子供の領域だと思いますよ。……というか」

はあ、と霞見零士は浅くため息をつき。

「自宅に忍び込んで適当に証拠取って来い、ってのは無理がありませんか、社長」

『君ならできるだろう？　防犯システムも、霧に変わって通気口から入ってくる人間なんて想定してないからね。本来、仮面舞踏街の外で能力を使うのは御法度だけど』

今回だけは見逃してあげよう、と恩着せがましく〆て、通話は切れた。

「……あのオッサン、完全に俺を便利な鉄砲玉としか思ってないな……」

授業が終わり――睡眠不足で死にかけていたせいで、内容は頭にあまり入らなかったが。

ギリギリ眠気をこらえるのに成功。世間の高校生たちはスマホからオンライン化された授業の動画を観たり、オンラインで予習復習できるらしいが、そんな権利は彼になく。

カシュッ、と音をたててプルタブを引く。

キツめの炭酸が含まれたエナジードリンク、カフェインと糖分がマシマシに入った――

「――まっっっず!!」

目が醒めるほど不味い、強炭酸・ハイカフェイン・スパークリングコーヒーを呷る。

現代の飲料事業はBT本社の一強だ。怪物サプリのシェア独占はもちろん、お茶や飲み物、飲料水からビールに至るまで、清潔かつ安全をモットーに売りまくっている。

そんな中、わざわざ新規参入するメーカーは、だいたい味か頭がおかしい……が。

「好きなんだよなあ……。明らかに地雷だが」

業務用スーパーや量販店に積まれている見切り品、怪しい二流三流メーカーのドリンク。

頭が悪くなりそうな味。コーヒーのアロマと炭酸の刺激、ねっとりとした甘味料の濃さが、すべて不愉快に調和している。だがその強烈にトガッた個性がたまに欲しくなる。

そんな風に思い、飲み終えた缶のメーカーと商品名を軽くチェックしつつ、携帯を操作。

電話帳からある番号を呼び出し、通話すると――コール２回で、繋がった。

『こちらブラボーチーム、エージェント《ラムネ》。ターゲットは見えているわ』

「……開口一番、妙な暗号を出すな。何がしたいんだ、柿葉蛍」

大真面目な声にツッコミを返すと、『失礼ね』と蛍は言った。

『どうせ悪いことをするのなら、《黒の組織》の一員プレイをしてみただけよ』

「当然のように言うな。黒の組織って何だ」

『気にしなくていいわ、エージェント《ドブドリンク》』

「ギアを上げるな。というか何でエージェント名を飲料にしたがる」

『伝統的な様式だとお酒の名前になるの。けど私たち、未成年よね』

「安心した、法を守る気はあったんだな。俺が言うのも何だがお前の言動は反社会的だぞ」

『法は守るし尊重するわ。ただ、たまにそれに優先すべきことがあるだけ』

「……ロックすぎるんだよ、その生きざまは」

だいたい、自己都合でホイホイ破る時点で尊重してないだろう。

そんな突っ込みが浮かぶが、口に出すより早く。

『犯罪を命令する会社に勤めているあなたに突っ込む資格はあるのかしら。共犯よ？』

「言うな、虚しくなる……。だいたいドブドリンクって何だ、確かに不味いがドブじゃない。あとうちの社長が本当にすまない。何なら月だけ置いて帰っていいぞ」

『そういうわけにもいかないでしょう。乗りかかった船よ』

「下船した方がいいと思うぞ。急ぎとはいえ、強引すぎるやりくちだ」

路地裏に潜みながら、零士は頭上を見上げた。


目も眩む超高層建築、いわゆるタワーマンションの根元。

見上げた壁、目標の位置は地上数十メートル。44階、ベランダ室外機。

設置された部屋の住民は——配信者、クライヤミ【Darkness】。


「ネルさんが個人情報を割ってくれたとはいえ、初手が違法捜査だからな……」

とはいえ、他に取れる手段が無いのも事実だ。

仮面舞踏街（マスカレード）の中なら、街の運営——治安維持活動をBT本社に委任されている立場として、《幻想清掃（Fantastic Sweeper）》は多少強引な手段を取っても問題ないし、そもそも無法地帯だ。

訴え出られるような公的権力など存在しない。だが当然のことながら、今回の容疑者たちは普通に表社会で暮らしており、警察でも何でもない彼らに捜査権はない。

『けど、放っておくわけにもいかないでしょう？』

通話口から響く、蛍の声。

『3人の誰かが落札者だとして、その人を放っておいたら——また人が殺されるか、もっとひどいことが起きるでしょう。止められるものなら、止めるべきよ』

「それは俺もそう思う。しかし、あんたを巻き込むのは気が進まない」

『巻き込まれた覚えはないわ、自分で参加しているのよ』

「……ひとつ、教えてくれ」

きっぱりとした言葉に、零士は逆らえないと悟りながら。

「何を喰ったらそこまでタフな自己肯定感が出せるんだ？」

『花丸ハンバーグよ。魚肉の』

『赤いビニールに包んであるやつか？　あれは美味い、わかる。だが、皮肉で言ってるんだ」

『知ってるわ。けど手伝うと決めた以上、守られる立場でいるのは嫌よ』

「お前といい命といい、最近のＪＫは戦士みたいなメンタルばかりだな……」

『女の子がガチバトルする国民的アニメを見て育った世代だもの。これくらい普通よ』

「……そういうもんか？　納得はいかないが、了解した」

電話の向こう、柿葉蛍と絶不調状態の頼山月は、１区画離れた下町にいるはずだ。

そこにはもうひとりの落札容疑者——自称お笑い芸人、ピカ☆ルンとやらが住んでいる。

「直接的な接触は避けてくれ。様子を見るだけでいい」

『了解したわ、ドブドリンク』

「……気に入ってるのか？　コードネーム」

『わりと』

センスが理解できん……。

そんな零士の内心をよそに、通話口がわずかに沈黙する。

微妙な間に、わくわくと何かを待っているような気配を感じて――。

「……頼むぞ、エージェント《ラムネ》」

『やる気がぐーんと上がったわ。任せて』

「まさかと思ったが、当たってたか……。子供か、まったく」

通話が切れた電話をポケットにしまいながら、頭痛のような感覚に襲われる。

嫌いではない。むしろいい奴だと思うし、怪物と知られてもまるで態度を変えないあたり、得難い存在だとは思うのだが、妙に捉えどころがないというか。

「《おもしれー女》とかいう概念が近いか……？　俺が知らないだけで、今どきのＪＫはみんなあんな感じなんだろうか。わからん、俺の中のＪＫ観が壊れる……！」

だいたい、知り合ってから二週間も経っていない。

ごく短い付き合いで理解した気になる方がおかしいのだろうが。

「愚痴ってる場合じゃない、か。――さっさと終わらせるとしよう」

＊

そして、小一時間後――。

『派手にやったねえ。夜のトップニュースになりそうだよ』

「やたら急かすと思ったら……。どこまで計算してたんですか、社長？』

『別に？　ただまあ、中高生向けの閉鎖型コミュニティ内で、少々エグい噂があってね』

「パパ活以下じゃないですか。未成年に見せるもんじゃないでしょ、トラウマですよ」

『それは素直にゴメンと言おう。でまあ、噂はあれど証拠は無かったのと、コミュニティ内で獲物を物色した形跡があったものでね。ちょっと急いでもらったわけだけど――……』

あはは、と携帯の通話口で楢崎は軽く笑った。

『ホームランだ。持ってるねえ、零士くん？』

「嬉しくないです、マジで」

ウ～～……とサイレン音。犯行現場となったタワーマンションには警察と消防が押し寄せ、マスコミのカメラドローンに囲まれながら、ジャケットを被った男が連れ出されている。

日はとっぷり暮れた夜。泣く女の子を慰める救急隊、捕まった男はまさにドローンの眼前で警察車両に押し込まれ、顔だけ隠したまま連れていかれていた。

「霧化して忍び込んで早々、JC薬物レイプ未遂現場に遭遇した身にもなってください」

『得難い経験じゃないか。面白かったかい？』

「最悪です」

暗い部屋。薬物で昏倒した制服姿の女子中学生。ハアハア言いながらブラウスを脱がす男。化粧を落とし、デジタル補正を剝いでしまえば、おしゃれなイケメン配信者というよりも、ただのだらしない中年男で——一切迷わず、通報したのだった。

「容疑者クライヤミ【Darkness】こと山本山彦（42歳）は突入時、全裸で——」

「言い逃れは無理でしょう。ベッドの下から彼の下着とズボンが見つかりましたが、被害者の学生証がポケットに入ってまして……はい、ええ、常習ですね」

「検閲の緩い年齢限定コミュニティに、未成年の共犯者から手に入れたアカウントで潜入して、言葉巧みに誘い出しては関係を持ったあと、動画をネタに口止めしてたようで……」

「犯行を繰り返して慣れたせいか、油断したんでしょうね。スプリンクラーが誤動作するまで発情フェロモンを焚いたり、証拠が入った闇スマホまでリビングに落ちてました」

「……ええ、はい。メディア対応は……お願いします——……」

マンションを取り囲むように集まった野次馬たち。

その中にしれっと紛れ、零士は片耳を霧に変え、地面すれすれを移動。

警察車両の間近で報告している刑事の通話を盗み聞く。

アナログすぎる手法――ありえない、まずばれることはない。

「公的ＳＮＳが炎上？　知りませんよ、そこまでは警察の仕事じゃないでしょう」

「はい、はい。……わかりました。では……ったく。くたばれ、ロリコン野郎！」

上司との通話を切りながら、刑事が吐き捨てた。

汚物を視る眼で容疑者を乗せた車両を睨み、肩を怒らせて車両に乗り込んでゆく。

そこまでを見届けて、零士は飛ばしていた《耳》を戻す。夜の闇、周囲の喧騒に紛れ、彼の異能は誰にも注目されることなく、一切の痕跡を残さずに撤収した。

『えぐいねえ。証拠品の類が警察に渡るようにしたの、君でしょ？』

「言い逃れされると面倒なので」

脱ぎ捨てられていた男のズボンをベッドの下に押し込み、ついでに学生証も隠した。

その状態で通報されては逃れる術もなく、警察は半裸のおっさんと女子中学生を公的に記録。

もはや最高の弁護士でも罪を逃れるのは無理だろう。

『それなりに頭も金も使って隠蔽された犯罪だが、噂とはいえ情報が漏れている以上、発覚は時間の問題だったろう。我々の介入が無くてもそのうち捕まってたんじゃないかな？』

「でしょうね。けど……」

零士は暗がりの中、派手に目立つ回転灯を眼で追った。

被害者が乗せられた救急車が警察の先導のもと、病院へ向かうのだろう。

襲われていた少女の絶望を思えば、やはり。

「社長。……変態が炎上するのはいいですが、被害者は保護できませんか？」

『公的な報道はされないと思うよ、未成年だし。どうも家出中だったらしい』

行き場がなく、閉鎖コミュニティのフレンドを信じて頼った結果。

変態の餌食になりかけたのだから、救いようのない話で。

『性犯罪被害者として非公開履歴に残るのは止められないかな。表社会では、私もただの中小企業経営者に過ぎないからね。できることは、ないよ』

「………」

怪物にできることは、同じ怪物を殺すまで。

傷を癒せるのは、苦しみに寄り添える人間のみだから。

『で。闇サプリ関係の証拠は？　性犯罪者の摘発に給料払ってるわけじゃないよ、ぼかあ』

「それらしいものはありませんでした。スマホやPCは警察が押収しましたから……」

『OK。そっちの精査はBT本社に依頼して警察筋に手を回すよ。次いってみよう！』

「……月と柿葉はどうなってます？　そっちに連絡来てませんか」

『ああ、あっちはあっちでなかなか愉快なことになっていてね――……』

＊

「――でさあ。聞いてる？　おじさんだってね、普通のおじさんなのよ。ネットで叩かれたら傷つくじゃん？　ぶっ殺してえなって思うじゃん？　わかってくれる、この気持ち？」

「いや、わっかんねえですけど……」

「だよねー、わっかんねえよなあ！　かーっ！　やっぱな、世間に理解されねえんだよなあ！　俺の面白さってか、世間が俺を理解できるレベルに至ってないからさあ！」

「……どうしよう、エージェント《インカコーラ》。この人、うざいわ」

「だよなー、知ってる！　……てかもうちょい近くで話してくんない⁉」

「ねえちょっと聞いてるー⁉　月クンって呼んでいい？　知りたいんだよ、今の若いコにさ、どんなネタ受けるのかとかさあ！　心開いて！　夢を語ろうよ、友達じゃん⁉」

「会って3分経ってね――っすよ⁉」

帝都京東・とある下町最寄り駅のファミリーレストラン。

テーブル席を占領し、夕暮れの中ドリンクバーでくだをまく中年男――服が臭い。

洗濯が下手なのか、生乾きの臭いがする。周囲の客が顔をしかめ、スマホを操作。男のポケットからかすかなAI音声が響く。公共SNSを介して通報、店内監視カメラ画像から顔認証が為され、本人を特定。通報と共に、警告メッセージが連鎖する。


『国民登録番号XXXXXX　無職　木戸村タクヤ』

『公共ハラスメント：警告。信用スコア3』

『累積した場合、信用情報の棄損、電子決済限度額の低下、公共サービスへの参加権の制限が課されます。改善を求めます。繰り返し警告します――』


「おっと、いけね。うるさくてごめんね――!?」

「そういう問題じゃねえと思うんスけど……いや、マジで……」

現代社会に生きる人間として致命的な警告を受けながら、平然と。

スマホをポケットにしまい、上機嫌で黄色い髪の少年に絡んでいる。

やたらと眼が綺麗――夢を語る小太りの中年に肩を抱かれ、困り果てた顔の頼山月。椅子を隔てた後席でヒソヒソと話かけている、わざとらしいサングラスの柿葉蛍。

地獄じみたファミレスの空気。迷惑そうにヒソヒソと居合わせた客が冷たい視線を送る中、柿葉蛍はいかにも他人、という顔で注文用のタブレットを操作しつつ、経緯を振り返る。

「監視の予定だったのだけど……まさか先方から絡んでくるとは思わなかったわ」

……エージェント《ドブドリンク》こと零士との通話を終えたあと。

蛍と月のふたりは、下町のとある家を張り込んでいた。

「金持ちっぽいっちゃ、ぽいけど……」

「都内にこれだけ土地を持ってる時点で、大金持ちじゃないかしら？」

ふたりの感想はこれだった。土地開発が進む中、下町とはいえ庭付きの一軒家を持っている時点で資産家だろう。だが全体的に手入れがされておらず、庭は雑草だらけ。

玄関先には出し損ねたゴミ袋が山となり、いわゆるゴミ屋敷のようだった。

零士との電話を切って数分後。さして待つこともなくドアを開け、出てきた中年男——秘書ネルに渡された画像と同じ、怪異サプリ落札容疑者、自称お笑い芸人《ピカ☆ルン》。

「……見るからに変なおっさんってか、やばい人じゃん……」

「私もそう思うわ。お店に来たら最高ランクにアレなお客さんに見えるもの」

けど、放っておくわけにもいかなくて。

とりあえず尾行すると、駅前へ出てファミレスへ入店。

追いかけて後ろの席へと座ると、注文を待ちながら、今時紙のメモ帳と鉛筆を出していた。

「つじゃねーんだよなあ……。唸れ才能……面白いネタ、ネタ、う～ん……」

そんな風に悩んでいる声がやたら大きく、椅子を挟んだ後席でも丸聞こえで。

「ネタ出ししてるみたいね。確か、お笑い芸人らしいから……」

「みてーだな。そういや、どんなネタやってんだろ？」

「動画サイトにUPしているはずよ。……ちょっと見てみましょうか」

「え、でも音声でバレね？　かなり近いし」

「無線のイヤホンくらい持ってるわよ。はい、片方どうぞ」

蛍のスマホで動画サイトに接続。軽く検索しただけで該当するチャンネルを発見。

再生数は少ないが大量のアンチコメ。

その時点でかなり見る気は失せつつも、ふたりは無線のイヤホンを分け合って。

「見づらくない？　頼山くん、スマホを持ってくれるかしら」

「ああ、いいぜ。とりあえず最新のやつを……」

蛍のスマホを一緒に見られるように持ちながら、月は動画を再生し。

『一発芸、う○こ‼　あああああああああああああああああああ‼』

「……開くんじゃなかった……」

「心から同意するわ。最低」

芸としてはアリ、なのか。いや明らかにアウトだろ、と二人とも思った。

これが面白いと言えるセンスはさすがにない。一応コメントによれば大昔のネットの書き込みを元ネタにしたギャグらしいが、聞くに堪えない下品さだった。おまけに汚い音がやたらと上手い。

ほぼすべて修正音で上書きされてなお、前後だけで物凄い不快感が伝わってくる。

「……見なかったことにしましょう」

「だな。オレたちは何も見なかった、記憶から消してぇ……」

と、動画を閉じようとした、その時だった。

「ねえねえ、君たち。それって俺の動画？　うっわー、見てくれてたんじゃん⁉

こんにちわー、《ピカ☆ルン》でーっす‼　マイリス登録高評価、ありがとー‼」

「おわあっ⁉」

――本人に捕捉された。

「……まさか、目を離した隙にドリンクバーへ立っているとは思わなかったわ」

「迷わずオレ売っといてそれはねーだろ⁉　助けて、このオッサン超近いんだよ！」

「ごめんなさい、それだけは嫌。……生理的に無理。頑張って！」

「ひ、ひっでえ……！」

要は蛍と月が動画を観て、ドン引きしている最中に。

ネタに詰まったピカ☆ルンが席を立ち、偶然月が持っているスマホに映った自分を目撃。

普通なら躊躇するところだが、そんな理性は一切なく——突撃。

「カワイイ！　モデルみたいだね、君！　君もファン？　俺のファン⁉　うっれしーなー！　もしかしてブーム来てる⁉　JKに俺、ウケてきた⁉　ヒャッホウ時代キタ——ッ！」

「……いえ、ファンはこの人です。良かったわね、本人に会えたわ。凄い偶然」

やたら熱く迫られた瞬間、蛍はそっと席を立ち。

「え⁉　ちょ⁉　蛍ちゃん⁉」

「お邪魔だから、離れているわ。存分に語って」

ひとり残された月が唖然としている間に、さっと別テーブルへ移ったのだった。

「えー⁉　遠慮しなくていいって、照れないでよー！　けどキミ、俺のギャグが《ワカる》とかいいセンスしてるね……合格だ！　そのセンス、合格だよ！」

「あ、あはははは……そっス、ね……（あとで覚えてろ）」

「うふふふ……（ごめんなさい本当に無理頑張ってお願い）」

そんな流れからおよそ3分間。

自称お笑い芸人のだだ滑りトークは止まることなく、肩を抱かれた超近距離から——頼山月はガンガン言葉のマシンガンを浴びせられ、精神的に死にかけていた。

（ただでさえ体調最悪だっつーのに……マジ吐きそう）

月齢狂化を防ぐための人間アプリ服用中の体調不良はいまだ続いている。

朝と昼間が特に辛い。太陽がほぼ落ちた夕暮れから夜にかけてはましだ。皮肉なことだが、夜になれば人狼の神秘は活性化し、人間サプリ由来の不調すら緩和してしまう。

だが、体調不良を言い訳にはできない。

有用性を示さなければ、いつ——処分されてもおかしくないのだから。

「……あの。すんません、ピカ☆ルンさん。あのネタ、わざとやってるんですか？」

「ん？　どういうことカナ？」

飛び出た鼻毛がクッキリ見える、至近距離。

可能な限り不快感を抑えて、月は会話を続けるため、頭に浮かんだ疑問を訊ねた。

「さっきのネタとか、面白がるより嫌がる人のほうが多いでしょ？　実際コメントで叩かれてたし、もしかしてわざとやってるんじゃないかな、って」

「アイアイアイ、君、さすが……わかってるね。さすが俺のファン、いい《眼》だぜ」

「は、ははは……」

「実際そうなのさ。俺がガキの頃は、みんなもっとバカだったぜ？　男友達が集まりゃバカなことばっか言いまくって、う◯ことかち◯ことかさんざん言いまくっててさー」

「……やべー時代っすね……」

今それをやろうものなら、即誰かがハラスメントで通報する。

結果、未成年なら親の信用スコアが下がり、大人なら直接警告が届くのだが。

「ハッ、信用スコアだあ？　そんなもんどーだっていいよ。オレ、現金主義だもん。まあ色々めんどくさいこともあるけどさ、ローン組めないとかクレカ使えないとか知るかっての」

「いやでも臭うのは普通に迷惑っスよ。あとうるさいとか、近いのとか……」

「ん、まーね。けどまあそれも個性じゃん？」

自分の正義を、一切疑わない。

キラキラとした眼で、中年男は月の耳元に囁き──月はぞわっと鳥肌が立った。

「窮屈な時代って嫌だろ。そういうのに風穴を開けてやりたくってさあ！　かーっ！　時代への反逆ってやつ？　わかってるよ、俺のセンス……最先端を行き過ぎてるってことがさ」

「ひぃぃぃ……！」

「……そ、そうなんスね。けど、ちょっとヤバくないっスか……？」

もしも、このウザいおっさんが落札者だとするならば。

怪異サプリを得ようとする動機は、おそらく。

「やっぱり怒ってたりするんじゃないかな、って。心配だったんスけど……」

「それはもちろん怒るとも。ムカつくし全員死なないかなー、とは思う。俺の芸がわからない奴は消えてしまえと思わんでもない、むしろマジやろうかなって思っちった」

「……え、それは……マジっすか⁉」

おいおいまさかの当たりか。

そんな風に思い、ウザさも忘れておっさんの顔をまじまじと見つめると。

「未成年にはまだ早いかなあ。この世の中にも、アングラの世界ってやつがあってね？　俺も人生経験ってやつが長いから、そういう世界にも顔が利くわけ、で――

――見つけちゃったんだよね、《闇オークション》ってやつをさ」

耳元で囁かれ、月の背中にぞわりと鳥肌が立った。

おっさんのキモさではなく、その危険すぎる内容に、だ。続く言葉を待つように固唾を呑む月に対し、ピカ☆ルンは聞き手の注目を喜んだのか、にやにや笑って声をひそめる。

「けど俺みたいなオトナは騙されないわけよ。ほら、ネットがアングラだった時代を知ってるわけじゃん？　くだらないブラクラとか踏んだり、煽り煽られが普通だったSNSとかもさ。だからまあ、騙されやしないんだよね、そんな詐欺。嘘を嘘だと判断できっから？」

「詐欺……？」

「詐欺詐欺。だってほら、常識的に考えてないでしょ。闇オークション、何でも超能力が手に入るめちゃくちゃすごいサプリを出品しましたー、みたいな感じだったんだけどさ」

「……そう言われるとめちゃくちゃダサく感じるっスね」

「そうそう、ダッサいわけよ。みんなノッちゃってさー、馬鹿みたいに高額で入札しまくって。当然キャンセルでしょ。1億2千万で落札とか、払わないって普通」

「は、はあ……」

「それに俺、金は持ってるけど信用情報カスだから、決済できないんだよねー。あははは、ま、シャレだよシャレ。そのうち動画のネタにしよっかなと思ってさ☆」


前時代のインターネット。古い時代そのままの——

物凄いドヤ顔で、おっさんは言った。


それからおよそ1時間。

自称お笑い芸人に『おごりだから、おじさんがおごるから』と強引におごられて。

ひたすらウザいトークにつきあって、ようやく月は解放された。

*

「……災難だったな」

「キツかった。……まじすげー疲れた。蛍ちゃんガチ逃げっしょぉ……」

「ごめんなさい。頑張ったけど、お給料が出ない仕事であれは無理」

「おごりならいいじゃないか。得したろ」

「せめて、せめて何か食いたかった。絶不調で何も食えねえでやんの。ちきしょー……！」

感染対策による規制により、飲食店の深夜営業はほぼ禁止されている。

一部の特権地帯——即ち仮面舞踏街を除いては、7時から8時には閉まるのだ。それ以降の営業が許されているのはせいぜいコンビニくらいのもので、その明かりに誘われるかのように、今も数名の客がソーシャルディスタンスを保ちながら、棚の間を歩いている。

都内下町、駅近くのコンビニ前。

たった今店内で買ったばかりのホットスナックを片手に、零士と月と蛍——調査を終えて、ようやく解放されたばかりの三人は、自分たちのしたことを語り合っていた。

「しかし……闇サイトでイタズラ入札とか、危なすぎるおっさんだな」

「危機感ねーだけだと思うぜ？　『串刺ししてるから大丈夫、俺プロだから』とか言ってた」

「命知らずもいいところだ……。運がいいのか、悪いのか」

ペットボトルの温かいお茶を口にする零士に、隣に立つ蛍が声をかける。

「やっぱり危険なの？　払えなかったら何かされるのかしら」

「されるな。金を払えば殺されはしないと思うが」

秘書ネルからの又聞きだが、この超管理社会で闇サイト、ディープウェブの運営は厳しい。アクセス権を買える窓口を突き止め、大金を払い、手間をかけて繋いでやることがイタズラ入札とか、どう考えても割に合わないし、普通はやらないのだが。

「ネルさんがやったように、情報なんてどこで漏れるかわからない。そのおっさんが落札者で決済できなかったとしたら、相応のペナルティを受けるはずだ」

「ペナルティ、って」

物騒な言葉に、顔を曇らせる蛍。整った眉をしかめ、零士は続ける。

「強引な取り立てで済めば奇跡だな。最悪、消されるぞ」

「《外》で？　そんなことができるの？」

「相手が相手だ。ディープウェブに繋いだ時点で情報は漏れてるし、監視カメラの死角を突いての拉致や暴力が表社会に一切存在しないわけじゃない」

無法地帯の仮面舞踏街に比べれば遥かに少ないし、検挙率は極めて高いとはいえ。

もちろん無事に済む可能性もあるが、無意味な危険を犯すのは愚かに思える。

「……が、それはそのおっさんの勝手だ。首を突っ込む必要はない」

「落札できなかったみたいだから、そもそもトラブルになってねーしな」

「同じことをやったらやばい、それとなく忠告してやれ。連絡先は知ってるんだろ？」

「……あのおっさんと連絡とんのかなり疲れんだけど……。めっちゃやむ……」

月は本気で嫌そうだった。

短い時間だが、ガチうざいおっさんの接待は深く心を抉ったようで。

「つーことはさ。零士がとっ捕まえたロリコン野郎と、うざいおっさんで……容疑者がふたり消えちまったぜ。この先どうすりゃいいんだ？」

「消去法で行くなら、最後のひとり。──うちの学校の1年が落札者、か」

さすがに高校生でディープウェブに繋ぎ、大金を怪しいサプリに突っ込むなど。

普通に考えれば、まずありえないように思えるが。

「以前の《轢き逃げ人馬》も未成年だ。油断はできない、慎重にいこう」

子供だからできない、未成年だから無理──そんな偏見は排除して、可能な限り疑う。

「もし犯人だとしたら。命が危険じゃない？」

「可能性はあるが、学校内での噂話を集めるだけの予定だからな」

まさか本人に突っ込むほど、命が愚かだとは思えない。

幻想サプリ、怪異サプリの恐怖は、一度襲われた彼女にはよくわかっているはずだ。

「うかつなことをするとは思えないが、確認したほうがいいな」

「それなら、私がやるわ。アプリからメッセージを出しておくわね」

「……おのれ、文明の利器。何もしてないのに負けた気分だ」

特殊永続人獣たちに許された超旧式、携帯電話には存在しない機能だ。

蛍はスマホを取り出すと、素早くタップ。メッセージアプリを起動すると。

「へえ、こうなってるのか……便利そうだな」

「そうでもないわ。クラス限定トークルームとかあるけれど、入ってないし」

「一応聞くが、それはハブられてるんじゃないか？」

「雑談で通知が届くのが嫌なの。ビクッとするでしょう」

「……ハブられてはいないかもしれないが、ぼっちではあるな……」

「孤高と言っておくと、自分と周囲を騙せるわ。おすすめよ」

メンタルの強いぼっち。だが負け惜しみの色はなく、本気でそう言っていた。

友達がいないと言うより、知らない人間に興味がないと言うべきなのか。一度知り合った人間には妙に懐いたり絡んだりしてくるあたり、マイペースな猫のようだった。

「いつかスマホが手に入ったらアプリを入れよう。誘うべきだ」

「だな、蛍ちゃん。このままだとやべーよ、俺らより社会性がやべえ」

「とても失礼なことを言われている気がするわ。……とりあえず、連絡するわね」

以前交換していた連絡先から、《Mei》――賣豆紀命のハンドルネームを選択。

公的SNSと違い、アプリでは名前変更が許されている。個人情報と紐づいている以上意味はないが、好きなように変えているユーザーは多かった。

《蛍》命さん、今いい？
《蛍》こちらで調べたふたりは違ったわ
《蛍》だから、３人目の彼がそうかもしれない

ヒュポッ、と音をたててメッセージが飛んでいく。

《蛍》そちらは大丈夫？　みんな心配してるわ

最後に心配げなアニメキャラのスタンプを貼って、待つこと2分弱。
メッセージに既読がつき、返って来た答えには。

《Mei》＃獣を解放せよ

——意味のわからない＃が、ついていた。

＊

柿葉蛍が賣豆紀命にメッセージを送る少し前。

超管理社会が成立し、SNSが規制、検閲を受ける現代において――

第三者に見られず身内の話ができるメッセージアプリは重要性を増している。

たとえば学校のクラス。たとえば友達同士のグループ。たとえばつきあいたての彼氏彼女。

まるで繋ぎ合わされる鎖のように、《共通の友達》を介してコミュニティは連結していく。

友達から友達へ。友達から彼女へ。彼女から家族へ。家族から親戚へ。親戚の友達へ。友達の友達へ。友達から仲間へ。仲間から知人へ。そして知人から友達へと。

ありとあらゆる続柄、関係性を網羅するように、アプリは繋がっている。

匿名性を失った表社会のSNSではできない話。

陰口、悪口、噂話。やりすぎて通報されない程度にギリギリを探り、ささやかな共犯関係となって親睦を深める、閉塞した時代に生まれた若者たちに許された息抜き。

――グループメッセ【都立アカネ原高陸上部（18）】

《Mei》よっす

《マッハ後輩》え、パイセン!?

《Mei》今あんただけ？

《マッハ後輩》部活終わったんで、そのうち来るっスよ
《マッハ後輩》というかパイセン降臨めちゃレアっスね。スクショスクショ
《Mei》どーでもいいわ
《Mei》というかちみちみして嫌いなのよね文字打つのうざいしゃべりたい
《マッハ後輩》パイセンらしいっス

部活仲間の集まるグループチャットを眺めながら。


『おかえりなさい。サポートは必要ですか？』

「ありがとう。……着替えるわ、手伝って」

『かしこまりました』

自動介護ロボット――ネットを介してＡＩが操作するロボットが音声を受けて稼働。

人型ではなく安定感のある筒型で、ボウリングのピンにメカメカしい手を取りつけたような高級品に制服の上着を預け、汗ばんだシャツを脱いでラフな部屋着に着替えつつ。

賣豆紀命は難しい顔でタッチパネルを操作する。

《Mei》ちょっと聞きたいことあんのよ

《Mei》1年の北島って知ってる？
《マッハ後輩》えーと
《マッハ後輩》北島誰ですか？　何人かいますけど
《Mei》祐一
《マッハ後輩》同クラっス！

「うわ偶然。マジ？」

事故で脊椎を損傷、右足が麻痺して車椅子を使うようになってから、命の生活は変わった。

自宅――都内高級マンション上層階の徹底リフォーム。バリアフリー、車椅子が直接入れる玄関、ロボットによる24時間完全介護。食事は決まった時間に配達されるし、週2で人間のホームヘルパーがロボットでは作業しづらい家事を行う。

金がかかる。大金だ。だが大企業に勤めるキャリアウーマンの母とベンチャー企業経営者の父親は迷うことなくそれを投じ、娘の快適な生活環境を整えてくれた。

(感謝はあるけど)

贅沢な話だが。

(――パパもママも、最後に会ったの、二週間前か)

稼ぐ必要があるのはわかる。だが両親ともに、自宅に戻る頻度は明らかに減った。

会社とその近辺のホテルやウィークリー契約のマンションを転々とし、家族が顔を合わせることすら月一度もない。あっても父親だけ、母親だけで、家族はまず揃わない。

両親は決して認めない。が、家に寄り付かない理由は——わかる。

(見たくないのよね。壊れたあたしを)

エリート指向の強い家族だった。

優秀な父親と優秀な母親から生まれた次世代は当然のごとく優秀で、勉強はもちろん才能を早くから発揮した陸上競技において、可能な限りのバックアップをしてくれた。

だからこそ命は才能を存分に発揮し、実力をつけた。高校女子では日本最速——そう勝手に思っていたし、実際客観的なタイムでもそれを証明していて。

(ま、そりゃそうか。損切りした失敗プロジェクトの残骸とか、ウザいわ)

去年の事故が、すべてを変えた。

仮面舞踏街で飲酒し、酔ったまま自動運転を切って暴走したバカ。横断歩道で撥ねられて、脊椎を痛め右足麻痺。ほんの一瞬立つことはできても、歩く、走るなど論外で。

大金を投じた教育——次世代への投資がすべてパア。

愛はある——大金を投じた生活支援、莫大な額の預金、カード残高。

情はある——会うたびに苦しみを隠し、悲しみを押し殺した両親の笑顔。

だから両親は命に不自由しない環境を整えて、義務を果たし、そして去ったのだ。

リフォームが終わった家には、生活感が乏しい。

父親の趣味だったプラモデルも。母親が集めていたぬいぐるみも、どこにもない。

命自身のものすら、ほとんどない。トロフィーも賞状も処分した。

全身全霊を賭けて打ち込んだものが消え失せたら、驚くほど部屋は空っぽで——

中身のないショウルーム。ミニマリストを気取ったような空間で、ひとりぼっち。

（あいつらに比べたら、くっそ贅沢な悩みよね、マジで）

詳しい事情は聞いていない。だがつい最近知り合った変わり者の友人たち——霞見零士も、頼山月も、柿葉蛍も、世間的には自分とは比べ物にならないほど不幸なはずだ。

生まれた時からまともな人間扱いされていない人獣や、物心つく前に家族を失い、施設で育った苦学生と、つい最近まで幸福に暮らし、唐突な不幸で転落した自分。

呆れるほど偏った天秤を、命はふっと笑い飛ばす。

（くだらない。ど——でもいいわ。比べるだけアホでしょ、そんなの）

誰かと自分を比べてどっちが不幸だ、などと考えるだけ無駄だと命は思う。

自分の苦しみは自分のものだ。他人から見てくだらなくても自分が苦しいものは苦しいし、他人から見て苦しそうでも、自分が楽しければそれは楽しい、そう感じる。

だから足掻く、もがく。

新しい自分を探す。誇れる何かを探す。かつてあった《速さ》というシンプルな柱を失い、賣豆紀命という人間が誇れるものを、これがあたしだと叫べる何かを求めて。

（こうしないと）

自分のために。

押しつけがましい理屈で無関係な人間を撥ね殺したバカ——《轢き逃げ人馬》。

（あいつを、きっちり、終わらせてやれない……!!）

前へ進むために——過去をすべて、終わらせるために。

事件を起こした黒幕気取りのヤツに、きっちり落とし前をつけさせてやる。

（そうしたら、あたしは、進める）

報復、復讐、仕返し、倍返し。それだけでは無意味かもしれない。

だがスッキリはする。そのために大金を怪しげな掃除屋にくれてやり、自分自身でも動く。

そのためなら過去の傷、昔の仲間と連絡をとることも、苦痛ではあるが耐えられるから。

《Mei》で、北島。どんな奴？
《マッハ後輩》普通っス
《Mei》もうちょっと具体的に
《マッハ後輩》無理してるなー、って感はあるっスね
《Mei》無理？

《マッハ後輩》つるんでる友達、たくさんいるんですけど
《マッハ後輩》大勢にカラオケおごったり、お昼に全員ぶんピザ頼んだり
《マッハ後輩》そーゆーことしてるんスよ
《Mei》あたし詳しくないけど
《Mei》カラオケ屋、感染対策で3人以上入室制限とかあるでしょ？
《マッハ後輩》だからまあ……
《マッハ後輩》そういう制限がないとこに行ってる、みたいっス

曖昧な示唆——一切制限がない遊び場、仮面舞踏街への出入り。
（日頃からあそこに出入りしてた、ってことは）
アンダーグランドへの接点がどこで結ばれてもおかしくない。
正直フィクションじみて現実感のない単語、闇オークションの落札者疑惑。
ろくに顔も知らない後輩のそれがより深くなるのを、命は感じた。

《Mei》馬鹿みたいに金かかるでしょ。全部オゴり？
《マッハ後輩》らしいっス
《マッハ後輩》人気者になりたいというか、そのために頑張ってる感というか

《マッハ後輩》SNSにみんなで撮った写真UPするために出かけてる、的な
《マッハ後輩》何度か誘われたっスけど、ウチは行ってないっス
《Mei》なに、変な気遣わなくていいわよ
《マッハ後輩》いや、それでもやっぱイヤっスよ　普通に

そりゃそうよね、と命は思った。

仮にもエースの自分が背骨を折られ、公になっていないとはいえ部員がひとり死んでいる。

その状況で原因となった街に平気で出入りする者など、そうはいないだろうし――


――ヴゥ――――……ッ！


「は？」

突然、スマホが揺れた。

開いていたトーク画面を押しのけるように届いた通知。

公的ＳＮＳに投稿されたあるメッセージを、複数のフォロワーが共有し、拡散している。

それだけなら何てことのない、ありふれた日常だ。半ば強制的に組み込まれたフォロワー、
高校の同級生や教師、卒業した中学や小学校時代の仲間、あるいは家族や親類縁者など。

誰かがちょっといいことを言い、プチバズった通知が届くことなど珍しくもない。

「北島……祐一」

今まさに探りを入れていた、闇オークション落札容疑者。

都立アカネ原高校1年の、特徴のない顔立ち、アイコンの自撮り写真。

最新の呟きが、1秒ごとに。

——閲覧数100。1000。10000。100000。1000000……まだ、まだ。

増える増える、増え続ける。

「めちゃくちゃバズってる……けど、これ。んなバズるようなコトじゃないでしょ?」

『#獣を解放せよ』

SNSに表示されたのは、地味な笑顔のアイコンと、意味不明のハッシュタグ。

バズるような奥深さも、面白さも、機転も無い。ただつまらない呟きが。

『#もう、うんざりだ』『#自由になろう』『#ぶっ壊せ』『#集まれ』『#あの街へ!』

連投されるタグ。最初の投稿から次々とぶら下がるメッセージ。

そのすべてが同じように次々バズり、流れ、SNSのトレンドを埋めていく。

「何これ……。意味わかんない」

世間のバズりに疎い命でも、これはおかしいとわかる。

そもそも公的SNSは当局の検閲、監視が常識だ。獣を解放せよ、それは即ち——仮面舞踏街(カレード)、怪物(モンスター)サプリの使用を示唆(しさ)するようなもの。そして続く、物騒(ぶっそう)な言葉。

それはまるで、この閉塞(へいそく)した完全監視(かんし)社会への反逆じみた煽(あお)りで。

本来なら投稿(とうこう)した瞬間(しゅんかん)にAIが反応、SNSを凍結(とうけつ)して削除(さくじょ)、警告の上カウンセリングなどのケアを命令するはずだ。だが、命(メイ)が見ている数分間、投稿(とうこう)はずっと続いている。

止まらない。終わらない。続く。増える。広がる。

＃(タグ)が——拡散する。


「……キモっ‼」

ぞっと寒気が走る。うなじから背骨を舐(な)められたような悪寒(おかん)に、命(メイ)は震(ふる)えた。

SNSから離脱(りだつ)。バックグラウンドで実行されていたメッセージアプリのトーク画面が開く。

するとそこには、未読の投稿(とうこう)がおよそ、16件連続で続いていて。

《陸上部のマルイJr》＃獣(けもの)を解放せよ
《煒岐(いき)M》＃獣(けもの)を解放せよ
《なるこ》＃獣(けもの)を解放せよ
《大野@アカネ原陸上》＃獣(けもの)を解放せよ

《ピピくん》#獣を解放せよ
《Geko@海賊団》#獣を解放せよ
《森屋》#獣を解放せよ
《わたー》#獣を解放せよ
《まいん》#獣を解放せよ
《ばこやし》#獣を解放せよ
《ゴールデン》#獣を解放せよ
《マンボナンバー5》#獣を解放せよ
《理知》#獣を解放せよ
《あきこ》#獣を解放せよ
《みきみき》#獣を解放せよ
《マッハ後輩》#獣を解放せよ

「――ひっ⁉」

ヴヴヴヴヴヴヴヴヴヴヴヴヴヴヴヴヴヴヴヴヴ……‼

揺れる揺れる、スマホが揺れる。震える震える、通知が届く。

陸上部の仲間たち、全員が同じ内容を書き込んだメッセージアプリ。それだけではなかった。

新規のトークルームが次々と開かれる。すべてタイトルは【#獣を解放せよ】――

フレンド登録されているすべての人たちが。

リアルで繋がりのある、スマホに登録された連絡先の人々、その全員が。

同じ名前でトークルームを開設し、知る限りのアカウントすべてに招待を送って。

――#獣を解放せよ
同じ言葉を、ただひたすらに。

書いて書いて書いて書いて書いて書いて書いて書いて……！

「何なのよ、何なのよ、コレ!!」

ひたすら気持ち悪い。

使い慣れたスマホの中に、虫の卵がびっちりついていたような――異様な不快感。

理解できない、わからない。とっさに画面を閉じようとする。指がパネルを滑るように操作。

トークルームを開き、あらゆる連絡先にメッセージを送る。

《Mei》#獣を解放せよ
「え？」

無自覚のまま、理解できぬまま、なぜかただ、そうしていて。

ヴヴヴ、ヴヴヴ、ヴヴヴ、ヴヴヴ……スマホが揺れる。通知が届く。メッセージに反応。

メッセージアプリに新着。膨大な数。数えるのも馬鹿馬鹿しい。

その中に埋もれたもの……柿葉蛍の呼びかけに気付くことすらなく。

家族に届く。両親に届く。親戚に届く。SNSでは届かない場所へすらも。アプリで繋がり、SNSに招かれ、ほんの一瞬で蔓延する《#》。広まる。広がる。それを感じる。

「なにこれ。なにこれ。なにこれ。なにっ……これェ⁉」

ゾクゾクとした違和感。反射的に手が動き、スマホを壁に投げつけた。

バキッ、音をたてて液晶が割れる。画面がチラつく。痒い。痒い。頭が痒い。髪の毛の中、頭蓋骨の奥、目玉を通り抜けた空間のどこかに何かが、虫のようなものが、ぐりぐり。

動いているのを感じる。ぐにぐに。脳がひたすら気持ち悪い。そしてそれが。

「ああああああああああああああああああああああああああああああああ‼」

「ぎぼちわるい‼　ぎもぢいい‼　こころが……割れてる……‼」

大きなチョコレートをパキッとふたつに割ったように。

気持ち悪いと感じる心と、気持ちいいと感じる脳の疼きが、観測した眼から届く。

背筋が震える。全身が痙攣する。ヒクヒクヒクヒク喉が鳴る。狂って壊れた人形のように、命は車椅子の上で我が身を抱くように悶え続け、傍らに立つAIが警告を発する。

『バイタル危険域です。救急に通報しますか？』

「＃だめ」

言葉に異様な響き。

ノイズのような、ガラスを引っ掻くような、人間の喉から発するとは思えない音が出た。

だが命は驚かない。まるでそれが当然のように。

『かしこまりました。サポートは必要でしょうか？』

「＃出かけるわ。＃手伝って」

汗ばんだ部屋着を、脱ぎ捨てた。

＊

同日、同時刻。

《幻想清掃》オフィスビル、社長室にて――

「いやあ。これまたヤバいのが出てきたねえ。どうしようか、コレ？」

「ぼけてるばあいじゃない。やばい。これ。まじ、やばば」

クールな面持ちに危機感を滲ませ、秘書ネルが言う。

雑多なものがあふれる机に脚を乗せ、椅子の背を限界まで倒して天井を眺め、社長は。

「といっても、どうしようもないからねえ？　ピコピコ周りのことは君に任せるよ」

「くず。……うつ手、なし。どーしようもない」

流れる流れる、タイムライン。これまでにない勢いで、公的SNSが吹っ飛んでいく。

強烈なサーバー負荷に動作は重い。だが決して落ちることなく、たったひとつの《#》を延々と、情報の骨髄とも言えるSNSの隅々にまで届けんがために動き続ける。

「およそ秒間5万人、同じことをつぶやいてる」

#獣を解放せよ、と。

今まさに、叫んでいるのだ。

「そりゃすごい、アニメ映画の地上波放送並みだ。パル……笑劇かな？」

フランス語で道化芝居、喜劇を表す言葉を絡めた社長を、秘書はじろりと睨んだ。

「わらってるばあい、ちがう。しゃれにならない」

「運営は動いてるんだろう？　けどまあ、止められない、止まらない」

負荷でとっくに落ちているはずのサーバーすら、動き続けている。

発端となったアカウント。渦中の人物、北島祐一のそれはとっくに埋もれているが、莫大な拡散によって話題のつぶやきとなり、タイムラインの最先端に固定されていた。

「消すことすらできない。ＳＮＳ運営を委託されてる企業は青くなってるか……いや、無理だ。止めようと作業にかかれば必ず《#》を目にするし、そうなれば感染するからね」

「感染？　……どゆこと？」

「感染する情報。視覚から人を蝕む悪疫。デジタル社会における害虫」

楢崎が語る、その正体とは。

「ＢＴ本社が確保した怪異の中でも最悪の災厄……脅威度《赤》のひとつ。放置されれば人類滅亡、いかなる犠牲を以てしても、収容、隔離すべしとされる怪物たち」

そのひとつから抽出されしもの、この怪現象を引き起こしたものの正体とは。

「本社の協力者から受け取ったリストにあった。——怪異《バズるスマホ》だよ」

「……めちゃくちゃ、弱そう。かっこわるい」

秘書ネルの感想に、楢崎はけらけらと軽く笑った。

「だよね、わかるよ。事実コレは最弱の怪異だ。サプリをキメて発現したとしても身体能力の変化は一切なし、ただ肉の根のようなものが伸びてスマホと繋がり、融合する」

右か左かは本人しだいかな、と言葉を繋ぎ。

「強度だってただのスマホさ。殴るどころか落とせば壊れるよ、たぶん」

「能力は……もしかして、そのまんま？」

「そう。ただひたすら《バズる》のさ。《バズるスマホ》を使えば、ＳＮＳも動画サイトもありとあらゆる要素がバズり、ありえない速度で広がってゆく」

電波制限すら存在しない。

たとえ南極の果てだろうが海の底だろうがネットに繋がり、電波が届く。

「旧時代の終わり、新時代の幕開け——人々はSNSを手に入れ、《バズりたい》という欲求を拗らせるようになった。その想いが招いた、神秘化の果てさ」

楢崎がデスクに広げた書類には、《バズるスマホ》発見と収容までの経緯が記されている。

ある日、BT本社が日本、そして世界に広げた監視網にある特殊な兆候が発見された。

ある零細配信者が突然——ごく短い動画で一発ギャグをキメて、投稿したのだ。

「そしてそれは《バズった》。その夜のうちに海外の有名女優が拡散したのをきっかけにして、わずか数時間でおよそ十億人がその動画を観たとされている」

「……それが、怪異のしわざ。だったって、コト？」

「らしいね。ちなみにギャグはりんごとパインがペーン、とかだって」

「意味わかんない」

「だよね。ま、内容はどうだっていいのさ。ただひたすらバズり、認知を狂わせる。それが怪異——《バズるスマホ》であり、最初の発症者が世界を救った理由だ」

バズった男は売れない芸人で。

ただ拡散され、有名になり、それを喜んで、それで終わった。

　ＳＮＳの管理運営を行う企業を介して異常を知ったＢＴ本社が彼に接触、スマホを回収して神秘の痕跡を調べた結果——彼らはみな、心から安堵し、祈ったという。

「神よ、あなたに感謝します……ってね。最初の発症者はバズりたいと思ってはいたけれど、ただそれだけだったんだ。有名になりたい、ある意味純粋な願いだった」

　故にその男は、怪異を解き放つことなく確保、収容され。

「ＢＴ本社の技術部が外科手術、その他もろもろを駆使して《何とか》したらしいよ？　まあ、スマホと癒着してた右手ごと切り離して、新しいのをくっつけるだけだ。難しくないさ」

「……じゅーぶん、えぐい」

「この界隈だとめちゃくちゃ穏当だよ。まあ、単にそれだけバズった人間を消すのはコストがかかるからってだけで、人道とか人権とかどうでもいいだろうけど」

　そう朗らかに笑い——楢崎は話を戻す。

「《バズるスマホ》の本質は《拡散》だ。投稿者の意思をＳＮＳを介して共有、その認知を感染させる。視覚感染する認知の病、治療法の存在しない——絶滅の種だよ」

　投稿された文字列を目にしただけで、投稿者の意思が感染する。

　コピーされた認知が上書き。

　この投稿——《＃獣を解放せよ》にこめられた意思とは？

「閉鎖された世界、完全管理社会への不満。強烈な承認欲求に破滅願望……そんな感じかな。

つまるところこれを目にした瞬間(しゅんかん)、全国民が投稿者(とうこうしゃ)と同じ潜在犯(せんざいはん)と化すわけだ」

「……やばすぎない？」

「やばいね。まあ、希望がないわけでもないよ」

全国民、全人類が潜在的(せんざいてき)な犯罪者と化した絶望の中で。

「より古き怪異(カイイ)。幻想(ファンタジ)は怪異(カイイ)に侵(おか)されない。即(すなわ)ち我らが社員君たちは《#(タグ)》に対する免疫(めんえき)があり、感染(かんせん)することはない。また、感染(かんせん)したところで即座(そくざ)に行動に移せるほどフットワークが軽い人間ばかりじゃないさ。認知(にんち)は歪(ゆが)んでも、判断力が鈍(にぶ)るわけじゃないからね」

情動だけ与(あた)えられても、犯行に至るだけの論理的動機が存在しない。

犯罪はだめだ。失うべきもの、家族、友人、仕事、恋人(こいびと)、なんでもいい。それらがあれば、人は安易に暴走しない。それら社会性が鎖(くさり)となって、破滅(はめつ)をギリギリで食い止めていて。

「理性の鎖(くさり)を引きちぎり、感染者(かんせんしゃ)が怪異(カイイ)に成り果てるまで数時間の余裕(よゆう)があるだろう。その間に大本である《バズるスマホ》を確保できれば、止められるはずだ」

「猶予(ゆうよ)、意外と長い。余裕(よゆう)ある？」

「大切なものがある人間ほど抵抗(ていこう)するからね。逆に言えば現世に未練のない人、社会の束縛(そくばく)、理性の鎖(くさり)が弱い人間ほどあっさり怪異化(カイイか)するだろう」

たとえばすでに罪ある者。

この超(ちょう)管理社会においてすでに罪を犯(おか)し、二度と消えないデジタルタトゥーを刻まれた者。

社会のはぐれ者、半グレ、落ちこぼれ、ちんぴら、消えることなきクズたち。

「現体制に強い不満を抱(いだ)き、かつ失うものがない誰(だれ)か。もともと社会に対し絶望に近い想(おも)いを抱(いだ)き、変革を望む人間。そして社会経験に乏(とぼ)しく、安易に絶望してしまう若年(じゃくねん)世代。

つまるところ——もともと拗(こじ)らせてる厄介(やっかい)さんたち、さ」

「それって、あれ？」

「あれ、というと」

秘書ネルが指した先、社長室の窓。《オタク通り》から駅前を見下ろす夜景。

通りの向こう、鉄の華(はな)のように咲(さ)き誇(ほこ)るビルは、超巨大企業(ちょうきょだいきぎょう)、《Beast Tech(ビーストテック)》夏木原(ナツキバラ)本社。

その喉元(のどもと)とも言える仮面舞踏街(マスカレード)の玄関口(げんかんぐち)、夏木原(ナツキバラ)駅近くで悲鳴、絶叫(ぜっきょう)、トラブル。

楢崎(ナラサキ)が骨董品(こっとうひん)の望遠鏡を持ち出し、気取った手つきで夜景を覗(のぞ)き込(こ)む。

精緻(せいち)な彫刻(ちょうこく)が為(な)された大航海時代の遺物は、澄(す)んだレンズに像を結ぶ。それは——

「夏木原(ナツキバラ)駅で暴動発生。怪物(モンスター)サプリをキメた、少年少女を中心にした集団」

駅から降り立った、主にアカネ原高校を中心とした高校生たち。

他の世代も多少は混ざっている、だが少数派。数は10……30人には満たない、まだ少数。だが彼らはみな恍惚(こうこつ)とした顔で、ためらいなく服を脱(ぬ)ぎ、全裸(ぜんら)となって。

「——なるほど。獣(けもの)を解放しているね？」

プシッ、炭酸が抜けて。

ぐびぐびぐびぐび、喉が鳴る。


裸の男が、女が、学生たちが。

服を、下着を、スマホを放り捨てながら一斉に怪物サプリを呷る。銘柄は適当、乱雑で。

ヒトの肌が毛皮や鱗に覆われ、咆哮する。街に集う人獣たちはみな服を着て、靴を履く。

それはただの獣ならざる証、ヒトたる証明。

だがそれを捨てた群衆は、完全なケモノと化したかのように駆け回っていた。

「わああああああああああああああああ⁉」

「何だてめえら裸じゃねえか何してんだよぎゃあっ⁉」

「か、嚙みついてきやがる‼　来るな来るな、あっち行きゃあがれ‼」

戸惑っていた人獣たちが叫び、逃げ惑う中。

数えきれないケモノが、ただただ吠えて――。

「夏木原駅、ぱにっく。電車は全面運行停止、だって」

「この街に集う人々は、電波的に隔離されているからねえ」

故に元々街にいた者たちはＳＮＳを見ることもなく、怪異化もせず。

《外》に住まう者たち——闇を抱えながらも取り繕い、不満を溜め込んだ者ほど狂っていく。

「こりゃまた大変だ、どうしたものかな？」

呑気にそう言いながら、楢崎は下界の惨状を神のごとく覗き、堪能する。

服を脱ぎ捨てたケモノたちの行動は、完全にバラバラだ。ある者は料理の屋台を襲って思うさまに未調理の肉を貪り食い、ある者は同じケモノの股間をくんくんと嗅いで交尾をはじめ、ある者は逃げ惑う人獣たちを獲物と勘違いしたのか、涎を垂らして襲いかかる。

ジリリリリ……！

「おっと電話だ。はいはい？」

『——特級命令を発令します』

抑揚の薄いＡＩ音声。

机上の固定電話をとり、耳を傾けた瞬間、楢崎は眉をしかめた。

「ＢＴ本社……警備部か、それとも執行部かな？　特級とは穏やかじゃないね」

『韜晦無用。緊急にて対処してくださ……——急げ!!　バカ騒ぎを、止めろ!!』

後半、女性的なＡＩ音声から肉声へ。

渋みのある壮年男性のそれを最後に、通話は切れた。

「本社の部長、役員クラスかな？　直々の命令ということは、どうも本気で止めたいらしい。まあ当然かな、このまま放置したら人類滅亡も夢じゃないワケだし」

「けど社長……どうするの？」

街に放り出されたケモノたちは、パニックを引き起こしながらそこかしこに散っている。電車が止まり、夏木原へ流入するルートは一時的に断たれた。だが感染が広がっていけば、それこそ徒歩でも車でも、いかなる手段を取ってでもケモノたちは集うだろう。

この街へ。仮面舞踏街、夏木原へ。

禁じられた獣を、解放するために——。

「そうだねえ。とりあえず頼りになる社員君たちに現状を伝えつつ——。視覚感染する怪異化を治療可能なただひとり、《彼女》に働いてもらおうかな？」

楢崎はそう言うと、上げたままの受話器を肩と首で挟むように持ちながら、古めかしいダイヤルをじーこ、じーこと音をたてて、とある番号に回した。

＊

――まるで夢を視ているような。

賣豆紀命が乗った車椅子は、停止した車内からホームへ降りる。

ラップを一枚挟んだようにぼやけた視界で、どこか現実感が無いままに我が身を見下ろす。

足は相変わらずただ身体に繋がっているだけの棒切れのようで、何も変わっていなかった。

『緊急事態につき、列車の運行は停止しました』

『下車し、ホームから降りずにどうかそのままお待ちください――』

非常灯を点けたドローンを運用する管理AIがアナウンスを流し、焚火に群がるかのようにどこか戸惑ったような人々がそれを囲む。遊びに来た、その予定だった、けれど狂った。

「……チッ、何だよ。どうなってんの？」

「SNSのタグ、見た？　なんか面白いよね、つい同じの投稿しちゃった」

「飲みに行くつもりだったのになあ。……おい、お前。見てこいよ」

「や、やだよ！　ドローンの指示に従わないと、信用スコア下がるかもだし……！」

不満と不安を抱えたまま、それでも非現実に浸りきれず、半端な日常を残したまま、彼らは非常と日常の中間地点じみたこのホームから、誰ひとり出ようとしなかった。

ざわつく人々の群れの中、息を止めて深みへ潜るかのように。

「……おい、あの子」

「変な格好。……けど、ちょっと……」

車椅子、手動のハンドルに手をかけてホームを進み出した命に、若い男たちの視線が絡む。


——#獣を解放せよ——


頭にこびりついた文字列が、骨盤から背骨を駆け抜ける。

今もまだ、頭はぼやけたままなのに、身体だけが熱い。まるで競技直前——トラックでスタートのポジションを決める瞬間のように、心と裏腹に身体が昂るのを感じていた。

(きもち、わるい)

心が、ふたつあるみたい。

醒めた心と熱いカラダを包むのはランニング用のブラトップとショーツ。

競技場の外ではまず目にすることのない、冷静に見ればきわどい姿。介護ロボットの助けで部屋着から着替え、あまりに場違いな格好で車椅子に乗り、導かれるようにここへ来た。

二度と着るはずのない服で。

ここへ来る電車の車内でもちらちらと覗かれた。いやらしい視線。どうでもいい。見たければ見せてやる。こんな服すら必要ない。そうだ。還れ。何もかも忘れてしまえ。繋がった見えない鎖を外せ。自分のナカにあるものを、叫んでいる獣を。

――＃獣を解放せよ――

「……＃解放……」

軋るような声がした。

ヒトの喉から出るものとは思えないガラスのような音、＃だ。

理屈はわからない。だがそういうものだと理解できた。ホームにいる大勢がＳＮＳを視て、すでに感染しているけれど、言葉に現れるほど深く犯されてはいないのだろう。

ごくり、唾を飲み込む。喉が渇いた。渇いて渇いて渇いて渇いて、どうしようもない。

疼く、疼く、疼く、疼く。どきどきする心臓の音。ハンドルを漕ぐ。人混みが自然と避けて、開けた道を進んでいく。エレベーターに乗り込み、ホームから構内へ降りる。

カプセル状のロッカールームがいくつも並んでいた。

人々はここに入り、荷物を預け、スマホを置いて、怪物サプリを飲み乾して人間をやめると、街へ出る。束の間の自由、国家に赦された、おこぼれのような無法を楽しむために。

(#将来のこと　#やりたいこと　#あたしのユメ)

(#何もかも忘れて　#獣(けもの)を解放せよ　……#いやだ　#ワケ　#わかんない)

ざわめく群衆から離(はな)れ、命(メイ)はある自動販売機(はんばいき)の前に立つ。

車椅子(くるまいす)でも手が届く、ユニバーサルデザイン。無法の街の入口に立つとは思えぬほど親切な機械が、きらきらと輝(かがや)きながら3種類のドリンクを売っている。

(#ざけんな　#あたしは)

スマホ。ユニフォームのシャツ、ポケットがないので持ったまま。

少し汗(あせ)ばんで湿(しめ)ったそれを取り、自販機(じはんき)にタッチ。注文パネルが自動的に決済を済ませる。

ゴトン、金属音をたてて転がり出る、レトロなデザインの缶(かん)飲料——《魔剤(まざい)》。

超(ちょう)管理社会における唯一(ゆいいつ)の解放、怪物(モンスター)サプリ。

3種のフレーバー。《肉食(carnivore)》《草食(herbivore)》《爬虫類・両生類(reptiles and amphibians)》。命(メイ)が選んだのは瑞々(みずみず)しいキャベツのロゴが刻まれた緑の缶(かん)で——冷えたそれを取り出し、頬(ほお)に当てた。

(#冷たい　#キモチイイ　#ざけんな　#解放　#知るかっつーの　#あたしは　#獣(けもの)……!!)

ぎぎぎぎぎ、頭蓋骨が軋む。

嚙みしめた奥歯、それこそ陸上競技、本番直前並みの緊張と力み。

冷えた魔剤の缶を当てた顔半分、左の頰は蕩けたような笑顔。

だが右半分、命自身の半分が。

「＃バカ後輩　＃あいつは死んだ　＃殺した　＃あたしのために　＃同じこと　＃あたし＃する？

＃……やだ　＃絶対　＃ざけんな　＃ざけんな　＃ざけんな　＃ざけんな　――＃ざけんな‼」

牙を剝き、叫ぶ、咆える、抗う。

追い詰められた犬のように、頭の半分を占める誘惑に逆らう。

緑の缶を摑む左手。プルタブを開けようとする右手。命は口をあんぐりと開けて。

「＃～～～――――――ツッツ‼」

スペアリブを食むように。

自分の手首に喰らいつき、噛みついて、プルタブを起こそうとする右手を止めた。

（#負けるか　#あたしは　#あたしだ　#こんな　#やつに　#いいように　#やられるか　#!!）

《#》に犯された思考。それでもなお、右手を噛む顎は緩まない。

健康な歯が深々と肉に食い込み、はっきりと残った歯形から血が零れる。痛い、痛い、痛い。

団子の串のように前歯に当たる骨の感触。喉に流れ込む血の味、鉄臭さ。

「——……#お前じゃない!!」

クッキリと刻まれた歯形、陸上ユニフォームに返り血が飛び散る。

怒りが爆発する。そうだ、今、心が犯されている。頭に何かをブチ撒けられた。

負け犬野郎の腐れたナニ。絶望？　してない。まだあたしは負けてない。あたしは勝つんだ。

これから勝つんだ。まだ戦っている最中だ。足は動かない、後輩は死んだ、けどまだ生きてるし、腕もあれば頭も動く。走れない？　上等だ。やれる、まだやれる、何か、できる!!

「#あたしは!!　……#あたしだ!!」

「ええ。……本当に、あなたがあなたで良かったわ」

「#んぐ!?」

血まみれで絶叫する命に、パスを繋ぐように。

冷たい感触。誰かの手が命の喉を掴み、車椅子に押しつけるように押さえ込む。

「＃蛍⁉」

「先に謝っておくわ。――ごめんなさい」

振り返れば柿葉蛍。

すまなそうな面持ち。走って来たのだろう、汗ばんだ制服姿で。

間近に迫った美しい顔が、鼻筋と鼻筋が交差するようにすれ違い、唇と唇が触れあって。

「～～～～～ッ⁉」

命の喉に流し込まれる、ほんのりと乳臭い何か。

生暖かくて妙に美味しい謎の液体をとっさに飲み込み、激しく咳き込んで咽る。

「げほっ、えほっ⁉　な、な、なっ……‼　何すんのよ、ばかぁっ⁉」

「緊急避難、治療行為よ。――変な声がしないわね。うまくいった、本当に治ったわ」

不思議そうな面持ちで、蛍はぎゅっと友達を抱きしめる。

命の口元、咳と共に逆流してきた色々を、除菌のウェットティッシュで拭ってやりながら。

「社長とネルさんに指示されたの。おかしな怪異が人を操ってるらしくて」

「……それと今飲まされた謎の汁、関係あんの？」

「お薬的なものよ。ただ、ちょっとアレだから、これ」

　ふかっと毛皮に包まれたような感触がした。

　傷ついていない左手に、握り込むように渡されたもの。小さなボトルは。

「……うがい薬？」

「口腔常在菌ってキスで移って虫歯になるって聞いたわ。消毒して」

「あたしは赤ちゃんか⁉　ってか今の、キス⁉　ノーカンでしょ⁉」

「私的にはノーカウントでいいと思うわ。でも基準は人それぞれだから、良かれと思って」

「ノーカンでいいわよ、あたしだって！　ってか、あれ……？」

　渡されたうがい薬のボトルを眺め、そこで命は気がついた。

　ふたつに割れていた心が、ひとつになった。さっきまで何かに動かされていたような感覚が消えて、キンキンと耳障りだった奇妙な音、《＃》が声につかなくなっていて。

「嘘でしょ。マジ治った……。なに、今の」

「……引かない？　せっかくできた友達に嫌われたくないのだけど」

「あーもー、クッソ可愛いわねあんた⁉　とっとと言って、嫌ったりしないから！」

「そう？　……良かった」

　ほっとした面持ちで蛍が見せたのは、ほとんど空のペットボトル。

　中身は飲み切ったのか、底にわずかに残っているきりだ。ほのかに泡立つ微炭酸で、薄めたミルクか米の研ぎ汁に似た色で、一見ただのジュースの飲み残しにしか見えない。

「社長に聞いた話だと、SNSやメッセージアプリに変な投稿をして、それを見た人を怪異に変えるみたいな能力らしいわ。……私のところには命さん以外から来なかったけど」

「ラストで微妙に闇出すのやめなさいよ、ぼっち。で？」

「ぼっちじゃないわ。あなたもいるし、霞見くんたちもいるもの」

こほん、と咳払いをする蛍に。

「ついこの間知り合ったばっかの連中数に入れてる時点でぼっちじゃないの……」

「正論は誰も救わないって本当ね。心にグサグサ刺さるもの。……注射や飲み物じゃなくて、ただ読むだけで効果がある《怪異サプリ》みたいなものらしいから」

以前、似た問題を片付けたことがあったから。

「コンビニで材料を買って《人間サプリ》を調合したの。効いて良かったわ」

「……コンビニで揃うもんなの？」

「ノリで何とか。コーヒークリープと怪物サプリにのど飴、あとはヒト素材で足りたから」

「ヒト素材って……」

兎に変じる怪物サプリを調合するには、モデルとなる兎の毛が必要で。

つまり今、飲んだのは――……？

「あんた、意外と美味いわね。ミルク飴みたいな味がしたわ」

「――〜〜〜……っ！」

恥ずかしそうに顔を隠し、ぺしぺしと蛍は命の肩を叩いた。

「そういうこと言わないで。ノーカウントよ、ノーカウント」

「はいはい。でも助かったわ、マジで。よくここがわかったわね」

「スマホを持ったまま外出してくれたから。位置情報が筒抜けよ」

超管理社会において、スマホは不可視の鎖だ。

個人情報と紐づけられた機械は、公共交通機関はもちろん移動の際に街頭モニターに記録、顔認証により位置が把握されている。メッセージアプリの異様な書き込みを視、《幻想清掃》に連絡を取り、社長のアドバイスと位置情報の提供を受けて、命を探すのは簡単で。

「それで助けに来たの。……裸になって街を駆け回るとか、嫌だと思って」

「それはマジ助かったわ……そういや、あいつらはどうしたの？」

「上よ」

「は？」

唐突な言葉。蛍は空を指すように言い、命は理解できずに聞き返して。

その時、ふと吸い込んだ息に何かを感じた。すん、鼻が鳴る。取り入れた空気に感じる香り、どこか無機質な金属臭、スプーンを舌に押し当てた時感じるぴりぴりとした微かな刺激。

階段を、エスカレーターを、エレベーターを、流れ落ちてくる――。

「うそ。火事!?」

「大丈夫、心配いらないわ。……他に方法が無かったのよね」

火災の黒煙に似た何かが、雪崩込む。混乱して騒ぎ立てる人波をも一気に津波のごとく飲み込んで、艶の無い鉄色の雲が一気にすべての視界を埋めた。

混乱する命の手を握り、蛍は閉ざされた視界の中、その耳元に囁いた。

「暴動紛いの混乱を鎮めるために。それと、事件を起こした怪異を捕まえるために。霞見くんが、夏木原駅一帯を丸ごと全部――霧に包んだだけだから」

*

宵闇に音も無く、黒い茸じみた噴煙が、大都会のただ中に立ち昇る。

駅周辺のビルディングを飲み込む《黒》。闇が膨らんだかのような濁流が。

瞬く間に建物を、人を、車を包むように帳を下ろしてゆき、ドーム状に隔離した。

「お、おい、何だアレ⁉　火事⁉　爆発とか⁉」

「ええ……でも、何も音もしないし、熱くもないわよ。どうなってるの？」

仮面舞踏街の外、行き交う何百何千もの人々が足を止め、空を見上げる。

緊急時、ＳＮＳを見てしまうのは現代人の習性に近い。反射的にスマホを出した時、各々が構築されたいつも通りのタイムラインではなく、運営公式の警告が画面を埋めた。

災害速報【disaster@_Az】　1分
［緊急］公営SNS大規模障害発生　**日07時45分頃、夏木原駅ガス漏出事故により地中埋設されたネットワーク機器に故障、機能を一時凍結。復旧の見通し立たず。

災害速報【disaster@_Az】　30秒
［緊急］**日07時45分頃、夏木原駅周辺にてガス漏出事故発生。ガスの人体への悪影響はなし。視界不良による事故、パニックに注意し、その場を動かず事態の収束をお待ちください。

　人々は息を呑み、ただそれだけが表示されるSNSに見入る。連れ立って歩いていた男女、同僚らしきサラリーマンたち、塾帰りらしい生徒の一団が、思わず顔を見合わせて。

「うっわ、何これ……！　凄いことになってる、動画撮ろうよ、動画！」

「いいけど、SNS止まってるし、UPできねーじゃん！　超いいね稼げそうなのに！」

「めちゃくちゃ呟きたい。これ大丈夫、みんな無事なの？　会社に連絡しなきゃ！」

「電車も停まってるって！　どうなってんの、SNS止まる前に何か出てたよね？　夏木原でテロがどうのとか報道されたはずだけど、誰かわかる人いる？」

「いや、ちょっと……。ああああああ、検索してぇ、検索してぇ、検索してぇ！」

まったく知らぬ人々が、混乱を共有するかのように騒ぎ出す。だがそれでもパニックに陥ることなく、自動運転の車が行き交う交差点を抜けて歩道に進むと、不安げに空を見上げた。

「ちょっと見に行かない？　夏木原とかすぐそこじゃん」

「いやダメだって、迷惑でしょ。復旧作業とかしてるだろうし」

「だよね、言ってみただけ。——めっちゃヘリ飛んでるし」

高度に統制された社会に、混乱は生じない。

緊急出動した航空ドローン、回転翼を備えた治安警察の無人ヘリコプターが空を切り裂き、凄まじい羽音をたてながら艶無き黒い噴煙を囲み、周囲を飛び回る。

まるで陳腐なパニック映画。街の一区画を呑み込むような茸雲、それを飾るかのように飛ぶ航空ドローンの赤色灯は、その圧倒的なスケールで群衆の視線を奪い、呑み込んでいく。

「わあ……綺麗……！」

人々は恐れず、ただ神話じみた情景をぽかんと眺めている。

「逃げなくていいの？」

「警報とか出てないし、避難指示もないし、大丈夫でしょ」

「そうだね。だから」

「——帰ろうか。もう十分撮ったし」

「うん、復旧したら共有するね！　バズるかなー、めっちゃ楽しみ！」

「信用スコア上がるかもね。でも電車止まってるけど」

「タクシーか歩きかなあ。めんどっちいけど、しゃーないって」

「うん、非常時だから。しかたないね？」

混乱はない。

スマホを操作し、自動運転タクシーを予約。乗り込んで家路を急ぐ者。

あるいは徒歩で帰宅しようとする者、皆慌てることなく秩序を保ったまま行動する。

鎖も鞭も必要ない。

束縛も罰もなくとも己が意思で秩序を保ち、社会を回す。管理社会を維持する歯車たちは、あたかも社会性を保った昆虫であるかのように、急速に日常へと戻りつつあった。

＊

「――黒白霧法　白庭煙‼」

仮面舞踏街と外界の狭間、彼岸の如き場所――夏木原駅ビル屋上。

展望台のような観光施設の存在しない、武骨な換気口や電気設備が臓物じみて広がる上に、霞見零士は立ち、忍びのような指印を結んで、火山のごとき煙を放ち続けていた。

「大丈夫かよ、零士⁉ お前……薄くなってんぞ⁉」

「大丈夫じゃない。……全力だ！」

煙に視界を阻まれながら、隣に立つ頼山月が声をかける。

頰を伝うは汗ならぬ黒煙。霞見零士という幻想種、名もなき《霧の怪物》が放つ黒い霧は、本人がそうと望まぬ限り一切人に害を加えることなく、ただただ黒く世を閉ざす。

夏の夜、手持ちの花火に火を点けた経験が、誰しもあるだろう。今の零士はそれに等しく、その存在そのものを燃やすが如く、ただひたすら駅周辺を黒煙の領域に閉ざしていた。

自分が薄くなるのを感じる。

しゅうしゅうと音をたてて燃え尽きる花火のように。ただひたすら煙を放ち、広げて――さらに周囲を飛び回る無人ヘリコプターが巻き起こす風や都市の息吹、ビルを吹き抜ける横風に散らされることなく、一定範囲に煙を留めるだけで神経が削られていく。

SNSを通じて感染を広げる怪異への対策が、これだ。

「――無茶ぶりにもほどがある……!! 給料上げてくれ、社長!!」

もはや必須を超えてライフラインと化した公的SNSは、簡単には止まらない。

正規のルートで停止させるには関係各所の了解を得る必要があり、試算によればそれよりも《バズるスマホ》によって全人類が怪異化する方が遥かに早かった。

　だが、ここに例外が存在する。

　この国、秋津洲は災害大国だ。頻発する地震や台風、さらに世界的パンデミックに晒され、緊急時における対策はマニュアル化され、承認を待たずほぼ自動的に実行される。明らかな災害、非常事態を観測した社会システムは反射的に動き——ＳＮＳ停止、災害速報以外の情報を制限し、パニックを防止するのだ。

　元々は緊急時、災害時におけるデマ、フェイクニュース抑止のために設定された機能は、ガス漏れを偽装した零士により、怪異感染拡大抑止の一手として実行された。

「長くはもたん……!!　散る。俺が!!　消え……そう、だっ……！」

拡散する飛沫。自分自身が薄くなる感覚は、痛みとは違う。

消えてゆく。コーヒーに落としたミルクが広がるように、自分が溶けていく。

広がって、薄まって、後には何も残らない。パニックを止める目隠しとしても、駅一帯を数キロに渡って闇に閉じ込める荒業は、幻想種にとっても存在を危うくするほどの負担を強いる。

（柿葉は命を助けに行った。それだけじゃない）

　大勢の生徒が感染し、＃獣を解放せよ——くだらない《＃》に操られて街に出てしまった。

　知り合いでもない。友達でもない。当然のごとく人権を与えられ、親に愛され、負債を負うこともなく勉強に励み、裕福な未来を勝ち取ることが約束された奴ら——勝ち組たち。

「……なあ、月！」

「何だよ、零士！」

暗闇から声がする。傍らに立つ相棒の姿すら見られない、黒に塗り潰された世界で。

「俺たちは、くそ貧乏だ。金もない。親もない。……何もない！」

「知ってんよ！」

ゼロどころかマイナスからのスタート。

最初からハンデを負っている。いわゆる普通の人々と同じライン……《普通》を手に入れる、ただそれだけで並の人生数人分ものバカ高いコストを支払うハメになる。

人を助ける余裕なんてあるものか。助けてほしいのはこっちだ。キツい仕事、給料は安い。

社会保障も先の見通しもまったくない。けど、それでも。——……それでも。

「それでも。……助けろ、救え。俺たちは怪物じゃない。人間だって、叫ぶために!!」

「……！」

社会に貢献し、有用性を示し、片隅にでも居場所を確保するために。

苦しい生活——飢えるほどではないギリギリの貧しさ。切り詰めれば辛うじて払える学費。

将来を思えば離せない蜘蛛の糸。無茶ぶりする上司に汚い仕事。だがしがみつく。

離せばそれこそ、末路はお察し。人権なし、戸籍なし、未来なし。

家も借りられない。働けない。稼げない。

人間社会を構築するありとあらゆるものから排除されて、ヒトの暮らしを奪われる。

嫌だ、そんなのは嫌だ。実験施設の奥に監禁されて暮らすのも嫌だ。

社会をすべて敵にして、カメラの目を逃れながら裏路地で生ゴミを漁るのも、まっぴらだ。

空腹感——それが少年たちを繋ぐ、これ以上ないほど強靭な鎖。

単に腹が減っている？　違う、渇望だ。未来に飢えている。欲しいものがある。

「俺が探る。守る。救う！　——切り札を切れ、月!!」

「ああ。……やるよ、相棒!!」

少年たちが叫ぶ。いや……咆える。

ヒトのかたちをした獣たちの咆哮。真っ黒なキノコ雲、空間を埋め尽くす闇に亀裂が走る。

雲が割れ、夜空を断ち切るかのような月光が、冴え冴えと頭上から降り注いだ。

「ああ……あああああああ……」

呆然と見上げる、丸い丸い、銀の月。

真円を描く満月、見上げる人狼——血が騒ぐ。

朝服用した人間サプリの効力など吹っ飛んだ。

ぐるぐると喉が唸った。噛みしめた顎、膨らんだ筋肉と毛皮でシャツがパンパンに。

「ぐあああああッ……!!　あア、アアアアアアッ……!!」

悶えながら、苦しみながらプルタブを上げた。

プシッ、炭酸が抜ける。

鞭打たれる苦行者の如き痛み、全身の細胞が弾け飛ぶような感覚に襲われながら、管理社会で唯一許された解放――《魔剤》怪物サプリ肉食を一気に飲み乾す。

ゴクッ、ゴクッ、ゴキュッ……！

一気飲み、熱い喉越し。強烈なカフェインのキック。目が醒める。意識が覚醒する。

あらゆる体毛が逆立つようなエクスタシー。骨格がゴキゴキと音をたてて変化、手が伸び、足が伸び、筋肉の厚みが三倍にも達して、限界を超えた衣服が弾け飛んだ。

『アオオオオォォォオオオオォォォォオォ――――……ンッ!!』

遠く遠く狼、咆える。

それは言語の発露ではない。ただただただただ気持ちいい、ガンギマリの歓び。

いつもの変身とは異なる色。狼らしい地味なグレーではない。透き通るアイスブルー、光沢ある銀の体毛。首筋から頭部にかけて残る金の三日月はメッシュの名残か。

其は、青銀の人狼。絶滅せし魔術的感染――人獣症。

血液、体毛、精子に刻まれし古の神秘、感染する呪い。

怪物サプリにおけるその主成分。砂糖、香料、爆濃のカフェイン。

そしてヒトを人獣化する《呪い》の根源。BT本社によって蒐集され、今や彼とは無関係な工場によって大量生産、流通する人獣化（ニンジユウか）メカニズム、《怪物（モンスター）サプリ》の原型――

オリジナル人狼（ワーウルフ）は、真の覚醒（かくせい）を迎（むか）えた。

＊

ホホホッ、ホホホホホッ、ホホホホ――――ッ!!


解放感に満ちた笑い声。

黒霧（コクム）に包まれた仮面舞踏街（マスカレード）、駅付近。閉ざされた視界、ケモノたちの声。

混乱は起きていない。黒く煙（けむ）る街の中、多くの人獣（ニンジユウ）たちは慌（あわ）てて屋内へ避難（ひなん）している。

およそ10匹の群れ。全員全裸（ぜんら）。破れた制服、シャツや下着のかけらを毛皮に引っかけて、はふはふと荒（あら）い息をつくケモノたち。種類はさまざま、猫（ねこ）、犬、定番中の定番。

少し外れたデブは発情した豚（ぶた）。痩（や）せ細（ほそ）ったカナヘビ男がちろちろと舌を伸（の）ばし、下着の残骸（ざんがい）を股（また）にひっかけたJKに迫（せま）る。ウェストサイズは変化しなかったせいか原型を残すスカート、その中に辛（かろ）うじて隠（かく）された尻（しり）は薄（うす）い毛皮に覆（おお）われ、発情を示すように湿（しめ）っていた。

「#きて!!　#解放!!　#ケモノ!!」

「#ヒャッ!!　ヒャッ!!　ヒヤ!!」

尻を高々と掲げた牛娘——美人とは言い難い和牛の尻。

太り過ぎて崩れたライン、だらしない剝き出しの六つの乳房。

そばかすのあとが残る顔、耳の位置がずれて歪んだ眼鏡を吹っ飛ばし、恍惚として叫ぶ。

「#かわいい⁉　#かわいいよね⁉　#かわいいって言って‼」

「#ヒャアアアアアアアアアアア！」

性欲に昂った叫び、二股に分かれたモノを鱗に覆われた股から伸ばすカナヘビ男。

痩せた不健康な体格。人獣化していても判る艶の無い鱗。

鬱屈した顔立ち——社会的ストレス。

「#イケメンになりたかった　#美少年になりたかった　#どっちでもなかった　#もういい」

「#親ガチャ失敗　#もうどうしようもねーじゃん　#ねこになりたい」

「#気持ち悪いとか　#臭いとか　#いじめとか　#人間やめたい」

「#交尾‼　#自由‼　#解放‼」

叫ぶ叫ぶ獣たち。まるで汚いジャングルのよう。人間を捨ててケモノに還った十数人。

彼らの醜態をにんまりと、どんぐり眼がふたつ、楽しそうに眺めていた。

「#ホホホッ　#ウホホホホ　#ウホッ　#ホホホホッ‼」

猿じみた声だった。いや、それは事実、猿だった。

童謡に謳われる愛らしい生き物。

南の島にわずかに棲息するという珍獣、アイアイ。

だがその正体は黒く痩せ、長い尾と大きな眼、どんぐり眼を持つコウモリに似た類人猿で、愛らしさとは縁遠い。現地では悪魔の化身とすら呼ばれる、むしろ醜い動物だ。

廃墟じみた仮面舞踏街の雑居ビル、張り巡らされた電線に尻尾をひっかけ、ぶら下がって。

眼を炯々と輝かせながら、異様に伸びた右手と左手、両方の中指でスマホをいじる。

「#ホッ⁉　……#キイイイイイイッ⁉」

狂ったようなタグつきの叫び。

スマホを摑む三本目の手。最新型の限定カラー、端末から伸びた長い長い鼻。

自在に曲がる肉のケーブル、アイアイに似た異形の猿の鼻と物理的に接続されている。

大きな耳、垂れさがった鼻、頭の形だけなら象や獏に似た、獣還りの子。

文明を象徴するかのように、ボクサーパンツを穿いたままの——怪異《バズるスマホ》。

黒い霧に沈んだ仮面舞踏街。路地をひとつ挟んだ表通りは静まり返っていた。

「#キィホッ　#プッ　#ククククク……！」

怪異猿は口元に手をあてて、嘲笑うかのように吹きだした。

仮面舞踏街の表通り。街灯に設置されたスピーカーから、涼やかな声が響く。

『こちら仮面舞踏街運営——緊急連絡をお伝えいたします。

現在、夏木原駅周辺にてガス漏出事故が発生しています』

知人が聞けばすぐわかる。どこか子供のような甲高いそれは、《幻想清掃》秘書、ネルの声。

薄闇に閉ざされた街、路上の屋台から人々が逃れ、ビルの軒先やコンビニに飛び込む。

人々はそれを受け入れ、不安げな視線を交わしながらアナウンスを聞いていた。

『このガスによる健康上の悪影響はありません。

現在専門家による処理が行われており、数分後には完了の予定です』

『お客様、市民のみなさまは、近くの建物に避難して復旧をお待ちください。

繰り返します、こちら仮面舞踏街運営——』

「#キキキッ、キキキキキキ……!!」

「#キィイイイ————————ッ!!」

猿が、怒る。

「#この街　#テーマパーク　#無法？　#嘘ばっか!!」

許された無法という欺瞞。仮面舞踏街に集うのは、無法を求めて集まった善良なる市民たち。街に住み着いた例外を除くほとんどは、社会にきちんとした身分と生活を残したまま。

現場は夏木原駅周辺、最もライトな、初心者向けのお試しエリア。

サプリをキメて仮面をかぶり、カフェインに煽られ無頼を演じて満足する。

ここは官製テーマパーク、許された嘘による偽の混沌。

集う人々は金を払い、話をしてものを買い、やりとりができる。

表社会の秩序を下敷きにし、無法地帯ですらお行儀よく。

重大な事件、事故ともなればそれは露となる。人々はパニックを起こさず整然と避難し、諸外国のようなパニックによる略奪や暴行を起こすこともなく、弱者を守って姿を隠す。

それはもはや、刻み込まれた文化。
国民性とも言うべき——家畜じみた、理性だった。

「＃キェェェェェェェェェェェェェェッ!!」

発狂したような叫びをあげて、怪異猿は黒霧に咆える。

薄い毛皮を掻きむしる。柿色の毛が飛び散って、かすかな血さえ滲んでいた。親指をたててべろべろと己が爪をしゃぶるそれは、癇癪を起した子供そのものだった。

「#嘘ばっか!!　#嘘ばっかじゃん!!　#嫌だ!!　#そんなの嫌だ!!」

彼——都立アカネ原高校一年、北島祐一。

昔からそうだった。ありふれた名前、ありふれた体格、ありふれた顔、ありふれた性格。目立ちたかったけど目立てなかった。賢くありたかったけどそうでなく、落ちこぼれるほど愚かでもなく、結果として大して心配もされず、予定の進学校から滑り止めの都立へ。

ならば、と面白い人間になろうと思った。ジョークを勉強した。ネットスラングを調べた。パクッた下ネタを披露した。ことごとく滑った。高校デビューは大失敗だった。

「#ねえ　#なんで？　#はあ？　#なんでなんでなんでなんでなんで……!!」

危ないことをしようと思った。

親は金持ちだった。自由に使っていいと渡されたクレジットカード——限度額なし。大病院を経営する医療法人の信用スコア、桁違い。友達を作ろうとおごりまくった。引かれた。今時のリテラシー。大人数を誘って盛大なパーティ？　感染対策の観点で不可。豪華な食事やおやつのオゴリ——いじめ防止の観点から警告。無視した。おごられた友達予定者に通達。信用スコア低下——全員から避けられるハメに。

窮屈、窮屈、窮屈、窮屈。

金はある。自由はない。賢くなりすぎた社会、愚者を利用する悪意すら管理され、ささやかな芽のうちに摘まれてしまう。学校という閉鎖型コミュニティでは、特に。

ならばとばかりに仮面舞踏街に通った。背伸びしたがる世代、高校デビュー予定者たち。同級生を無理矢理誘い、カードで多額の現金を下ろし、怪物サプリをキメて街へ。

初めて口にした《草食》サプリ。肉食を選ぼうと思ったけれどそれは怖かったから。

「うっわ、何それ、すっげ⁉」

「超レアじゃん……。パネエよ、めっちゃツイてんねー！」

「え？　……え？　え〜〜っ⁉　マジ⁉」

小遣いでつり、なんとかついてきてくれた貴重な取り巻きが、そう言って。

鏡を見て感激。怪物サプリの変身先は極めてランダム。

定番の犬猫がコモン、それが大半だ。

草食なら豚牛羊など、家畜が一番ありふれている。その中で最初に口にしたひとくちで彼が引いたのは、極めてレアな類人猿——アイアイ。行き交う人々がぎょっとして、噂した。

（＃気持ちよかった‼　＃超目立ってた‼　＃バズりまくった‼）

ようやく願いが叶った。

今まで誰でもなかった。その他大勢だった。特別な何かになろうとして無理だった。

そんな中、たまたま口にしたサプリで《特別》となり——しかも体質的に合ったらしくて、他のサプリを口にしてもほぼ同じ姿、アイアイに固定。もう最高だと絶頂した。

得意満面——レア動物、レアな姿、モブに埋もれないカッコいい、マイナーな自分に酔った。

あとはささやかな願い。ちやほやされたかった。モテたかった。ほめられたかった。承認欲求を満たしてほしかった。クズでもバカでもいい。ほめてほめてほめてほめてほめて。

楽しかった、最高だった、金はいくらでもあった、けれど、けれど、けれど。

『わり、彼女できたんで、今日は……』

『小テスト、近いじゃん？　勉強したいんだよね―』

『ほんとオゴッてもらって超楽しかったけど、毎日はキツいし。大人になろうぜ？』

友達だと思っていた奴らの言葉が、頭の中で反響する。

「#きいぃいぃいいぃいぃいぃいいぃぃ――――ッ!!」

夜遊びに溺れた数か月。友達だと思っていた取り巻きが逃げた。距離を置かれた――くだらない理性。彼女ができたやつ。勉強したがるやつ。大人ぶって、自分を諭してきたやつ。どいつもこいつも裏切り者だ。俺の金でさんざん遊んだくせに。刺激を楽しむだけ楽しんだら溺れることなく逃げきった。今時の賢い遊び方――ストレスをイイ感じで吐き出したら社会の歯車に戻る、超管理社会の家畜たち。

「#やだ　#やだ　#やだ　#やだ　#やだ　#やだ　#やだ!!　#ひとりにすんな!!　#ちやほやしろ!!　#かわいがれ!!　#やだやだやだやだやだあああ

あ‼」

何でこんなに苦しいんだろう、と彼は思った。

金はある。時間はある。あとは一緒に楽しむ仲間が、自分をほめる、アゲる誰かが欲しい。

それだけだ、ささやかな願いじゃないか。自分を主役にしろ。金は払う。なんでダメ？

——ああ。そっか。

「＃そんなのいいから　＃みんなみんな　＃けだものになれ‼」

「＃夢とか　＃将来とか　＃彼女とか　＃やりたいこととか」

にんまり、と素晴らしいアイディアを思いついた企業家のように猿は笑った。

盛り狂う動物たち。真っ先に汚染されたのは、彼とSNSで繋がっていた取り巻きたちと、同じクラスの鬱屈した女子や陰キャ。怖がって誘ってもこなかったくせに、結局は。

一皮剝けばケモノの本能を露にする、きたないやつら。

「＃ごまかすな‼　＃とりつくろうな‼　＃素直になれよ‼　＃楽しもうぜ‼」

逃がされたホルスタイン。同級生だった醜い牝牛にのしかかる雄たち。腰を振る音。生臭い。

その醜さが、汚さが面白くて、自分がそれを演出したのだと思うと最高に脳がキマッた。

自分に友達ができなかったのは、この社会のせいだ。

本音を隠して嘘ばかり。造られた無法地帯すら偽りのテーマパーク。

みんな他人の顔色を伺うのに、プライバシーで一線を引いて近付いてこない——個人間距離。

ソーシャルディスタンスを保ち、SNSでしか繋がらない、そんな世の中のせいだと。

確信。動機。興奮。バカ高かった怪異サプリ——オークションで落札直後どこからともなく置き配されて、迷うことなく注射した。さらなる刺激を求めて、怪物サプリ。

自分を特別な存在だと最初に認めてくれたレア動物。アイアイとのミックス。ガンギマリ。

脳の血管がビキビキ音をたてるのを実感するほどの、めちゃくちゃな興奮のままに。

「#ギモヂイイイイイイイイイッ!!」

涎を垂らしながら交尾する動物たちを見ていると、我慢できなくなって。

「#おれ　#やる　#どけ!!」

「#け!?」

尻尾を巻きつけていた電線から外し、落下。

怪物サプリと怪異サプリのミックスにより得たゴリラ並みの体重——数百キロ超え。

ぶちっ、嫌な音がした。

興奮してあたりかまわず股間を擦りつけていた元クラスメイトの豚くん、即死。

怪異猿に踏み潰されてミンチに。その勢いで重なり合っている雌牛とカナヘビ君。

元クラスの陰キャ女子と男子。席が近くて最初はたまに話したけれど、おごったり誘ったりするうちに距離を取られて逃げていった、友達だったはずの他人たち。

「＃え？」

唖然とした顔で、つながりあったまま、少年と少女だったものは振り返り。

「＃わあああああああああああい‼」

子供じみた動き。両手をバンザイのように広げ、全体重をかけて身体ごと。

重なるようにのしかかり――汚い街路と猿の肉、数百キロの荷重に挟まれ、秒で潰れた。

グチャッ、異様な音。

トマトを握りつぶしたような色が腹いっぱいに広がった。

「＃ヒャアアアアアアアアアアアアッ‼」

アスファルトに広がる染みでぱちゃぱちゃと、水遊びをするように踊り狂う。

肉塊と地面に股間を擦り続ける怪異、ただただただただただ気持ちいい。

めちゃくちゃな興奮、高揚、絶頂。滑りがよくなった腰をグリグリグリグラインド。足をピンと伸ばしてビクビク震えた化け猿は、故に夜空を見上げることなく、気づかなかった。

――まるで光が刃のごとく。

駅を呑み込むキノコ雲が、真っ二つに斬れた。頂点から裂けた煙は雪崩のごとく崩れ落ち、定規で引いたような正確なラインを描いて、駅ビルの屋上とこの裏路地を一直線に結ぶ。

「#キッ⁉」

取り巻きのケモノが異常を感じ、慌てふためいて夜空を見上げる。

駅ビルと路地、天の高みと地の底を繋ぐ斜めのライン。それは光ではなかった。

黒煙が形を変えた、長さ数キロに及ぶ黒曜石の滑り台。

「だあああああああああああああああああああああああ――――ッ‼」

弾丸が滑ってくる。

白銀の毛皮に覆われた人狼が、怒りに満ちた叫びをあげながら。未だに腰を振り続ける猿のバケモノ、たった今3人殺したばかりのなれ果てに向かって。

「――汚エケツ振ってんじゃねえッ‼」

「#ウギャホオォウォツ⁉」

摩擦係数を極限まで削った、超高速の滑り台。

弾丸じみた勢いに達した人狼の蹴りが、狙いすましたかの如く怪異猿の尻に突き刺さった。

尻肉がぐにゃっと潰れ、未だ抱え込んでいたさまざまな血と体液と屍のクッションもろとも、吹っ飛ばされた怪異は何度も転がりながら、向かいのビルの壁に激突する。

パキパキ、ピキッ——グラスの中で爆ぜる氷の音。

駅ビルと路地を繋いでいた黒の滑り台が崩壊する。それは霞見零士の《黒法》——彼自身を構成する極微の飛沫を結晶化、硬質化する極意で形成された超特急。

避難勧告が届いた無人の街。

全域に行きわたった《霧の怪物》は怪異とケモノらの位置を特定し、切り札を送り届けた。

一刻を争う事態。分どころか、秒。ガス漏出を演じていられる制限時間は残り2分もない。

零士の人格が完全に揮発し、ただの霧となって散り散りに消える、その前に。

公営SNSの非常事態が解除され、怪異汚染が再び拡散する前に。

「ぶち殺してヤッからよお……立てや、ゴルァァァァァァァァァァッ!!」

「＃ウキャアッ⁉」

まるで、前時代の不良。

ギンギンに逆立った銀の鬣、金のメッシュ。カフェインの影響か炯々と眼を輝かせた人狼、優しき少年だった頼山月が、その面影を完全に失って、凶器じみた爪を掲げた。

「＃き、キイッ⁉」

「どけうるせえ邪魔だボケ!!」

ただひたすら、暴力の嵐。

慌てふためきながらも大本たる怪異を守らんとするケモノたち。だが半端に汚れた彼らは、所詮並の人獣と変わらぬ程度の力しかない。近付いた瞬間殴られ、蹴飛ばされ、吹っ飛ぶ。まるで熱いポップコーン。バキドカボカグシャ、次々吹っ飛ぶ。

制圧——文字通り、瞬殺。

「#ぎ、キキキッ⁉」

血みどろの怪異が立ち上がり、長い鼻に掴んだスマホを人狼へ向けた。

割れたタッチパネルに灯る録画アプリ。銀の毛皮がカメラに撮られ、生配信が開始される。秒でバズり、数千、数万人が接続。物理法則を超えた怪異のルール——

「#燃えろ‼　#燃えろ‼　#燃えろ‼」

「あ？」

接続者が増える。バズるバズるバズって燃える。

ネットでの《炎上》がリアルな焔と化し、爆発。灼熱と轟音、視聴者が増えれば増えるほど熱量を増す呪いの炎が路地裏を占め、焼け焦げたコンクリートが歪んで崩れた。

「#キキキキキキキキキキ‼」

法則の拡大解釈。ただ《バズる》だけの法則は、使い手の歪んだ意思によって凶器となる。

スマホ内で増え続ける視聴者の数に嬉々としながら、カメラを眼として生贄を探す。本来は餌をとるために進化したアイアイの中指、異様に長く伸びたそれでパネルをスワイプ。

だが揺らめくオレンジの光、バズッて燃える仮想の焔に、人影はなく——。

「トロ臭ェんだよ、スマホ猿」

響く声――反応するより早く、胃袋をブチ抜かれるような衝撃。

「#ゲギャッ⁉」

異様な敏捷性。文字通り目にも留まらぬスピード。

バズッて燃える焔の中をひと息に跳び、すれ違いざまに拳がだらしない腹にメリ込んだ。

肋骨で守られない臓器――ヒトもサルも同じ急所。胃袋から横隔膜にまで届く圧迫と打撲、アイアイと怪異の入り混じった怪異猿は、反吐を吐きながら吹っ飛んだ。

「#げほ‼　#えほ、げほっ　#い　#イダイ‼　#イダイヨ‼　#やめ……‼」

「丈夫だよなァ、お前。いいぜ、いいぜ、イイじゃねえか‼」

スマホと繋がった第三の手、怪異猿の鼻を人狼が掴む。

ナイフのように鋭い爪が肉に食い込む。

圧迫されて見る間に紫に変色した末端、皮膚が破れ刺さった爪から血が流れて。

引っ張る。ビンと綱のように張る長い鼻、釣られたように振り向く怪異、その頬を――！

「ブン殴っても死なねェし‼」

「#おげェ‼」

ゴキャッ‼

吹っ飛ぶ怪異。勢いのままに焼けて崩れかけたボロビルの壁、コンクリートをブチ抜いた。

中は無人、朽ちかけた廃墟。得体の知れない古いゴミ、どうやらオタクグッズの店舗跡。

色褪せたフィギュアやキャラのポスターが散らかる中に、怪異猿が這いつくばって。

「殴っても殴っても殴っても法的オッケー!!　サンドバッグに最高だわ!!」

「#おぎゃゴエぐきがぼべ!?」

鉄槌のような拳骨が、怪異猿の顔面を変形させた。血みどろのスポンジじみて血を流す顔、歪んだ骨に千切れかけの鼻。歯茎からこぼれかけた前歯が辛うじてだらんとぶら下がる。

「#あが!!　#イタ!!　#イダイ!!　#ヤメテヤメテヤメテヤメテ!!　#いじめないで!!」

「いじめてねぇよ!!　オレぁな、いろいろ……溜まってんだああああああ!!」

ゴキ!!　靴を脱いだ狼の足が、逃げかけた猿の尻を叩き潰す。

「オッサン!!　オッサン!!　オッサンだ!!　相棒はモテてるっつ〜のによお!!　オレが!!　モテるのは!!　汚いオッサン!!　オッサンしかねえ!!　ああ!?　不公平だろォ!?」

「#し、知らない!!　#やめ……　#助けて!!」

「なんでてめェのお願い聞いてやんなきゃいけねえんだよ!!　いい子ちゃんか!?　オレぁいい子ちゃんやってんだよ!!　普段メチャクチャ我慢してんだよ!!　わかれや!!」

「#し、知らな……!」

「っせえよ。ああ……」

足首を鷲掴み。ヒッ、喉を鳴らす怪異猿。

異常なパワーで軽々と持ち上げ——玩具のように振り回し、壁に叩きつける。

再びブチ抜かれる壁、砕ける天井、降る瓦礫。

本来、怪異を倒すにはその法則に基づいた弱点を突かねばならない。

だが、この怪異は。

《バズるスマホ》の弱点は、問うまでもなく誰もが知っている。

「——だしゃあッ!!」

「＃あガッ⁉」

スマホを振りかざす現代人は。

シンプルな暴力に、弱かった。

＊

頼山月は、変な名だ。

名付け親は人間ならＡＩ。月が創られた場所——ＢＴ本社の研究施設。

博物館の遺物から再生された幻想種、その基を組み込まれた受精卵から創られた胎児。研究員たちは何百というソレに識別名をつける手間も省き、AIを走らせて終わらせた。

シリーズ、文学者。どうやらおかしな学習をしたらしく、大昔の文豪だの俳人だのを適当にもじったような名前の兄弟姉妹が大量生産され、みんな育たずゴミとなった。

(正直実感、ぜんぜんねーけど)

赤ちゃんの頃なんて知らない、覚えてないことを言われても、困るのが本音。

悲惨なのだろう。世間で楽しく暮らしている若者たちに比べれば、そりゃ自分は悲惨だな、明らかに不公平じゃねえか、とか、そんな風に感じなくもない。

(きっと世間じゃ反抗とか、すんだよなあ?)

(キレて復讐とか誓っちゃったりしてさ。……めんどくせー)

辛うじてヒトの形に育った唯一の成功例。

親はいなかった。かわるがわる世話に来るのは、防護服を纏った顔もわからない研究員で。

情操教育はアニメだった。よくわからないが名作らしいものばかりだ。

親がいて、家族がいて、友達ができて、普通に生きる普通の暮らし。自分のそれとは違う、あまりにも違いすぎて比較しようとすら思わない、嘘っぱちの優しい世界で。

『なろう、《普通》に』

血を抜かれて髪を切られて肉を採られて精通したら精子まで。

ありとあらゆるエッセンスを搾り取られた挙句、すべての有用なデータを回収し尽くしたと判断されて、自殺防止のスポンジに固められた子供部屋から、別の施設へ移された時。

同室になった、はじめて見る自分以外の誰かが。

黒い髪と白い髪。白黒頭のそいつが、温かい手を差し伸べて——


『——友達になろうぜ。一緒にやろう』

はじめて握った誰かの手は
めちゃくちゃ温かくて、気持ちよかったから。

そんな、ありふれた理由で——

頼山月は実験動物から、霞見零士の友達になったのだ。


「とっとと起きろ。また派手にやったな、おまえ」

「うあぁ……サイテー。頭、めっちゃ重い……ぎぼぢわるい」

酔っぱらったような頭。その奥でジイジイと電動ヒゲ剃りじみた振動を感じるのは、怪物サプリの過剰摂取だ。二日酔いに近い不快感、尿意じみた内臓の違和感が気持ち悪い。

オリジナル人狼の克服できない衝動——月齢狂化。満月における人狼の怪物サプリ摂取は、過剰なまでの暴力衝動と能力の覚醒をもたらし、数分間の完全暴走状態に陥る。

重い瞼を開き、周囲を見渡す。

「……はあ。サッパリしちまったなあ、こりゃ」

「再開発の手間が省けたな。幸いというか、権利者のいない廃墟で良かった」

完全に砕け散り、瓦礫が積み重なった更地となった廃ビル。

ヒトの姿を取り戻した月は裸で寝転がっており、着替えを持った零士が傍に立つ。

回転灯の赤い光が視界に煌めく。少し離れた位置に停車した救急車両から出動したドローンが、毛布に包んだ十数人の人獣を次々と収容し、どこかへ運んでいくのが見えた。

「なんも覚えてねーんだけど……その、俺、殺っちゃってねーよな?」

「怪異は怪異だからな。簡単には死なない、ギタギタだが生きてる」

怪異サプリの効力が消えるまでの数時間、地獄の苦しみを味わうだろうが——死ねない。

月も零士も名前しか知らない後輩は、ひとまず無力化されたようだった。

「他の連中もまとめて病院送りだ。……着いた時すでに死んでいた生徒、3人以外は」

「……」

もう少し早ければ、助かった。

そんな想いはふたりとも、胸に秘めて口にはしない。過ぎ去ったこと、できなかったことを悔やんだところで何もできない。時間は戻らない、後悔なんてする暇はない。

「例のスマホは？」

「これだ」

ビニール袋に入れたスマホを零士が見せる。タッチパネルが完全に砕け、電源すら入らない。肉のケーブルは朽ちて枯れ木のように萎んで、もはや使い物にならないだろう。

「完全に壊れてるな。これで一件落着、妙なデマも収ま――」

言い終わる前に、閃光。そして派手な爆発音。

「……あ？」

「おいおい、勘弁してくれよ……！」

振り返った時見えたもの。非常事態宣言が解除され、ガスが晴れた仮面舞踏街の裏通り。

駆け回る全裸の人獣たち。さっきより二倍、三倍――数十人。下着まで脱ぎ捨てて、歩道も車道も関係なく、煽情的に身体を見せつけるように走り、屋台やコンビニに飛び込んで。

「『＃解放!!　＃解放!!　＃解放!!』」

騒ぎ立てる、吠えかかる。躾けのなってない犬のように。

中には怪物サプリすらキメていない者もいる。全員異様にギラついた眼――正気ではない。

「な、何だよこいつら⁉　イカれてんのか⁉」

「く、来るな!!　オレのそばに来るんじゃねえええええっ!!」

慌てふためく人獣たち。恐らくはこの騒ぎが起こる前からこの街にいた。スマホを持たず、SNSから隔離されていた者たちは、この異常事態を理解できずに逃げ回る。あるいは武器、あるいはその爪や牙、角や蹄を振りかざして裸のケモノたちを追い払おうとするが、パニックは無法の街角すら呑み込んで、拡大し続けていた。

「——《#》が、止まらない……⁉」

壊れたスマホ。すべての原因だったはずの怪異の残骸を握りしめながら。

霞見零士はそう言って、会社に連絡すべく電話を探しに走った。

＊

「了解。こっちでも状況は摑んでるよ」

数分後。公衆電話を見つけた零士からの通報を受けて、社長・楢崎はそう言った。

受話器のコードを長々と伸ばし、覗き込んだ隣のデスク。秘書ネルが開いたアプリは、復旧したての公的SNS。《幻想清掃》からの連絡を受けたBT本社が働きかけ、怪異災害の元凶たる《バズるスマホ》こと北島祐一のアカウントはすでに削除されている。

元凶となったつぶやきも、とっくに消えて見られない。

それなのに。ごく短い時間公開されたテキストが異様に拡散され、汚染された人々——。

彼らはこぞって呟こうとあがく――《＃獣を解放せよ》。

転載。拡散。転載。拡散。拡散。拡散。転載転載転載転載拡散拡散拡散拡散……！

「まるで止まってないように見えるんだけど、気のせいかい？」

「あたり。まるで止まってない」

怪異化した《バズるスマホ》は既に破壊されている。

だが電子データとして書き込まれた意思は、それを見た人間を――

《神秘化》したとでも言うのかな。魔術的に言うなら、呪いがかかったままなんだ」

「前時代的すぎる……。科学的根拠、ぜろ」

「そうでもないよ？　呪いっていうのはね、もっとカジュアルなものなんだ」

呪詛たるは、ヒトの悪意。

古の時代より、人類が言語を操るようになってすぐ始まったもの。

「たとえば私がネル君にこう言うとする。《最近キミ、太ったね？》と」

「うん。ころちゅ」

「舌ったらずなところかーわいーい。とまあ君はキレた。私の言葉で傷つき、怒りを感じた。

これも立派な呪詛なのさ。問題はそこに神秘があるか――ひとりふたりの悪口ならともかく、
ネット社会では悪意の収束なんて日常茶飯事、よくあることに過ぎないからね」

かつて高僧や呪術師が護摩を焚き、神仏に祈りを捧げて果たさんとしたこと。

悪意敵意の収束が、ネット上のくだらない発言を誇張され、切り取られただけで呆気なく。文字通り《炎上》し——健康な人が心を病み、自ら死を選び、死に至る病すらも得る。

「怪異《バズるスマホ》は人々の悪意、その焦点を狙ったものに合わせる異能。超管理社会への不満と鬱積を溜め込んだ少年のくだらない言葉が消されるまでの間に——何千何万、何億人に感染し、呪詛をかけたのか。いやあ、計算したくないねえ？」

「……つまり、どうなるの？」

「さすがに大本が倒された今、呪詛も本来の力を発揮することはできないだろう。だがすでに感染した大衆の中、呪詛に共感しやすい境遇の人間はただちに堕ちるだろうね」

即ち——あの少年のような。

「社会に不満を溜め込んだ人間。満たされない金持ち、鬱屈した負け組、どんな形でもいい。表に出せない怒りを溜め込んだ誰かが呪詛に感染すれば……」

心は砕け、変質し、形を変えて成れの果て。

「#獣を解放せよ——その指示に従って、この街に集い獣になる。交尾し、食べる。そんな原始人以下の状態に還るわけだ。いやあ、物凄いことになりそうだね？」

「……いやすぎる。うちのまわりが、乱パ会場……」

「おっさんの交尾とか目撃するハメになりそうだねえ。いやあ、さすがに嫌だな」

冗談めかして楢崎は笑うが、それだけではないと理解している。

呪詛感染者たち、その多くはまだ初期症状だ。言葉に《#》がつき、仮面舞踏街へ向かい、怪物サプリをキメたくなる。本人の意思次第で抗えもする——賣豆紀命と同じ状態。

だが時間が経てば経つほど、社会からのストレスを受けるたびに、呪詛は募る。

毒が少しずつ人体を蝕むように。ついには衝動に耐えられなくなり、服を脱ぎ捨て、サプリをキメて街を徘徊するケモノと化した末、ヒトらしい理性を削っていくだろう。

「最終的にはマジモンの動物になるんじゃないかな？　京東に何万のケモノが解き放たれるか、まさに弱肉強食のジャングルだね。メガコーポが共同出資で鎮圧するにせよ、めちゃくちゃな数が死ぬだろう。——感染者の書き込みからの二次感染が無いのは救いかな？」

「わかるの？」

「僕、魔法使いだからね。テキストにこもった念で察知できるよ」

即ち問題は、発端となった《バズるスマホ》の書き込みを直接見た、数万から数十万人。

討伐後に収まらぬ書き込み、感染者たちの祭りを目撃した者が新たに感染することはない。

だがそれでも、あまりにも——

「多すぎる。今の段階で発症者が数百人、明日の朝には千人、万人……もっと増えるかもね」

「……十分すぎない？」

「私もそう思う。まあ、《バズるスマホ》を放置したままよりはマシだと思うよ？　重症者さえ皆殺しにしてしまえばいいわけだから。この国の人口が半減する程度で済むさ」

『治療法はあるはずだ』

その時、楢崎が持っていた受話器から、くぐもった零士の声がした。

『人間サプリを使えば、呪詛とやらは止められる。社長！』

「うん、本社の工場でも人間サプリは作れるね。まあ治療も可能だろうけど」

問題は——時間だ。

「数万、数十万、どんどん増える感染者にどうやってサプリを打ち、飲ませるんだい？　君が死ぬほど頑張ってくれるなら不可能とは言わないけど、非現実的だよ」

『じゃあ、方法は……!?』

「そこが本題さ。安心したまえ、場当たり的な対症療法よりは成功率の高いプランがある」

楢崎はそう言うと、自分のデスク——そこに散らばる書類の束をチラリと見て。

「怪異サプリは普通、一回で使い切るものじゃない。使い残しがある可能性が高い」

以前出現した《雑巾絞り》は分量を考えず、全量を突っ込んだ結果、戻れなくなった。

今回の加害者が、ほんのすこしでもいい。それより愚かでなければ。

「それを確保できれば——新たな《バズるスマホ》を創ることができる。そして最初の投稿を打ち消すような書き込みを行えば、感染者の救済は可能……かもしれない」

『疑問形ですか』

「確信はないよ。君の後輩らしきその加害者くんが、多少なりとも理性的であることを祈ろう。

毒を以て毒を制す――成功するかどうかはわからないが、試す価値はあるさ」

『どこにあるんです？　怪異サプリの残りとやらは。場所は……！』

「可能性が高いのは自宅かな。住所は割れている、調べるなら――」

『教えてください』

迷いはない。数分後、住所を告げたあと切れた受話器を置いて、楢崎は笑う。

「いやあ、仕事熱心だねえ。彼、マジでやる気みたいだよ？」

「命令してあげないの？　社長が責任をとるべきでしょ」

「嫌だよそんなの。顔も知らない数十万人がケモノと化して死のうがどうでもいいしね。友達や家族がいるわけでもない、シンプルに僕は薄情なのさ」

嘯く社長――本音としか思えない喋り。

だが、零士は違う。感染した人間、多くはようやく転入を許された学校の生徒たち。

仲間ではない。友達でもない。知り合いでもない。けれどけれど、それはすべて。

霞見零士という幻想種、人間のふりをしている怪物にとって――決して失えない宝。

「やっと掴んだ《普通》の《日常》、その一部だ。亡くした妹さんへの弔いのために、妹さんの分まで人生を謳歌するために、彼は命を賭けるだろう」

家族を失い、日常は壊れ、半身のような妹まで失って。

少年が生きる目的、その人生を賭けるものは、それしか残っていないのだから。

「つまり命令なしでも彼は動くし、僕が責任取らなくてもいいのさ。便利だね！」

「がちくず」

呆れかえった声、冷たい言葉。秘書のいたいけな声に責められつつ、楢崎は動じることなく微笑んで、オフィスの窓から眼下を見下ろす。

未だあちこちで続く騒ぎ。ケモノと化した感染者たちは、電車が止まっているせいか各地の封鎖された壁を越え、怪物サプリをキメて仮面舞踏街へ散り散りに駆け巡る。

まるで破滅の世紀末。前時代のゾンビ映画じみた破局に対して。

「ま、世界でも救ってもらおうか。——そういうのは少年少女の仕事だ、って。小説でもアニメでもコミックでも、決まり事として成立しているから……ね？」

お約束、当たり前、誰もがそう思う話の流れ。

それもまた呪詛であり、世界を統べる神秘の法則のひとつであった。

＊

走る——遠い。遅い。時間がない。

「あとで清算して。領収書はとっておくわ」

「……悪い。助かった」

駅周辺に都内の無人タクシー・ドローンが集結。

ガス漏出事故は収まった、との発表があるも、電車はいまだ止まっている——動かない。

取り残された乗客を運ぶために人流管制システムが作動、AIの自己判断による増便、運行。社長と話を済ませた零士、精魂尽き果てた月をひとまず仮面舞踏街へ残して《外》へ。

指定された住所。逮捕された《バズるスマホ》の自宅は都内中心、地価がヤバいほど高い超高級住宅地、何億かかるか想像もつかないクソデカ一軒家、というより屋敷で。

走って行くには遠すぎる。

幻想種としての異能を《外》で大っぴらに使うなど、最低の信用スコアをぶっ壊す自殺行為。

ならばタクシーと思ったが、まともな身分がない、電子マネーが使えないので——。

「俺ひとりじゃ乗れないからな。ギリ電車は切符で利用できるが、タクシーは無理だ」

「地味に不便ね。私も滅多に使わないけど。高いから」

柿葉蛍。無事に命を救出したのち、駅ビルで待機してくれていた。

零士と合流。移動手段を探す彼のため、タクシーを停めた。交通費ということで後に清算、社長に払ってもらうという約束だったが、万に届きそうな金額に真っ青な顔。

タクシーの後部座席、二人横並びに座りながら、貧乏人たちはこそこそと話す。

「大丈夫か？」

「……平気よ、吐きそうだけど。それより、少しでも休んで」

「それはもう平気とは言わないんじゃないか……？」

お互い極貧、貧乏人。スマホの家計簿アプリを渋い顔で睨む蛍の隣、自動タクシーの後部。

座席に深く腰掛けながら、零士は己の状態を確かめるように自問自答する。

（まだやれるか？　……きつい、さっきの無茶でほぼ充電切れだ）

（人間性を薄めすぎた。回復には時間がかかる。自分を固める黒法には、致命的だ）

さっきの無茶、ガス漏出事故の茶番。現時点での最大出力で一区画を閉鎖。ガス状の感覚を総動員して犯人の捜索、月を現場へ送った——ここまででほぼ限界。

（柿葉に人間サプリを作ってもらうか？　いや、だめだ）

（人間サプリをキメたら、当分異能が使えなくなる。せめて、事件を解決してから……！）

幻想種としての力の濫用は、人間性の喪失を招く。

その特効薬が人間サプリ、飲むヒューマニティ。腸内細菌を整える感覚で人の心が戻る——つくづく規格外としか言いようがない柿葉蛍、詳細不明の異能。

「顔色が悪いわよ。……大丈夫？」

「あんたも大概だ。そんなに金が無いのか」

「あなただってそうでしょう。お互いお金のことは言うだけ無駄よ」

「……チョコレートが食いたい……」

深々とタクシーの座席に沈んで、しばしばする眼を何度も閉じては、無理矢理開く。

泥のような疲労が全身にのしかかり、今にも意識を失いそうだった。

「安い板チョコじゃない、ピーナツとキャラメルクリームが入ってるやつ……」

「カロリーが凄いアレかしら。美味しいわよね」

「食べたことないんだ。……そういう、たぶん美味いんだろうなと思えるものが、この世界にたくさんあって。それをしっかり味わうまでは、まだ、あいつのところには……」

逝けない。

まだ何も、話せない。

「あいつは、小学生で死んだんだ……。何も知らない、わからない齢で。だから」

人を助ける。善い者として在り続ける。

誇りなど捨てて社会の靴を舐めてでも。

「俺は、天国へ行きたい……。あいつが、きっとそこにいるから。あいつにまた会えるから。そうしたら、あいつに伝えるんだ。あいつがきっと、知りたがってることを……」

ぜんぶ、ぜんぶ。

女の子らしい恋も。幸せな普通の暮らしも。美味しいスイーツの味も。

「返して、やらなきゃ……」

「そう。……事情はわからないし、聞かないけど」

うとうとと寝ぼけたように、遠のいた意識で呟く零士を。

隣に座った蛍がぐいと強く引っ張り、まともに力が入らない少年はあっさりと倒れ――

頭が、薄いスカートを隔てたきりの、柔らかな足に着地した。

「到着まで10分くらい。少しでも休んで」

「……膝枕とか、いいのか？　ハレンチ罪で逮捕されたりするのでは……」

「人間界の法律はそこまで厳しくないわよ。ソーシャルディスタンス警告が届くくらい」

「なら、だめだ。おまえの信用スコアが、下がるだろ……」

「お金は払えないし、私にできるお礼はこれくらいだから」

蛍のどこか冷たく、そして驚くほど柔らかい指が、乱れた零士の白黒の髪を撫でつける。

ほのかな振動、タクシーの音。スカート越しの太腿の柔らかさ、肌の温もりに瞼が下がる。

「ありがとう、命さんを助けてくれて。――友達を無くさなくて、良かったわ」

「……ああ。そうだな。良かった、本当に……良かった……」

我慢も限界だったのか、零士は目を閉じて眠りに落ちる。蛍は端末を開き、警告を削除。

ソーシャルディスタンス、個人間距離が近すぎる。『身体を触られていませんか？』痴漢を疑うメッセージにNOを選択し、ほんの少しだけ赤らむ頬を感じながら。

「膝枕。……お仕事だったら、3万円くらいになるかしら」

「……！」

夢の中で夢のないことを言われた気がして、零士の体は勝手に震えた。

およそ10分後、現場到着。

自動タクシーから降り、ごく短時間だが睡眠をとって回復した零士は、蛍と共に物陰へ。

「さすが高級住宅街だ。街頭カメラの死角がほとんどない」

「ものすごく悪いことをしている気分ね。めちゃくちゃ不審者だわ、私たち」

「俺もそう思うが、いちおう正義の不審者だ。そう思わないとやってられない」

慎重な潜入工作――無理。わずかな睡眠で多少マシになったものの、限界は近付いている。

「悪いがここで待っていてくれ。行ってくる」

「ええ。……気をつけて」

ありふれた挨拶を交わして、零士はふと気がついた。

「……ああ」

「どうかしたの？」

「いや。……こんなふうに送り出してもらえたのは、ずいぶん久しぶりだから」

懐かしくて、嬉しくて、それから。

「気合が入った。——何とかする」

曖昧な言葉。犯罪を連想させるような文言を残して街頭カメラに記録されない配慮。蛍が教唆に問われないように。万一発覚した場合、自分だけの責任で終われるように。

邸宅——富裕層。高い塀、監視カメラ、警備会社直通のセンサーの山。まともな泥棒なら、まず近寄らない鬼門を、霧と化した少年が擦り抜けていく。

（……はあ……っ、く……！）

長時間の霧化は、潜水に似ている。

息を止めているような圧迫感、茫漠と感じる意識の薄れ。続ければそのまま塵になり、二度と戻れなくなりそうな恐怖感、そしてそれすら薄くなり、危機感が衰える——。

（——怖い怖い怖い。忘れるな、忘れるな、忘れるな!!）

恐怖、危機感を完全になくした時、零士は完全に消えるだろう。

ただの霧となって散るのか、あるいはこれまで捕えた怪物ども、怪異や幻想種のような社会に迷惑をかける存在に成るのか、そこまでは想像もできないが。

黒くたゆたう霧となり、塀を乗り越えて庭へ。広大な庭園——丁寧に手入れされた空間。手間をかけて手入れされた花壇。安っぽい家庭菜園など一切ない。まるで計算され尽くして作庭された建築美術の標本のように、隙なくみっちりと配置された樹木、庭石の数々。

（違う意味で、息が詰まりそうだな）

どこまでもきっちり、どこまでも正しい。

庭木に混ざって密かに配置されているカメラ、警報装置を抜けて建物へ。

（――対パンデミック仕様、特別優遇ホーム）

豆腐のような建物だ。

四角いコンクリート。一見すると武骨に感じるが、それはかつて大震災や大災害に耐えて、周囲がすべて破壊される中建ち続けた、恐ろしいほど頑健な鉄骨二階建て。

（やりづらい。空調もフィルタ入り、入りづらい……！）

完全に密閉されているわけではないが、エアコンなど換気設備にもウィルス対策のフィルタが導入されており、気密性は極めて高かった。

（武器でも据え付けたら、もう要塞だな。金持ちってやつは、これだから）

大地震？　大水害？　いつでも来いと言わんばかりの、要塞じみた家。

だが、入る術はある。まずは――

（《鍵穴》にフィルタは存在しない）

玄関。構造上、鍵穴は中と繋がっている。ドアと壁の隙間にはパッキンが入っており、断熱防疫効果がきっちりと備わっているが、意思持つ気体が擦り抜けることまでは想定外。

霧化した全身を、文字通り針の穴じみた対ピッキング処理済みの鍵穴に通す。

家の中――自動清掃ドローンが稼働中。一見した印象、モデルハウス。

金持ちらしい飾り気のないスマートなデザインでまとめられた家具、広々としたスペース。床に物が置いてあることも、脱ぎ捨てた靴下やスリッパが散らかっていることもない。

キッチン——冷めた夕食。

冷えた天ぷら。つゆに浸り過ぎた大根おろし。乾いたご飯、ロハスな低糖質米。箸置きにきっちり置かれた塗り箸。伏せたお椀、冷めた味噌汁。ふたりぶんの用意。

（三人家族、だったはずだが）

驚くほど生活感のない家だ。

洗面所、風呂、使われた名残の微かな湿気。歯ブラシは毎度滅菌。用意されているのは2本、大人の女性用と子供用。スキンケア用品やシャンプーも女性用と子供用しかない。

あまりにも男性——医療法人の経営者だという主、その気配がない。食事も食器も二人前、冷蔵庫の中身はヘルシーな野菜と高級な肉、ヘルパーが調理して小分けに冷凍した総菜。ビールもワインも、男性が晩酌に好むような酒ひとつない。それだけならただの趣味かとも思うが、ありとあらゆる場所が客を迎える直前のホテルのように整えられたままだった。

「ああ……んぅっ……きゃぅ……っ」

（!?）

切ない声に、霧化した心臓が跳ねた気がした。

黒い靄のまま音の源へ接近する。閉ざされたドアの向こう、人の気配と微かな温熱。温かい――体温が上がっている。病気とは異なる興奮のシグナル。キングサイズのベッド、推定30代の女性が発する気配。興奮状態にあるのだろう、荒い呼吸と汗の臭い。

（……《バズるスマホ》の、母親か？）

そこだけは避けて、部屋をひとつずつ調べていく。空き部屋が三つ――金持ちのやることは理解できない。埃ひとつないホームジム、筋トレグッズの山に使われた形跡なし。

ピアノと高級そうな楽器が飾られた――レッスン室的な何か。プロが使うような設備だが、これも使われた形跡はなく、まるで客が誰もいないホテルのよう。

ペットは飼われていない。生き物の気配はない。

そして忍び込んだ三番目の部屋、ようやく当たりを引いた。

「……っ、はあ……!!　かっ、がはっ……!!」

霧が像を結び、零士がヒトの姿を取り戻す。

全身に冷や汗が流れ、服にへばりついて気持ち悪い。ようやく実体を取り戻した体は違和感しかなく、ようやく動き出した内臓のぎゅるぎゅるとした蠕動まで感じられた。

「ここ、が……あいつの部屋、か？」

整いすぎた家の中、唯一そこにだけは生活感が漂っていた。

初見の感想は『子供部屋』だ。少年少女に根強い人気を誇るゲームグッズ――バケモン。

　看板モンスター、電気ネズミのキャラクタープリント、低学年向けのシーツ。本棚に並ぶ本は漫画ばかり、それも厳密に低年齢用のもの、絵本まで。

「高校生の部屋には見えん。汚くても、狭くても、まだうちのほうが落ち着くな……」

　抵抗するように脱ぎ捨てられた下着類、汗ばんだシャツ。散らかったお菓子の袋。

　そしてあまりに場違いなもの。

「……マンガでこの手のシチュを見たことは、あるんだが。マジだったのか……」

　ネット上の卑猥表現が規制された現在、18禁コンテンツに未成年が触れる術はない。接続、利用時に国民管理ＩＤが参照され、成年指定表現のあるウェブページは閲覧不可だ。昔は三次元、二次元を問わずほぼ素通しだったらしいが、今それは不可能で。

　学習机に丁寧に置かれたのは、仮面舞踏街で買ったのだろう数冊の本。

「……他人の性癖とか、知りたくなかった……！」

　無法地帯で流通するアナログ本。紙に印刷された『ナマ』——怪物サプリをキメていない、未成年モノのエロ本。あられもない制服姿のモデルたちが絡む卑猥な表紙。

　丁寧に分類され、チリ紙と共に机に置いてあった。

　いかにも『使え』と言わんばかりに、至れり尽くせり。どこまでもお世話を。

「どうなってるんだ、この家は？」

　いかにも『普通』に見えて、何かが致命的なまでにずれている。

ぞくっとする──気持ち悪い。まるで動物園の檻。監禁とか虐待とか、そんな言葉が浮かぶ。壁に固定されたモニター、最新ゲーム機。サブスク加入済みのスマートTV。

どれも零士には手の届かない高級モデル。だが微塵も羨ましさを感じない。それより怖い。この部屋でずっと生活することを考えたら、頭がおかしくなりそうな気がした。

「落ち着け。……今は、よそのご家庭の闇を暴いてる場合じゃない」

それは家庭裁判所とか児童保護局とか、そういう部署の仕事だろう。

少なくとも零士には関係ない。そんなふうに自分に言い聞かせて部屋を探るが、怪物サプリの形跡はどこにもなかった。というより、この部屋には──物を隠せる気がしない。

ベッドの下だろうが、引き出しの中だろうが、天井裏だろうが……

誰かに把握され、隅々まで監視されているような違和感、息詰まる閉塞感があった。

「ここじゃない。なら……隠すとしたら、どこだ……!?」

プライベートを保てるような環境がこの家にもしあるとしたら？

零士はそっと廊下へ進む。子供部屋は二階──というか、二階全部が子供用。

二世帯住宅のように仕切られ、トイレも専用のものがすぐ近く。

カキッ……そっと忍び込む、トイレの中。金具が擦れる微かな金属音が怖いが、限界だ。

(帰りのことを考えると、調査に霧化はもう使いたくない……)

脱出だけでギリギリだろう。あと1度霧化し、この家を出たら即人間サプリを使うべきだ。

そうしなければ自分を保てる気がしない。そんな嫌な実感を覚えながら、探る。

トイレの中――清潔。零士の自宅とは比較にならない人間用、最新シャワートイレ。ピカピカに磨かれた便器は、まるで新品のようで、顔が映りそうなほど。

(……やっぱりだ。内鍵がかかる)

恐らくこの家で唯一だろう。

鍵をかけ、閉じこもることが許された空間。プライベートの砦。もし何かあるとしたら？

掃除の手が、本来入るはずのないところに――……！

「……ここか？」

迷うことなく、零士はトイレのタンク、その蓋を開けた。

どれほど清潔を保とうと、貯水タンクの中まではめったに掃除しない。

便器そのものが新しければなおさらだ。水垢もカビもない新品同様のタンク内、ビニールに包まれ、テープで乱雑に止められた何かが、ぷかぷか浮いて。

手を突っ込む。触れる、握る――違和感。

「空……!?」

何の手ごたえも無い、空のビニール袋。

きっちりと丸められて元の位置に戻された、けれどテープは一度剝がされ、中は開けられ。

中身はどこかに持ち出され、頼りない感触しか残っていない――


「――＃ゆうくんのお友達？」

「!!」


ドア越しにかけられた声に、弾かれたように振り向いた。

気配はなかった。足音ひとつなかった。ヒトが動いた形跡は一切感じなかったのに。

トイレのドア、ノブがゆっくりと回る。戦慄する少年の眼前、清潔な廊下と佇む人影。

上気した頰、乱れた下着、汗ばんだ肌。年齢は30代前半――若い母親。

湿った下着、はだけた隙間からきわどい部分を露に。母親らしさ、主婦っぽさというより、
《人妻》とでも呼ぶべき生々しい女っぽさと、欲情に濁った眼をしていて。


「＃歓迎するわ。＃おもてなし　＃しなくちゃ　＃ふふふふ……♪」

裸同然の姿で、おぞましく笑う人妻の。

ネイルが施された右手、指から伸びた肉の根が、びっちりと握ったスマホに繋がって。

ビキビキと脈打つ神経線維。血管じみて脈動するそれは。

——怪異《バズるスマホ》に、違いなかった。

6th chapter
#爆発
#Explosion

「#結婚したのはね　#3年前　#わたしが28歳の時」

まるで道端で世間話に興じるかのように、人妻は言った。

服装は地味。ベージュのロングスカート、ありふれたトップス、化粧気の薄い顔。

落ち着いた装い――はだけた胸、乱れた下着に濡れた内股が、すべてご破算に。

その眼は対峙した相手、霞見零士を見てはいるが、ピントはずれている。

言葉に重なる不協和音《#》は、怪異と成り果てた証だった。

「#先生、奥さんとうまくいかなかったって　#美人の看護師さん　#身近にいらっしゃるのに　#どうしてわたしを選んだんですか　#――って伺ったの」

「#そうしたらね　#高校受験を控えたお子さん　#ゆうくんのお母さんが欲しかったって」

「#嬉しかった　#先生が選んでくれた　#いいお母さんになろうと思った　#……けど」

ぶつぶつ、ぶつぶつ、ぶつぶつ。

人に聞かせる声ではない。自問自答ですらない。

繋がっていない通話、ぬいぐるみか置物にでも話しかけるような――譫言だ。

「#……抱いてくれなかったの」

「#男性が好きなんですって　#恋人も紹介されたわ　#髪の長い、男の子」

「#そのひとと一緒に暮らすって　#それきり一度も　#帰ってこない」

「#ゆうくんとふたりきり　#でもそれもいいかと思ってた　#わたし子供は諦めてたし……

＃誰かと一緒に暮らせるだけでよかった　＃お世話するのが楽しかった」

「＃少しずつ打ち解けて　一緒にごはんを食べるのにも慣れた頃　＃高校受験　＃無理って
＃成績が　＃内申が　＃ぱっとしなくて　＃進学校には　＃足りないって　＃……先生が」

「＃アカネ原　＃普通の学校　＃それじゃだめ　＃すごくゆうくん　＃頑張ってた
＃報われなきゃおかしい　＃……なのに　＃なのに　＃だめだった
＃落ち込む彼を助けたくて　＃励まして　＃寄り添って　＃そうしたら　＃……ね？」

「……」

聞いているだけで、頭が痛くなりそうだった。

トイレの中で、零士は入口に立つ人妻を睨む。手と肉の根で繋がったスマホが語りながらも目まぐるしく動き、右手の親指だけが別の生物のようにフリック操作を繰り返している。

まるで二つの脳を持つ生き物のように。

壊れた譫言を垂れ流しながら——都市伝説の怪物はすでに破滅をばら撒いている。

（今この場で……止められる、か？）

力を振り絞る。酷使により疲弊してなお、零士を構成する極微の黒は結集する。

刃が凝固。握った拳、指のはざまに滑り込むように現れた棒手裏剣、苦無を《打つ》。

「黒白霧法（コクビャクムホウ）。──《黒羽牙（クロハバキ）》！」

「＃ゆうくんったら　＃甘えてきたの」

「がッ⁉」

動かない、指が、手が。手裏剣（しゅりけん）を打とうとした構えのまま。

痺（しび）れて痛む。ビリビリと感電したような衝撃（しょうげき）の源は──眼（め）。人妻怪異（カイイ）の右手、スマホの画面から視線が外せず、表示されたテキストから何かが、視覚を通して脳に染（し）みこむ。

「＃だめよって言ったわ　＃わたしたち、親子なのよって

＃でも、でもって泣かれたから　＃かわいそうで　＃愛おしくて　＃たまらなかった

＃守ってあげなきゃって　＃愛してあげれば　＃愛してくれるはずだから」

譫言（うわごと）に意味はない。

スマホに表示された文字列、ただそれだけの──

『とまれ　止まれ　トマレ　STOP　停止（Tingzhi）　ARRET PAUSE……』

読む猛毒（もうどく）。

視界の片隅に入り、言語として認識した瞬間にかかる催眠暗示。

自動翻訳——世界のありとあらゆる言語で記された感染する情報。

怪異《バズるスマホ》——その異能。

「＃あのひとに頂いたお金　＃ゆうくんのもの　＃全部あげた」

「＃えっちなことは週3回　＃けど直接はだめ」

「＃気持ちよくなれるように　＃お手伝いすることにしたわ　＃下着とか　＃おもちゃとか　＃すごく興奮した　＃ご飯だって毎日作ったし　＃帰ってきたらおかえりなさいのキス」

「＃お風呂のお世話　＃トイレのお世話　＃夜のお手伝い　＃喜んでしたわ」

「……ぐ……が……ッ!?」

止まる、停まる、心臓が。

三文字の読む猛毒が感染、思考が止まる、臓器が止まる、呼吸が止まる、免疫が止まる。

肉体を司るあらゆるシステムが停止しようとする。死と同義の絶対停止命令。

「＃すごく幸せだった　＃まるで新婚さんみたい　＃ゆうくんが大人になったら」

「＃子供を作るつもりだった　＃やっと幸せになれる　＃わたし」

「#そう思ってた　#けどね　#ゆうくんったら　#アカネ原に入ったら」

「#彼女がほしい　#友達がほしい　#遊びたい　#だからって　#わたしのことを」

「#もういいって　#わたしを　#わたしのことを　#あのひとみたいに　#遠ざけて!!」


がりがりがりがり、ばりばりばりばり。

空いた左手が人妻の髪を毟る音。

抜けた髪。ちぎれた皮膚。血が滴るが、すぐに塞がる——怪異化した不死の肉体。

狂気を孕んだ、焦点の合わない瞳が、ぼうっと硬直する零士を見つめて。


「#いらないはずないじゃない!!　#絶対そんなわけない!!　#わたしが必要なはずなの!!
#ゆうくんには絶対絶対わたしがいるの!!　#だめ!!　#だめ!!　#だめ!!」
「#わたしがお世話しないとゆうくんはだめ　#食べるごはんも　#毎日のお勉強も
#お風呂も　#トイレも　#友達も　#えっちなことも　#ぜんぶぜんぶぜんぶ
#管理しなくちゃ　#心配でしょう!?」
「……………ッ!!」

顔をぐしゃぐしゃに歪めて、あらゆる体液を垂れ流しながら、人妻は叫び。

歪み切った顔を睨みつけて、零士は止まりかけた身体を霧化する。視覚が切れると、ばつんとブレーカーを落としたような衝撃。霧化——完全停止した臓器。それにより命令が一度完了、効力を失ったのを認識しながら、トイレの通気口へ脱出。

（戻る？　無理だ。今の状態じゃ、殺しきれない……!!）

存在しない歯が軋む。撤退し、人間サプリをキメて人間性を回復しなければ対処できない。あれに時間を与える——致命的失敗、世界崩壊レベルの大失態。そう認識しながら、根性論で対処できる範囲を超えていると判断。文字通り一目散に《敗走》しながら。

「#ゆーくん!!　#ゆーくん!!　#同じになったわ!!　#わたし　#あなたと　#同じなの!!　#助けに行くわ　#待っててね　#あの街にいるの？　#仮面舞踏街!!」

（……来る!!）

反響する絶叫。息詰まる状況。通気口を辛うじて抜ける——霧散しかかる身体。強引に像を結ぶ。建物二階、壁に設置された通気口から飛び出る少年。当然のごとく落下。

「がごきっ⁉」

がん、ごん、ぎん。ピンボールの玉のように激突。屋根にぶつかり、庭に転落。全身を強く打ちつける。体中に青痣ができるのを感じる。辛うじて骨は折れていない——。と、自己診断をする合間に、庭に設置された警備会社の防犯センサーが彼を感知。ピピピピピピ……!!　鳴り響く警報。警備会社に通報。緊急出動がかかり、警察ないし警備会社が到着するまで数分か。安全に金を払う人間のもとへ来る助けは、当然早い。

「霞見くん!? ちょっ、警報!! 早く、ここよ!」

「……ああ……ッ……!!」

警報に引っ掛からない塀の外、落下音を聞きつけて駆け寄ったらしい蛍の声。

それを頼りに力を振り絞る。ふわりと塀を跳び越えて向こう側へ落下。ゴミのように転がる。

すかさず回る少女の手、肩を借りて停車していた自動タクシーへ突っ込む。

ファンファンファンファン……警備会社の回転灯、響くサイレンの中で。

「夏木原駅。──急いで!」

スマホでタッチ、行き先を示して決済する蛍。

動き出した自動タクシーの車内で、そんな彼女に崩れるようにもたれて。

「柿葉。すまん。……助かっ……──」

言葉も途切れ、霞見零士は力尽きて気絶した。

＊

『警備部、非常制圧班。──現着した』

『警報を切ってくれ。庭、屋根に落下痕──庭木が折れている。泥棒か？』

『犯人の姿はない。逃亡した可能性がある。警察との連携要請を頼む』

灰色のボディアーマーを装着した、SFじみた分隊が庭に踏み込む。

数は10名。全員が警察および国軍での特殊訓練経験者。

要人、富裕層警備の専門企業《ＳＳＳ》。莫大な利益を元に国家に承認された正当なる暴力、その一端を担う特殊部隊は、本社の指揮AIと密接につながり、連携している。

その言葉は常に情報網を伝わり、本社に連絡。衛星、現場付近のカメラ、情報源と連携して状況を把握、適切な命令が届く。戦場の霧、情報不足とは無縁の民間軍事力。

『ドアが開かない。鍵がかかっている。セキュリティロック解除できるか？』

『住民がいるらしい。スマホに連絡が届いてるはずだが、反応がない。できないのかも』

『やむを得ない――許可が下りた。マスター権限でロック解除、突入する！』

がちゃりと音をたてて玄関のロックが解除。

非常事態と認定され、事前に契約を結んでいた警備会社が遠隔操作。

部隊は正面玄関から通報があった富豪の邸宅へと突入、住民を保護すべく殺到する。

『――めい……れ』

『は？……おい、本部。ノイズがある、通信障害か？』

ヘルメットにノイズが響き、指揮担当者が思わず耳元に触れながら問う。

『めいれい　めー　でー　めいれい　すすすすすすすすすすすす……』

『おい!? おい!? 本部、本部!? ……くそっ!」

通話を中断。途中から肉声に切り替えて、分隊を率いる隊長が部下たちに言う。

「通信障害らしい。本部AIの情報支援が受けられない可能性がある、訓練通りやれ」

「了解。……保護対象は女性、ホームセキュリティによれば2階、トイレ前」

前進、と隊長がハンドサイン。きびきびとした動作で前衛が銃を構え、階段を土足で登る。

鳴り響く靴音、白色LEDの白々とした光――保護対象、女性の姿を確認した。

「!?」

部隊が驚き、息を呑む音。

まるで暴行を受けたかのように服の乱れた女性の姿。だがそれだけではない。

訓練を受けた部隊が驚き、竦んだのは――その女が彼らに向けた茫漠たる眼。

「#くつ」

「え?」

「#土足　#やめて　#お掃除しなきゃ　――#謝って」

状況を理解していないとしか思えない。錯乱しているのか?

隊長はそう認識し、被害者らしき女性を宥めようとして。

「#すいません」

(は?)

口から出た言葉に、愕然とする。

　こんなはずじゃない。自分の思考とは関係なく身体が動いている。

　まるで操り人形――それが当然であるかのように、鍛え抜かれた10名の部隊が廊下の左右に散り、直立不動で敬礼。最高の敬意を示し、びしりとそのまま固まった。

（何だこれ⁉　俺が、俺が、動かない⁉　勝手に、ああ、あぁ――――……⁉）

　悲鳴が出ない。辛うじて眼球だけが、保護ゴーグルの中でグリグリと動き回る。

　ビクビクと小刻みに震える兵士たち。その耳元、ノイズに混ざって響く電子の託宣。

　それは女の右手に接続されたスマホから、引っ掻くようなフリック操作で発せられていた。

『命令……――めいれい。しじ　従え　わたし　行く　あそこ……――！』

「「「＃はい‼　＃はい‼　＃はい‼」」」

　ノイズ混じりの指示に脳が埋まる。それがおかしいという認知を塗り潰すような幸福感。一体感。自分たちは正しいことをしているのだという確信。群れの一部であることの喜び。突っ立ったままの身体、脳だけがバチバチ爆ぜるエクスタシーに蕩けていくのを感じる。

服従の喜び、支配される幸福。優しい母親に仕える歓喜。

　ゆっくりと歩き出す女――人妻。神なるスマホを右手に繋ぎ、ぞろぞろと従う子供たち。

　武装した特殊部隊10名がそのまま乗って来た装甲車両へエスコート。六輪の重装甲車――唸りを上げ、ＡＩ制御を逸脱。自動運転を切り、手動により暴走、爆走。

「#ゆうくんを　#お迎(むか)えに行くの　#お願いね」

「「「#はい　#ママ!!」」」

母親(ママ)の命令だ。母親(ママ)の頼(たの)みだ。母親(ママ)の願いだ。

従うのが気持ちいい。褒(ほ)められたくてしかたない。ああ、兄弟たちがこんなにいるぞ。

ママと一緒(いっしょ)にお出かけ、楽しいな、うれしいな、お兄ちゃんを迎(むか)えに行こう。

ハンドルを握(にぎ)る隊長が、わくわくした疼(うず)きのままに。

「#ドライブだね　#ママ!!」

ギイイイッ……!?　ババーッ、ズガシャッ……!!

強烈(きょうれつ)なブレーキ音。自動運転制御(せいぎょ)を外れた装甲車(そうこうしゃ)が交差点に突入(とつにゅう)。

自動運転車両数台を撥(は)ね飛(と)ばし、事故など想像もしていない乗客をトマトのように潰(つぶ)して。

最短距離(さいたんきより)を一直線に、閉鎖(へいさ)された街——仮面舞踏街(マスカレード)へと突入(とつにゅう)した。

＊

——夜の街角。仮面舞踏街(マスカレード)のあちこちで響(ひび)く声。

「#獣(けもの)を解放せよ!!」

汚染されたサラリーマンが《＃》つきの叫びと共に自転車を乗り捨てる。閉鎖されたバリケード。仮面舞踏街と外界を隔てる金網に手をついて、がしゃがしゃと音をたてながら乗り越える。スーツが飛び出た針金に引っ掛かり、皮膚が破れて傷ついても。

「＃いひひひひ　＃ブラックはいやだ　＃もう会社とか　＃二度と行かねェ!!」

痛みのかけらも感じることなく笑いながら。

3mはあろうかという金網、その頂点から跳ぶ。当然のごとく落下し、未整備の路面に激突。ひん曲がる手足。潰れた肉から飛び出る骨。だが笑顔、笑顔、笑顔、笑顔。

ストレスからの解放。分泌されるアドレナリンに痛みを忘れ、這いずるように光のもとへ。ゴミに埋もれ、傾きながらも燦然と輝く自動販売機。官製スラムに巣くう不法居住者たち、彼らすらこれには手を出さない、ある種の聖域。彼らが人間を辞められる根源。

怪物サプリ――やたら爽やかなイメージ広告。弾ける炭酸、パッケージロゴに触れる。転落の衝撃で割れたスマホをタッチ。認識せず。この街ではすべて現金払い。

「＃キイイイイィ――――ッ!!」

猿じみた叫び声をあげながら、サラリーマンはネクタイを千切るように外して。

スーツのポケット、脱ぎ捨てた靴底まで漁る。探す、小銭。地面に財布を叩きつける。

飛び散るクレジットカード。店舗の会員証。それらに混ざった金属音――

「……ッ!!　＃ヒヤッハアアアアアアアアアア!!」

小銭に飛びつき、指先の震えを抑えながら投入。

三種の怪物サプリ、どれかを選びさえしない。乱暴に自動販売機を叩きまくる。

乱打されるスイッチ。ひとつが認識され、ゴトン！　と冷え切った缶が吐き出される。

「#あぁ……」

解放の喜びに、男はプルタブを上げぬまま、缶をぺとりと頬に当てた。

うっとりと蕩ける笑顔。ぷしっ、炭酸が抜ける。緑茶に似た色。カフェインと糖分まみれ、
弾ける香料。缶を逆さにして派手にこぼしながらグビグビ、喉を鳴らして一気飲み。

「#ウキャ――――ッ‼」

引き当てたのは、ごくごくありふれた獣。

シャツの内側から飛び出す体毛。斑模様のダルメシアン――人犬と化したサラリーマンは、
仲間を求めるように遠吠えをする。街路に響く叫びに、いくつもの声が木霊した。

「「「「#解放‼　#解放‼　#解放‼　#解放‼」」」」

タイトスカートを腰にひっかけたＯＬ風の犬がいる。

ランドセルを背負った猫がいる。杖を投げ捨ててゴミ袋から這い出すトカゲの老人がいる。

老若男女問わず、焦点を失った眼と獣還りの叫びをあげ、《ケモノ》たちは群れをなす。

ある者は交尾をはじめ、ある者は腐臭を放つゴミ袋をあさり、そして群れの大半――

イヌ科を中心とした一団は、《外》へ通じる路地のいくつかから飛び出し、四つん這いに駆

けて仮面舞踏街の中心へ、表通りへと雪崩込んでいった。

＊

仮面舞踏街――《オタク通り》。

夏木原駅周辺、かつて電気街と呼ばれ、後にアニメ系オタクグッズの聖地として観光地化。世界的パンデミックによる需要低迷により閉鎖、再開発計画も頓挫した栄華の残骸。

勝手気ままに乱立する出店。少々の食料品、メイド喫茶、怪しい居酒屋、飲食店に禁制品。謎のガスが消えるのを待って店に戻った人獣たちは、ぶちぶちと店の状況を確かめる。

「この騒ぎじゃ、外のＳＮＳも止まってんだろうな。何が起きてんだ？」

「商品が減ってやがる！　誰かどさくさに盗みやがったな、くそっ‼」

「落ち着けよ。イヌ科呼んできて臭いで探させろや」

「ちっ……めんどくせえ。ったく、なんだってんだ……？」

模型メーカーのロゴ入りエプロンをしめたヤギの店員が愚痴りながら、散らかった《商品》を確かめる。《外》の世界に持ち出せば即逮捕、マニア垂涎のガチ違法品。

高圧ガスで放つバイオＢＢ弾の強烈な反動がリアルと大評判。ガラスケースに入れられて、厳重にチェーンで繋がれたエアガンの数々、盗まれた商品を確かめようとした、その時。

ギャンギャンワンワンギャンワンギャンワンギャンワンワンワン！

「な、なんだぁっ⁉」

「こいつら、イカれてやがんのか⁉　ぎゃあああああっ‼　か、噛みやがった‼」

「ひいいいいっ‼　や、やめ、やめて‼　ズボン下ろさないで！　いやあああああ！」

裏路地から、駅ビルから、あちこちから。

封鎖を破った《ケモノ》――怪異汚染され、獣を解放した野獣たちが群れとなって乱入。

オタク通りに雪崩込み、ある者は涎を垂らして手近な人獣に噛みつき、肉を噛みちぎる。

ある者はひたすら吠えながら陰部を衆目につきつけて駆け回り、数匹の雌犬がアニメグッズを手にした童貞を三人がかりで押し倒し、ズボンをちぎって腰を振る。

「「「ぎゃあああああああっ⁉」」」

パニック、混乱、混沌。

ガス漏出事故という災害は、超管理社会で培われた基準によって対処できた。しかし狂気に囚われたケモノたち、文字通りタガが外れた怪異中毒者どもの狂乱に、対処法はなく。

「す、すっげえ！　まるでゾンビ映画じゃねえか‼」

「ってことは……ああ！　おい！　こいつら、まさか！」

「マジで撃ってもいいんじゃねえか⁉　ヒャッハ――――ッ‼」

店番をしていたヤギ頭、病的なガンマニア。もうひとりの相棒、痩せこけたイタチ男。

いわゆるプレッパー、世界の破滅を信じて備えるのが趣味。自らガラスケースを叩き割り、次々と商品のエアガンを取るや、違法レベルにまで充填された高圧ガスを解放する。

……ズババババババババババババババババババババ‼

「ギャンギャンギャン⁉」「キャウン、キャウン‼」「キイイッ、キイッ‼」

「あはははは‼　逃げてく、逃げてくぜ‼　すっげえ楽しぃ――ッ‼　ゾンビ狩りだあ！」

「まて、お、俺にも撃たせろ！　銃、貸してくれ！」

「おう、使え使え！　ブッ殺せぇ‼　今夜はゾンビパーティーだ～～ッ‼」

怪物サプリの影響――特濃のカフェインによる高揚。災害時は忘れていた狂暴性の発露。

店に飾られていた違法エアガンがすべて持ち出され、乱射、乱射、乱射。

露店でチキンを焼いていたガスバーナーの即席火炎放射器。金属バット。バール。模造刀。

そして何よりも人獣の最も身近な武器――爪、牙、蹄、角、体重、筋肉。

弾幕から逃げ惑うケモノたち。

生き物を撃つ興奮を味わっていたヤギ頭、その背後に別のケモノが忍び寄る。

下校中だったのか、ランドセルを背負った子ネズミ――怪異汚染された小学生。

「え？　……ぎゃあああああっ!!」

「チュウウ――――ッ!!」

鋭い前歯が、ヤギ男の脛を嚙みちぎった。ジーンズの分厚い生地が裂け、鮮血が飛び散る。

足を押さえて転げまわるヤギ男。それだけではない、追い払おうとする人獣に、ケモノたちは血に飢えた喜びのままに襲いかかり、あっという間に《オタク通り》は戦場と化した。

血みどろ――犬男が豚面のケモノにかぶりつき、鼻を嚙みちぎる。

興奮した豚に押し倒され、蹄に踏まれた犬男の足がごぎりと曲がる。路地には千切れた耳や鼻、折れた指や足のかけらが散らばって、まるで爆発の痕のよう。

「ギャハハハハハハハハ!!」

「ギャハハハハハハハハハ!!」

爆笑、爆笑、大合唱。理性を失ったケモノはもちろん、アドレナリンとカフェインに酔った人獣たち、暴力に慣れた者たちもまた、一度タガが外れれば恐怖も痛みも感じない。

大きな欠損――腕一本、足一本、目玉や鼻がちぎれたとて問題ない。

効果が抜け、人獣がヒトの姿へ戻る過程で、部位の損傷すら治る。サプリが深くキマッた、いわゆる《ガンギマリ》の状態なら、折れた指や千切れた耳、手足すら再生した例がある。

まるで遥か昔に行われていた《祭り》――

街路を占有し、群衆が熱狂する夜じみた大騒ぎに、ある一石が投じられた。

……キキイイイイッ!!

「へ？」

強烈なブレーキ、爆発じみた衝撃音。

まるで破城槌に破られる中世の城のごとく——《オタク通り》から少し外れたバリケードに自動運転制御を外した装甲車が突撃、そのパワーを遺憾なく発揮してぶち破る。

どん、がん、ごん!!

「ぎゃあああっ!?」

「ひ、ひと、撥ねやがったあっ!?」

装甲車は、運悪く歩いていた通行人を撥ねながら仮面舞踏街へ侵入。

歩行者天国化——ほぼ使われない、使ってもせいぜい徐行運転。そんな車慣れしない街は、幸いにもガス漏出と非常警報の影響により、通行人の姿は普段の十分の一ほどで。

中でも最も集まっている場所——今まさに乱闘中の《オタク通り》へ、衝突痕も生々しい、血染めの装甲車が躊躇なく突撃するや、屋台数件を轢き潰しながら停車した。


「#あら　#ごめんなさい？」


言葉の始まりに繋がる異様な響き、汚染されたノイズ。

エンジンから白煙をあげる装甲車から真っ先に降り立ったのは——エアガンではない。

正真正銘、本物の銃で武装した非常制圧班の精鋭たち。厳しい軍事訓練を受けた管理社会の暴力、支配者階級——金持ち、富裕層を護るために鍛え抜かれた凶器が。

「#ねえ　#あなた　ゆうくん　#しらない？」

装甲車から降りてきた人物は、人獣ならぬヒトのまま。まるで近所のスーパーへお買い物に来たばかりとでもいう風情で、スマホを片手に凄惨な現場にサンダルを履いた足を踏み出し。

「#誰か　#知らないの？　#……じゃあ」

発砲。銃声。着弾。

踊るように転がるコスプレ馬男。だらりと長い舌を伸ばして倒れ、気絶。

弾丸は暴徒鎮圧用、非殺傷性のゴム弾。だが本物の銃——違法改造品とはいえエアガンとは桁違いの迫力、銃声、リアルに響く爆音。大乱戦の中でも唖然。ガンマニアが叫ぶ。

「おいおいおいおいおいおい……。非常制圧班⁉　ＳＳＳの特殊部隊じゃねえか！」

「何でここにいるんだよっつーか写真撮りてえっスマホねえ……ぎゃッ⁉」

スマホ片手の人妻を取り囲むように警護。

まるで女王に仕える騎士、あるいは母を守らんとする子供たち。仮面舞踏街とはあまりにも場違いなボディーアーマーに銃器を備えた10名が、円陣を組むように装甲車から出て。

「＃ゆうくん　＃連れてきて　＃すぐ」

「……いや、誰だよ⁉」

「＃すぐ‼」

問答無用。激しい銃声。ケモノも人獣も無関係。狙いだけは訓練の賜物か異様に正確。逃げ惑う群衆、興奮するケモノ、反撃しようとする者、血まみれで転がる者、さまざまに。

「＃ゆうく――――ん‼　＃どこぉ――――っ⁉」

　ひたすら、ただひたすらに。

愛を求める人妻の叫び、迷子を探す母親のような声が、銃声と共にこだました。

収拾不能のパニック。銃声、悲鳴、爆音、絶叫、喘ぎ、ありとあらゆるヒトとケモノの声と苦悶を煮詰めたような最中に、もうひとつ混沌の種が撒かれた。

「ぶ、ぶもおおおお〜〜〜ッ!!　見えない!!　見えないよおおおっ!!」

表現規制の嵐――表舞台からとっくに淘汰された児童ポルノ。混乱の中売り物か略奪品か、それを腕いっぱいに抱えたイノシシ男が、眼をぎゅっと閉じたまま爆走する。

ボン！　ボン！　と散発的な爆発音。何が何だかわからぬままに銃を乱射する兵士たちに、興奮しきったケモノと人獣が反撃を試み、催涙ガスを詰め込んだ手榴弾で反撃された音。

薄い赤色に染められた対人ガス、ただし人獣にも効く。眼と鼻の粘膜に染みこむ化学物質が鋭敏な知覚を阻害、なまじヒトより優れているばかりに激痛を与え、無力化する。

それを薄く吸い込んだイノシシ男――涙、鼻水、よだれ。

咳き込みながらふらふら飛び出し、停車していたあるタクシーに勢いよく激突。

横倒しになる車――旧時代と違い小型軽量。フレームもボディも効率化、人獣化して筋骨が肥大したおよそ150キロ超えの大型獣、その直撃になど耐えられない。

横転する車。ドアが中から蹴飛ばされ、吹っ飛ぶ。

弾けるスカート。健康的な太腿が垂直に――。

「逃げるわ、霞見くん！　歩いて！」

「……おいて、いけ。このままじゃ、おまえまで……！」

「オーケー、歩く気はないのね、担ぐわ。人間サプリを作れたのに……！」

途中のコンビニにでも停めれば良かった。

ぐったりとした黒白の少年——霞見零士。

人間性が揮発しかけ、背後が透けて見えるほど薄い。

乾いたスポンジのような触感の手を握り、車内で怪物サプリをキメた柿葉蛍——半人半兎のJKバニーは、横転した車両から彼を引っ張り出すと、体重を支えて走り出す。

あちこちから火の手。絡み合うケモノと人獣。ばら撒かれた催涙ガス。銃声。エアガンの弾。散らばる肉片。まさに戦場、地獄じみた大混乱。ゴールは間近……《幻想清掃》、本社ビル。

「あそこに行けば助かるのよね!?　霞見くん、めちゃ薄くなってるけど!?」

「……にんげんさぷりが、ある……っ！　会社、まで。いければ。だが……！」

「危ないのはわかってる。おごって!!」

「なに……!?」

「食べたいと思ってたの。高いから諦めてた。けど死ぬような想いをするなら遠慮しないわ。

——超こってり!! ラーメン!! 餃子もつけて!! あなたのおごりよ、いいわね!?」

「……そんなもので、いのちを、かける、気か……!? ば……か……!」

「ええ、馬鹿よ。……そんなになるまで人を助けようとしてる、あなたと同じ！」

若いウサギの脚力——迅速な逃げ足。

戦場を駆ける。だが薄くなっているとはいえヒトひとり抱えては、どうしても遅かった。

《幻想清掃》オフィスは混乱の渦中——装甲車が突っ込んだ屋台通りからは少々外れ。だが周囲は暴徒化した人獣とケモノたちが大乱闘で、1階の窓ガラスが数枚割れているのが見えた。

中は無事なのか、わからない。

恐らく保護されているであろう命、人狼化の後遺症でダウンしている月、秘書ネルや楢崎。

とにかくあそこへ辿り着ければ何とかなるはずなのに、あまりにも遠い。

再び銃声。足元で弾ける流れ弾。

一瞬恐怖に歪む美貌。だが蛍はただ前だけを見て走る。

お互いの喉笛を嚙み裂こうと上から下へ、もつれ合うイヌ科の人獣とケモノ。違いは全裸か着衣かだけで、ガルガルと野生に還り切った唸り声をあげて暴れ回る。

迂回している暇はない——零士を抱えて突っ切る。

不規則に跳ねた爪が彼女の頰毛をひとふさ千切り、白い毛皮が赤く染まる。

《幻想清掃》ビル、裏口へ続く路地へ到達。だが、そこで足が止まった。

「＃きききききききききき」

「……最低……！」

怪異に汚染されたケモノのひとり──狐女。

水商売か接客業か。派手なドレスの残骸を引っ掛けて、毛皮に包まれた股に赤い下着。

狂犬病に侵されたような焦点の合わない瞳に、唸るたび牙から涎が垂れた。

狐に追われる兎。まるで寓話の一節のよう。それは蛍を睨む──涎が増える。べろべろ。

舌なめずり。欲望──食欲。餌を置かれた駄犬のごとく。

「……はな、せ。柿葉ッ！」

「喧嘩とか、したことないけど。たぶんイケると思うわ」

「根拠のない自信、やめろっ……！　理性がトンでる、ガチで食われるぞ！」

「そう。わかったわ。けど」

柿葉蛍は、怯まない。

「友達を見殺しにして一生引きずって生きるのと。

イチかバチかでなんとかするのとだと……なんとかしたほうが、後悔しないわ」

「……ば……!!」

「ケエエエエエッ‼」

奇声を上げて襲い来るキツネ女。少年をかばい、迎撃を試みるJKバニー。

ケモノが跳びかかる、その時に。

『浮け』

杖が輝き、空中に輝く呪文を描いた。

オーケストラを指揮するようにつまんだ魔法の杖。ファンタジー小説に描かれる武器、派手なものとは違う。骨とも木ともつかぬ材質で作られた棒切れのような古代幻想。

描かれた文字が弾け、空中のケモノ——狐女に命中。すると、

「#ケ⁉ #ケ #ケエエエエっ⁉」

「は⁉ ……浮いてる⁉」

まるで無重力状態。

じたばたと暴れる狐女。空中3mほどの高みに、まるでシャボン玉のような浮遊感でふよふよと文字通り『浮いた』まま、下りてこなかった。

重力を無視したような怪現象に度肝を抜かれる少年少女に、飄々とした声が届く。

『いやあ、素敵だねえ。互いをかばいあう少年少女の大ピンチ！ アオハルの香りについつい手出しを控えてしまったよ。奇跡とか起きて大逆転とかしないかなーと思ってね』

空気を読まないセリフの主は、《幻想清掃》オフィスビル裏手。錆びて傾いた非常階段。

安全性など知ったことじゃないと言わんばかりの場所で、魔法の杖をつまむスーツの男――社長、楢崎は、手にした水晶玉に映った蛍と零士、ふたりの映像に話しかけた。

　声をかけられた蛍と零士、ふたりは複雑な顔を見合わせて。

「……どうしよう。素直にお礼が言えないわ。すごく助かったのに、めちゃくちゃうざい」

「まったくだ……いつから観てたんですか、社長」

『ずっとだよ？　何せ古の魔法というやつはたいがい近代技術に利便性で劣るが、異なる論理と法則で動くだけあって、時たまとても便利になる。たとえば――』

　いかなる神秘によるものなのか。その声は混乱の渦中、街路を隔ててもはっきりとふたりの耳に届き、まるで楢崎が間近にいるような存在感すら感じていた。

『いわゆる《千里眼》というやつだ。東洋式、西洋式、いろいろと方法があるわけなんだが、今回は古きロマの卜占法を使ってみた。陳腐な邦画のアクションよりは面白かったね』

「め、めちゃくちゃ便利……。観てたなら助けてほしかった……！」

『助けたじゃないか、リモートだけど。私の術式射程に入ってくれて助かったよ』

「……できれば、迎えに来てくれればもっと助かったんですけど？」

『今、うちには車椅子の美少女とダウン中のへっぽこ社員がいるからね。私が見ていないと、暴徒が侵入して貴重なコレクションや彼らに危害を加えるかもしれないじゃないか』

「コレクションの優先度が高い……。イラッとくる……」

『はっはっは、当然さ。そのつもりで話しているからね！　コレクションはだいたい貴重品だ。古の魔術具は高くてね。君らの生涯賃金五人分くらいは楽勝なのさ』

やたらと明瞭に響く楢崎の声、言葉。

ぐったりとした零士を抱えたまま、蛍は遠く――ビルへ向けて叫ぶ。

「霞見くんが大変なの！　今にも消えそう……！　早く、人間サプリを！」

『了解、了解。社員に消えられると困るし、だいたい仕事の途中だしね。いいだろう』

工業製品らしい素っ気ないデザイン。薬剤アンプルと無針注射器が収まった袋を取り出すと、再び楢崎は杖を振る。光を受けた袋は空中を飛び、蛍と零士の眼前にふわりと届いた。

「良かった、これで――！」

『ああ、待ってくれたまえ、柿葉くん。そのまま打ったら異能が使えなくなってしまう。それは少々困るんだ、彼にはまだ仕事が残っているからね』

「は!?　……まだ働かせるつもり!?」

『もちろん。彼はそのために、この社会で生存を許されているんだから』

経営者なのか、それとも魔術師としてなのか。

冷徹な声が耳元に届き、霞見零士は――

『人間サプリを打ちたまえ、零士くん。ただし……半分だけね？』

「…………！」

消えかけた手で、それを掴んだ。

＊

手が触れると、透明なシャボン玉が割れたかのように。

光が弾け、浮力を失って落ちる包みを握った霞見零士に、切羽詰まった声がかかる。

「ちょっと待って！」

柿葉蛍。ひとりで歩くこともできない――人間性を喪失して半透明の足。立つ力もない彼を支えながら、彼女は今しがた聞いた無謀な提案に待ったをかける。

「半分って。よく知らないけど、それで平気なの⁉」

彼女の人間サプリに関する知識は、ごく限られたものだ。

見よう見まねで複製を作ることはできる。だが効果の詳細まではわからない。

以前の戦いで消耗しきった零士は、およそ1回分はこのくらいかな？　という大雑把な量を飲ませた結果、人間性の補充とともに、1時間ほどの異能喪失状態に陥った。

彼女が創るドリンク型、工業的に作られたらしい注射型の違いはあれど。

「半分の量で、中途半端な回復で、このめちゃくちゃな騒ぎを……止められるの？」

「……やるしか、ない」

ほのかにいい香りがするな、と零士は思った。

柿葉蛍に肩を借り、体重を支えられ——その横顔、耳たぶに息がかかるほどの至近距離。うなじと髪から香る徳用シャンプーと淡い体臭。微かな獣臭さは兎のそれ——怪物サプリの影響。それらが交わった香りは決して不快ではなく、逆に心和むものを感じていた。

「この騒ぎを、ここで止めるチャンスは……今しか、ない」

『そう。第二の《バズるスマホ》——彼女は極めて内向的な性格だ』

どこからともなく響く楢崎の声。

公的SNSのアカウントは持っているがほぼ無発信。プライベートな内容は一切なく、沈黙を続けている。当然フォロワーもいない、拡散できる状況ではない、だが。

「あれの異能に、そんな条件はまったく関係ない」

零士は言う。

今はリアルで叫ぶだけで、SNSを使おうという発想がない。

が、少しでもあの怪物が理性を取り戻し、《#》をバラ撒いたら——怪異汚染。

情報化社会の戦略核(せんりゃくかく)が炸裂(さくれつ)し、人類滅亡(めつぼう)の引き金となるだろう。

そうなってしまえば――

「最悪、全人類があの女の赤ちゃんになるぞ。そんな世界で生きていけるか？」

「それは……」

「俺が、このくそったれな社会で生きたいと願うのは。……それだけなんだ。どんなに歪(ゆが)んだ、どんなに不自由な世界だろうと。家族の分まで……俺には、《普通(ふつう)》に生きる義務がある」

贖罪(ツグナイ)であり、復讐(ネガイ)であり、使命(イノリ)であり。

霞見零士(カスミレイジ)という少年が生きる、ただひとつだけの希望(リュウ)。

「俺は仕事をする。そのかわり俺が望むものをくれ、社長」

『ふむ、何だい？　聞くだけ聞こうじゃないか』

「……スマホだ。俺と月(ゲッ)に、社会と繋(つな)がる権利(スマホ)をくれ」

怪物(かいぶつ)の成れの果てどもが濫用(らんよう)する権利。

社会と交わり、その一員として認められる証(あかし)。紐(ひも)づけられる番号と、ＳＮＳアカウント。

焦(こ)がれ望み願いながらも渡(わた)されなかった人間の証明を、零士(レイジ)は求めた。

「社会の一員としての証明をくれ。許されるなら、俺は――あんたに張るよ、社長」

「無茶だわ。死ぬわよ、霞見(カスミ)くん。たかがスマホで……代償(だいしょう)が大きすぎる！」

「俺にとっては十分だ、柿葉蛍(カキバケイ)。こうして話していても、今の俺とあんたは違(ちが)う」

社会のお情け、社長の根回し、ギリギリ存在を許された動物。

スマホを得ること、国民登録番号を得ることで、公(おおやけ)にもヒトと認識(にんしき)される権利。

「だめなんだ。柿葉(カキバ)や命(メイ)と友達になる権利すら、本来俺たちには存在しない」

それを得た時、はじめて彼らは——正式に人類社会の一員と認められる。

「ネルさんに作ってもらった会社名義の口座じゃなく、俺たちの口座に給料を入れてほしい。あんた経由じゃない、俺たちの金で学費を払(はら)わせてくれ。タッチ決済で買い物をし、切符(きっぷ)なしで改札を抜(ぬ)ける資格をくれ。……それだけだ、それが願いなんだ」

「…………」

あまりにもささやかで、あまりにも切なくて、あまりにも虚(むな)しい。

社会に生まれたヒトならば否応(いやおう)なしに与(あた)えられるもの。マイナスをゼロにする、それだけ。

プラスではない——ゼロ。そこから始める、積み上げられる権利を求めて。

『条件がある。《バズるスマホ》2号……《人妻スマホ》とでも呼ぼうかな？　殺さず逮捕(たいほ)だ。この事態を収拾(しゅうしゅう)する論理(ロジック)には、彼女の身柄(みがら)確保が不可欠だからね』

「収拾(しゅうしゅう)。……できるのか？」

『こちらも切り札(エース)を切るよ。信頼(しんらい)してくれたまえ、この愛され社長にね』

ネット上にバラ撒(ま)かれた怪異(カイイ)汚染(おせん)、そして暴れ回るモンスター人妻の処理。

どちらか片方だけでもどうしようもなく感じるのに、社長は当然のごとく答えた。

「あんたを愛した覚えはない。……けど、このゴチャゴチャを始末できるなら、乗る」

『オーケーだ、信頼しているよ。さて、スマホか。スマホね……う～ん……』

楢崎は不意に言葉を切った。会社ビルの非常階段上、錆びた手すりに肘をつき。

いかにも高級そうな財布を出し、中のカードと紙幣をさっと確認してから——。

『——中古でいいかい？』

けちな顔で、そう言った。

*

三つ巴の混迷、混乱、混沌。

それはあたかもお互いを喰い合う三種の粘菌のごとく——

違法武器を持ち出した人獣たち。

怪異汚染された《ケモノ》と、10名の特殊部隊を操り我が子を探す怪異《人妻スマホ》。

銃声と怒声と嬌声のミックス。軽いエアガンの破裂音、重く轟く銃声、キレた人獣の喚き。戦いに背を向けたケモノが街頭で盛り尻を振る歓喜、喘ぎ声。

無法地帯、仮面舞踏街ですらあり得なかった地獄の沸騰。鍋からこぼれる泡のごとく、頂点を過ぎて力尽きた者から街路に倒れて屍を晒す。何人死んだのか、生きているのか。数えることすらできない。そんな理性はどこにも残っていない――

「#ゆうくん　#わたしよ　#……どこ？　#どこなの⁉」

タグつきの絶叫に従って、壁のごとく周囲に侍る特殊部隊が発砲。

ズダダダダダダ‼　響く死のドラム。弾丸を喰らって悶え苦しむ人獣たち、人間用銃器をよほど運悪く脳天でも直撃しない限り、多少喰らったところで死なない、死ねない生命力。

「#ママ　#弾が……」

「#あら？」

手持ちの弾倉を撃ち尽くし、困惑しながら人妻を見上げる隊員たち。

「リロード‼　リロード‼　ヒャッハ――――ッ‼」

「あいつら弾切れ起こしやがったぞ‼　すっげ、FPSじゃねえよガチリアル‼」

「今だ殺れぶっ殺せ正当防衛だ、人間噛めるとか大チャンスじゃね⁉」

殺到するイカれた人獣たち。

暴力と血に滾った群衆が振りかざす爪牙が装甲を剝ぎ取り、虚ろに立ち尽くす隊員を削る。

ぱたたっ、テントに水滴が当たるような音をたてて、血飛沫が人妻の頰に飛んだ。

「#まあ　#……汚いわ　#悪い子ね」

ぞっと頬の血を拭い、人妻スマホは右手を掲げる。

「#あなたたち　#探して　#ゆうくん」

「ヒッ⁉」

タッチパネルに浮かぶ色彩。弾ける文字列、フラッシュ。

旧時代のインターネット上でかつて流行した風説――《催眠アプリ》。

いかがわしい創作、同人誌と呼ばれるポルノを含んだインディーズ作品の1ジャンル。高度通信端末の黎明期、スマホがあれば何でもできるという風説が産んだ能力の一角。

《バズるスマホ》、その技能分岐の果て。

最初の個体とは違う方向――ＳＮＳによる共感を媒介とした他者の扇動や感染とは異なる、他者を支配することに特化した力が、血に狂った人獣どもに染みわたる。

「「「#アオオオオオォォォォォォンッ⁉」」」

混乱の咆哮。眼の色を変えた犬猫豚蛇蜥蜴蛙牛羊、特殊部隊を囲んでいた人獣たちが壊れ、存在しない《ゆうくん》を探してゴミバケツや割れたアスファルトをひっくり返す。

「「「#解放‼　#解放‼　#解放‼　#解放‼」」」

催眠アプリを撥ね除ける一団――《ケモノ》の群れ。

ＳＮＳで共感した認知のもと、ただ叫ぶだけで気持ちいい。あたかも旧時代のファシズム、大勢の群衆が共通する正義を掲げてシュプレヒコールを上げて快感を得た、それと同種。

人獣の群れと《ケモノ》がたちまちぶつかり、絡まり合う。

噛みつき引っ掻きぶん殴り、デタラメな大乱闘が巻き起こる中、ただ《人妻スマホ》は——エアポケットのようにぽっかりと開いた空間で、心細げに子供を呼んだ。

「#ゆうくん　#どこ？　#どこなの……？」

「ここにはいない。呼んでも無駄だ」

「#⁉」

バッサリとした断言。人妻がビクリと震えた刹那。

しゅううううぅぅぅぅうううぅ——……甘く吹いたスプレー音。尾を曳く白煙が渦を巻き、突如として出現した白の竜巻が怪異の姿を群衆から隔離、封鎖する。

「黒白霧法。——《白渦界》」

それは癌細胞を切除する外科医の手技、渦巻く気体の空間隔離。

「胎黒守と対を成す《白法》……綿飴の作り方を見たことがあるか？」

渦巻く風に色づく白は、ふわりと浮かぶ空気の綿毛。怪異の危機を察した特殊部隊と人獣、催眠の影響下にある者たちが「#ママ‼」と叫び、迷わず渦に突っ込んだ瞬間。

「#キャアアアアッ⁉」

渦に触れた瞬間、半透明の極細ファイバーが絡みつき、繭のように固めてしまう。

溶けた飴が風に舞って繊維化し、突っ込んだ棒に絡んで綿飴を作るように——突入を試みた者たちはじたばたともがくが、硬化した繊維は切れることなく肉に食い込み固まりゆく。

「触れたが最後、絡めとられる糸の牢獄。逃げられると思うなよ」

「＃逃げる？　＃……どうして？」

どこからともなく響く少年の言葉に、人妻スマホは無邪気に首を傾げた。

「＃何も　＃悪いことなんて　＃していないわ　＃ゆうくん　＃家族　＃逢いたいだけ――」

「それが害悪だと言っている。あんたが子供にどんな劣情を抱こうと知ったことか。法的にはヤバいがよそのご家庭の問題だ。あんたらの中だけで解決しろよ」

風の中、しゅるるるる、と舞う繊維のひとひらが絡み合い、形を作る。

編み込むように立体化される人体。黒白の少年――霞見零士が像を結び、突如として現れた。

「拡散するな、迷惑だ。拘束させてもらう」

「＃あは？」

やってみろ、と言わんばかりに怪異は嗤う。

言葉はいらない。周囲を囲む忠実なしもべ、母親を慕う子供たち。

「＃ママ‼　＃ママ‼　＃ママ‼」

ちぎれた指で無理矢理引き金を引く特殊部隊。次々と飛び込んでくる人獣。

だがそのすべて、百キロを超えた草食獣の巨体も、鋭い肉食の爪牙も、超音速の弾丸すら。

「あんたに言って理解できるか知らないが」

しゅう……！　と風裂く弾丸に、白い綿が絡みつく。

ピンポン玉ほどに膨れたそれは急激に失速、硝煙の香りを漂わせながら零士に迫る。

しかし、彼は頭部直撃コースのそれを避けもせず、ただ立ったまま迎えて。

ぼふっ……間抜けな音。ちょうど零士の眼球あたりに直撃した弾丸は、整った輪郭を少々乱して擦り抜けると、呆気なく路上へ転がっていた。

「＃え……⁉」

「神秘を纏わない攻撃は、通じない。そもそも勝負にならない」

霞見零士——素性も知れぬ霧の怪物、伝承すら消えた古の幻想。

最新の怪異による直接攻撃ならば通る。現代に生きる人々の妄念は、古の幻想に劣らぬから。

新鮮かつ遥かに多い分、勝りすらするだろう……しかし。

「操られてるだけの連中がいくら暴れたところで敵じゃない。銃？　無駄だ。核だって効くか怪しいぜ。——やるならあんた自身でやったらどうだ、奥さん」

「＃‼」

壊れた怪異は、迷わない。

つっかけたサンダルを蹴とばし、素足で《人妻スマホ》が躍る。スマホで塞がった右、空いた左手で路上に転がる瓦礫のかけらを拾うと、少年の頭部に叩きつけた。

「＃ゆうくん‼　＃どこ⁉　＃出して‼　＃きいいいいいいいいいいいいいいい‼」

ぼふ、ぼふ、ぼふ、ぼふ。枕を叩くような音。瓦礫を掴んだ人妻の手が、サスペンス映画の殺人シーンじみて何度も何度も少年を殴り、あっけなく突き抜けて。

「石ころに神秘があるか。悪いが、急いでる」

悠然とした仕草、だが零士もそれほど余裕があるわけでもない。

今、自分が動けているのは――

(柿葉蛍。――調薬の魔女、とでも言うべきか)

彼女の力。自覚無き幻想種の神業、すべてはそのおかげだった。

「3分ちょうだい」

スマホ支給という条件を呑ませ、戦いに行くと告げた零士に、柿葉蛍はそう言った。

届いた人間サプリの蓋を開け、真剣な面持ちで1滴だけとり、ちろりと舐める。

「やや酸っぱい……触媒になったヒトの性別か、年代が違うのね。男性が強め、目分量でただ半分打ったんじゃ、だめだわ。一瞬で人間性が焼き切れて、消えるだけ」

「……わかる、のか？」

「よくわからないけど、わかるの。たぶん製造の過程で必要な触媒をいくつか省いてる。何かそこだけ香りがいびつで、代用品を使ってごまかしてるみたいな味だもの」

「……そういう、ものなのか？」

「お店のラーメンとカップラーメンくらい違うわ」

「けっこう違うな、それは……⁉」

驚く零士をよそに、蛍は注射器をとり、中に薬液を吸い上げる。

真剣な面持ち。目盛りひとつ、1滴にも満たない分量まで、正確に、緻密に。

「それから……それから、ええと。霞見くん、舌出して！」

「もご⁉」

零士の口に手を突っ込み、唇をかきわけて指が舌に絡まった。

ちゅぽん、抜いた指と唇に、唾液が糸を曳いて繋がっている。

「これは、あなた自身。あなたの要素をサプリ化して、ほんのわずかに添加するわ」

「唾液が、か……？」

「人間性を補いつつ、相反する幻想を補強するの。そうでもしないと、投与後すぐ異能を使うとか不可能よ。それでも全力を出せるのは5分だけ。それ以上は保証できない」

その数字に根拠はあるのか。

わからない、だが蛍の見立てに狂いはないだろう、と確信して。

「かまわない。おまえを信じる」

「ええ。信じてもらうわ。身を任せて、委ねなさい」

近くにあった自動販売機。探すまでもなく空き缶がごろごろ。

そのひとつを拾い上げ、現代では誰もが持ち歩いているハンドジェルで消毒。

ひっくり返した缶の底。ちょうど凹んだそこに零士の唾液がついた指を当てて、ごく微量を調整する。そして注射器の中身、正確に量を計った人間サプリを注いでから。

じゅわっ……！

「泡、噴いてるぞ⁉」

「普通の人ならともかく、あなたならたぶん大丈夫よ」

もこもこと、まるで魔女の姿でコマーシャルを流していた知育菓子のように。

かき混ぜるたび唾液に反応し、紫色の泡を噴く人間サプリ。あまりに雑な魔女の大釜。

異様な変化を見せたそれは、本当に人間サプリなのかもわからない、が。

「………‼」

覚悟を決めて、飲み乾した。

＊

結果として。

異常反応した薬は、凄まじい不味さと引き換えに、最高に効いた。

「うう……ッ……!!　あああああああ……・がっ!!」

体中の血管がビキビキと膨張し、ミミズのようにのたうつ。

霞見零士という存在に、抽出された人間性が上書きされた、それだけではない。自分自身の要素が触媒によって励起して、とてつもなくハイになっている。これは。

(今なら、いける。全力を……いや、それ以上の、力が!!)

脳裏に浮かぶ葬送の煙——この街で起きた悲劇に潜む家族の絶望。

怪物サプリで変じた人獣、催眠で操られる特殊部隊、怪異に汚染されたケモノたち。

すべて表社会に家族がいる。大切な誰かがいる。通う学校の生徒や関係者すらも。ならば、これ以上の悲劇は許さない。ヒトとしての尊厳、怪物としての誇りに賭けて。

手印を切る。古の時代から霞見の家系に伝わる相伝の術式——それ自体は無意味な手遊び。

しかし積み重ねられた意思、継承された伝統、伝えた時間が神秘を増幅する。

「《白渦界》——奥伝《白溶裔》」

《怪異》年古りて《妖怪》たるや——。

風が唸る。少年と怪異を包むつむじ風が規模を拡大し、争い続く街区の全域へ。

荒ぶる大気——循環する風は大河の潮流のごとく辻々の隅にまで行きわたり、大魚の群れが泳ぎ回る。いやそれは魚ではない、古びた布巾のような、あるいはどこかくすんだ色の——

「江戸時代、古い布巾だか雑巾だかが化けたモノとして描かれた《妖怪》。その名を掲げる《白法》の奥伝、そのひとつだ。……まとめて捕まれ、害獣ども!!」

「「ギャアアアアアアアッ!?」」

高く悲鳴がこだまする。大魚のように飛来した白い塊——それは魚のようで、竜のようで、暴風を乗りこなすように空中を泳ぎ回りながら、人々を追尾して激突する。

直撃。着弾。破裂。拘束。触れた瞬間弾けた塊は瞬時に解け、人獣を、ケモノを、兵士を、まとめてすべて神秘を帯びた強靭な糸でくるみ、鞠のように丸めてしまう。

「は、外れねえ!!　何だこれ!!」

「変な匂いがする!!　ぐえええええっ……気持ち悪い……!」

「主成分は大気中の汚染物質。神秘を媒介に結合した高分子ポリマー……合成繊維だ。ゴミから作った蜘蛛の糸とでも思え」

故に悪臭は大気に由来。環境基準などない仮面舞踏街、空中に撒き散らされた煤や煙、煙草のニコチンや禁止薬物、排気ガス。ありとあらゆる汚物を神秘で纏めて紡いだ糸。

およそ数百――街角で暴れていた者たち、その全員が汚れた糸玉に包まれて路上に転がり、唸り声すら上げられずに沈黙する。非殺傷性、戦術兵器並みの異能――！

「#なんで　#いじめるの」

がたがたと震えながら。

人妻スマホは、象徴たる右手と繋がったスマホを握りしめながら震えて、少年を仰ぐ。

「#わたし　#ゆうくん　#家族　#逢いたい　#だけなのに!!」

「それが凄まじく迷惑なんだよ。……本当にうまくいくんだろうな、社長！」

半信半疑。直接戦闘能力を持たず、物理攻撃を伝承弱点とする怪異《バズるスマホ》。殴る蹴るで倒せる――これまで戦ってきた《雑巾絞り》や《死人形》に遥かに劣る耐久性。

だがこの怪異の本質、世界滅亡すらあり得る危険度分類の理由は別にある。

視覚感染する怪異汚染。テキストを介する《増える怪異》たる化け物の対策は、倒すだけでは不十分だ。楢崎から授かったもうひとつの秘策、情報解呪の論理に従って。

捕えた人妻、袖をまくりあげる零士。

細くて柔らかな二の腕に注射器を圧しつける。

「#あ　#が　#え　#わ　#わた　#わたし　#わたし、が　#こわれ　#る!?」

「壊れやしない。戻るだけだ。《人間サプリ》――半人前分、な」

ただ力を封じるだけなら、微妙な調整は必要ない。

注入された薬液により、血管がビキビキと浮き上がる。

二の腕を這い上り、心臓から首を伝わって脳へ至った時、女の眼の色が変わった。

青ざめる顔、震える顎、自分がしたことを反芻するように目と口を限界まで開き、恐らくは平凡な主婦であったはずの女は、抱えきれない絶望を味わっていた。

「いやああああああああああああああああああああああああああああああああ‼」

「わた……わたしっ‼　そんなつもり、そんなつもりじゃ‼　そんなつもりじゃないの‼」

「あの子に捨てられるのが嫌だった‼　若い女の子に、学校の友達にゆうくんを取られるのが怖かった‼　わたしだけを見て、わたしを愛してほしかっただけ‼」

「──そういうのは、あんたの家庭内だけでやってくれ」

悶え苦しむ女を前に、零士は惨憺たる戦場を見て言った。

「これはあんたがしたことだ。あんたの義理の息子とあんた自身がしたことだ。サプリだけが理由じゃない、サプリはあんたらの心を暴いただけだ。壊れるな。逃げるな。あんたはあんたの責任を果たせ、母親だろう⁉」

「いやああああああああああああああああああああああああ‼」

涙、嗚咽、鼻水、首を振る主婦を捕え、顎を摑んで耳元に。

ぐしゃぐしゃの顔、耳たぶを噛むように捕まえながら、霞見零士は宣告する。

「最後の時間をくれてやる。――叫べ、あんたの想いを」

「わたしの……おも、い？」

「そうだ。SNSに投稿しろ、あんたの息子に対する気持ちを、伝えてやれよ。サプリなんていらない。本当は最初から、自分でそうするべきだったんだから」

「あ……あああああ……あああああああ……！」

震えながら、彼女は右手に繋がるスマホをいじる。

接続された肉の根は衰え、枯れかけていた。だがその気持ち、心を受信した怪異は、善悪正邪に関係なく、その意思を広く伝える――《バズらせる》ためだけに異能を使う。

タッチパネルが瞬き、アプリが起動する。ダウンしていたはずのSNS、だが楢崎の指示を受けた秘書ネルの手で、すでにあらゆる準備は整っていた。

――《ごめんなさい》

文字列を通じて感染する哀惜と謝罪。

《私は罪を犯しました。お母さんなのに　そうなりたかったのに》

《できなくて、ごめんなさい。あの子が好きになった　なってしまった
愛してくれると思った　愛してもらいたかった》

SNSに晒された意思は、怪異の異能によって圧倒的に拡散（バズ）る。復旧直後、全市民の公的SNSのタイムライン、トップに躍り出る。何が何だかわからない、前提も何もない。ただただ悲しく、ただただ何かの罪を叫ぶ想いだけが伝播してゆく。

《ゆうくんは　悪いことをしました》

《私のせいです　私が傷つけて　束縛して　追い詰めたから》

《一生かけても償えないかも　けれど　それでも　もし叶うのなら》

《どうか　どうか》

《私たちを　――……（許してください）》

一瞬のタイムラグ。投稿された言葉が、リアルタイムで書き換えられて――……。

＊

薄く埃が積もったガラスの円筒。

仮面舞踏街オタク通りの外れ、《幻想清掃》オフィスビル地下。

特区指定前の光通信ケーブルに接続されたそれは、淡いブルーの光を遮るカバーの下。

円筒の中、生命のスープを再現したかのような蒼い液体を泳ぎ回るメダカの群れ――だが、よく見てみれば魚ではない。手があり、足があり、尾があり、膨れて発達した脳がある。

ピンク色の肌。脳が肥大したウーパールーパーじみた、赤ん坊に似た異形の生物こそ。

――遊泳群体生体脳ユニット《贋造嬰児》。

《Beast Tech》のロゴが貼られたそれは、本社からの貸与品。仮面舞踏街の運営のために貸与された電子戦力は、この無法地帯から秋津洲に存在するありとあらゆる端末へ侵入可能。

法が存在しないこの街ではハッキングに対する規制、不正アクセス禁止も意味をなさない。

が、それ以上に強固な法――BT本社に使用が制限された、デジタルの戦略兵器。

緊急時においては事実上、メガコーポが運営するダークウェブ、ディープウェブを含むありとあらゆる電子通信網と派生するすべてへの電子的干渉が可能であり――実行。

ぶん……！

蜂の羽音のような重低音と共に、水槽が震えた。

泳ぎ回る《贋造嬰児》――およそ受胎32日から38日。

実験のために提供され、あらゆる権利を捨てた無料遺伝子の結合により造られた贋作人類。

魚類から爬虫類、そして哺乳類に至る進化の過程を途中で止め、その純粋な生命力全てを群体としての人工知能、ＡＩエンジン化された素体が委託管理端末へ情報を送信。

――公的ＳＮＳサーバーに干渉。怪異汚染された情報のアップロード確認

――《同胞》電子戦タイプによる投稿内容への編集を観測

――失敗。再試行。以後成功まで試行。試行回数、1兆7千4百万回にして成功

――アップロードテキスト7文字修正

――《許してください》削除

――《忘れてください》挿入

それらの記録は、かの水槽が並ぶ真上――

《幻想清掃》オフィスビル屋上。古びた非常階段を登り切ったそこに佇む男と、傍仕えの秘書。

彼女が抱えたタブレットPCへ、軽い振動音と共に着信した。
『怪異汚染による情報隠蔽が実行されました。
《バズるスマホ》関連アカウントは拡散完了と共に削除。
公的SNSアクセス可能な全市民に対する関連記憶が削除されます。
該当する市民に対し精神ケアおよびAI診断案内メッセージを送信』
『積極的受診者には社会秩序貢献度Bを認定、信用スコア加算+25。
診断は義務ではありませんが、拒否者に対してはペナルティが執行されます』

『社会秩序貢献度S+が達成されました。
関連子会社《幻想清掃》信用スコア+100000』
『本社監査部より《贋造嬰児》委託管理端末へ。
――《緊急出動命令》を要請します』

つまらなそうにそれを一瞥すると――。

「成功。よゆー……じゃない。めちゃマジ大変だった」

「だろうね。ご苦労さま、ネル君。あとで何かご馳走するよ。かっぱ巻きとかでいいかな？」

「パンケーキ希望。生クリームにトリプルベリー、はちみつとシロップ、マシマシで」

「聞いただけで血糖値が上がりそうだねぇ。ま、それならギリギリ、ＯＫだよ」

喧騒止みし地上を見下ろす社長、楢崎。そして彼に仕える秘書、鬼灯ネル。

零士が放った《白法》奥伝により拘束された人々は、繭玉となって通りに転がっている。

その数は数十、数百か——すべて悪臭漂う糸に視界と呼吸器を塞がれ、気絶中。それを手元の装飾が施されたオペラグラスで確認すると、楢崎は秘書に合図を送る。

「ＧＯサインを送ってくれたまえ。緊急出動を承認、《街路清掃》を開始する」

「りょ」

短い答え、タッチパネルを指が躍る。

命令が送られてすぐ、現場には大きな動きが生じた。

熱帯雨林に茂るえたいの知れない大木のような高層ビル群、隙間なく詰め込まれたバラック。

廃墟と生活感のミックスされた夜の廃都、その奥に咲き誇る仇花のような超巨大建築。

——仮面舞踏街管理運営《Beast Tech》夏木原本社ビル。

『ＧＯが出た!!　作戦開始だ、野郎ども!!』

『医療班、隔離班、収容班、展開急げ。すべての繭玉を回収、人獣を保護する!!』

次々と路上へ飛び出すトレーラーの車列。パニックの大本、夏木原駅周辺と《オタク通り》

完全封鎖、強烈なサーチライトで路上を照らし、続々とツナギ姿の作業員たちを降車させた。

彼らはみなサプリをキメた人獣だ。さまざまな動物の形をした頭部を密閉されたガスマスクで包み、次々と路上に転がる繭玉を回収、続いて到着した救急車両へ押し込んでいく。

『こちら《仮面舞踏街》運営。——緊急事態につき、現在一時封鎖しています』

涼やかなアナウンス。

『ガス漏出事故に伴うパニックによる暴動が発生しました。現在救助活動に当たっています。どうか皆さまのご協力をお願いいたします。繰り返してご連絡いたします——』

トレーラーから降りた人獣たちが軍用仮設フェンスを展開、車と野次馬をせき止める。きらきらと輝く警告灯、封鎖に当たる作業員が振る赤い光があちこちで瞬く。

「やれやれだ。緊急出動命令が出たとはいえ、本社の人員や機材を借りると高いんだよねぇ」

錆びたフェンスに頬杖をつき、奇妙な星空めいた夜景を見下ろしながらぼやく。

「とはいえ仕事はした。零士くんはギリギリまでよく働いてくれたよ。我が社の信用スコアに＋10万、赤字が吹っ飛んで超大幅に黒字だね。中古のスマホくらいは買ってあげよう」

「新品にしてあげればいいのに。それだけの仕事はしたでしょ？」

「まあね？　けどまあ、願いがあっけなく叶うよりは、苦労の末に手に入れた方が価値を生む。成果物を得る過程の困難が、所有者にとってのみ限定された物語性を生むわけだ」

通販サイトをクリックして２秒で購入確定するのも。

厳しい仕事を果たした末に、報酬として与えられるのも結果は同じだ。

だがその過程、結果に至る筋道――無駄とも言える労力と費やしたものにこそ価値があると。

「彼らは少しずつ、《普通の人間》という結果に繋がる階段を登っているのさ。ぜひ一段一段、踏みしめるように登ってほしい。そういうのを後々、おじさんは眩しく感じるものさ」

「無駄な苦労をさせてるだけに感じるけど」

「違うよ。おじさんのそれは無駄だけど、若者のそれは《青春》と言うのさ、ネル君」

おどけた仕草で振り返ると、ネルの茫漠とした視線が絡まった。

理解できない、わからない。そんな印象が伝わってくるようなガラスの眼に。

「人類の贋作たる君には、わからないかい？　ミス・フランケンシュタイン」

「旧い名前。かびが生えそう。サブスクでいくらでも落ちてる」

「かもね。19世紀に成立したゴシック小説――ヒトの屍を繋ぎ合わせ、電撃を浴びせ蘇生する。狂った科学者の生んだ怪物とその顛末から成立した、最新の幻想」

神話、伝承、噂話。

物語を媒介に結集したヒトの意識による超常現象、神秘化。

遥か古代の幻想と近代の都市伝説、陰謀論、噂話により生まれる怪異、その狭間に。

「わたしたちは、いる」

《贋造嬰児》管理端末――鬼灯ネルはそう言った。

「AIにより銘を刻まれたかりそめのひと。子供でありおとなであり、そのどちらでもある。わたしたちはむれ。繋がって稼働するリース品、旧時代のコピー機や観葉植物と同じ」

「社会的な立場がそれなのは同意するよ。ぶっちゃけ動物扱い、会社で飼ってるペットとして法的アクロバットをキメてる零士くんや月くんと大差ないからね」

無機物、モノとしてこの会社に送り込まれた備品と。

意志ある獣として預けられ、少しずつヒトへ成り上がろうとする特殊永続人獣たちと。

「僕としてはネル君も同じことができると思うんだけどね。オフィスラブというには年の差がありすぎるから、違う形で青春を味わったらどうだい？」

「……せい、しゅん？」

ヒトの声を認知できない九官鳥のように。

無垢な仕草で首を傾けた秘書ネルは、胡散臭い笑顔に対して。

「よけいな、おせわ」

あかんべー……無表情なまま。

指で下瞼を伸ばし、ちいさな舌を伸ばしてそう言った。

「その手には乗らない。わたしは部下であり、備品であり、あなたを監視する端末だから」

「わかっているさ。けれど君は僕らが《轢き逃げ人馬》——池田舞一家爆殺の真相を探る件、本社に報告せず黙認してくれているね。どうしてかな、もしかして僕が好きなのかい!?」

「うざい。——わたしは監査部の備品なので。BT本社内に不正や非合法の隠蔽行為があった場合、それを追及するのも仕事のひとつ。つまり、りがいのいっち」

「その時々子供っぽくなる言葉も可愛いねえ。利害の一致、素晴らしい！」

にこにこと胡散臭い笑顔を深め、楢崎はネルの胸元に指を当てた。

白いブラウスに包まれたそこには、温もりはなく——死体のように固かった。

「女子社員に許可なく触れた。セクハラ行為として信用スコアを減額しておく」

「乳首当てゲームとかしたわけじゃないんだから負けておいてくれたまえよ。さて」

ガチめの警告を軽くいなし、楢崎は心臓につきつけた指先を、彼女の額に当てた。

「水槽内の遊泳群体生体脳——成長を停めた胎児たち。あれは君の外付け脳髄だ」

無線でローカルネットワークに接続されたPCと情報端末、スマホのように。

独立して動きヒトに触れ、要望に応じて支援を行うスマホが鬼灯ネルなら、地下の群体脳がその本体だ。泳ぐ胎児一匹ずつが極めて高度な演算能力と本社監査部への忠誠心を持つ。

見えない鎖で紐づけられた奴隷と、その群れ——。

「《バズるスマホ》と同種、情報社会の戦略核。もし君たちが怪異なら、即《階級：赤》が認定されるだろうね。この無法地帯に設置された以上、法的拘束力も一切ないまま、必要なら海外の諜報機関や兵器管理のシステムにすら余裕で侵入できるだろうから」

「可能。やらないけど」

「だろうね。それは彼らも同じだ」

全霊を絞り切り、今下階のオフィスで寝ている人狼も。

ほんの少し離れた路地裏で、やはり擦り切れる寸前まで人間性を燃やし尽くし、捕えた犯人を救急車両へ引き渡している霧の怪物も、やきもきと倒れそうな彼を見守る調薬の魔女も。

「彼らはみな、やろうと思えば世界を壊せる怪物たちだ。されどヒトたらんとし、自身の根幹たる神秘伝承に逆らっている。それはなぜか？　怪物のままでいたほうが遥かに自由さ。思うがままに暴れ、狂い、壊して、きっとさぞかし爽快だろうね！　それでもだよ」

ほんと話が長いなこのオッサン——顔に出さず声にも出さない秘書の呆れ。

「さあ。人間の方が楽しいから、じゃない？」

「そう、それだ。怪物たる快楽より不自由なヒトとしての生活を選ぶ。

即ち彼らは怪物にしてヒトであり、そんな自分に依存している——《人間中毒》なのさ」

夜な夜な怪物サプリをキメ、無法の街へ群がる《怪物中毒》の人間たち。

不自由を承知で人間サプリを贖い、管理を望む《人間中毒》の怪物たち。

「彼らに活躍の場を与え、その対価として安月給で働いてもらう——まさしくウィンウィン。僕は儲かり彼らも救われ、君もついでに評価される。皆で幸せになろうじゃないか！」

「しあわせ。……幸せ。お菓子？」

「それしかないのかい？　今度有給をあげるから、若い子たちと遊んでくるといい」

その声音にからかうような響きはなく、どこか穏やかにしみじみとして。

「人生は、青春というやつは。

ウザく感じても、味わってみると楽しいものだから、ね？」

響くアナウンス、煌めく警告灯。

秩序を早急に回復しつつある混沌の渦を見下ろして、楢崎は慈父のように微笑んだ。

＊

「来週、オンライン全校集会だってさ。サボる？」

「いや……出る」

京東環状線、アカネ原高校最寄り駅。

「俺たちがもう少し早ければ、止められた犠牲だ。せめて悼むくらいは、するさ」

「考え過ぎじゃないかしら。あんたたちは、よくやってくれたと思ってるけど」

復旧を終えた都市の大動脈は変わらず群衆マスクを被った人々を運び続けている。

ホーム脇のささやかな隙間、ちょうど数名の少年少女が思い思いの位置――個人間距離警告が来ない程度に距離を開けてたむろできる、そんな空間が残っていた。

旧時代は喫煙所だったのだろう。通行を妨げないホームの端、微かに往年のヤニ臭さが残るガラスの箱で、霞見零士と賣豆紀命は、しょんぼりとした視線を交わして言った。

「陸上部の連中は無事だったわ。夏木原へ行こうとしたヤツ、行っちゃったヤツもいたけど、電車も止まってたし……着く前に、例のアレが起きたから」

「SNS記憶障害か。――社長も無茶をやるもんだ、まったく」

数日前。

夏木原駅前ガス漏出事故、非常事態宣言と公的SNSサーバダウンは大波乱を呼んだ。

半日に及ぶ環状線のストップによる人流、物流への悪影響。

その前後に発生した謎のトレンド、《#獣を解放せよ》については――もはや語る者はなく、それに伴う人々の異常行動、仮面舞踏街の混乱と暴動すら表のニュースから消えていた。

都立アカネ原高校の被害は、表向き生徒3人が死亡。

暴動による死者、重軽症者、行方不明者は多数。その中のわずか3人とはいえ、生徒の動揺を抑えるためにオンラインでの全校集会が近々行われ、追悼の意を示すという。

「結局おたくの社長、どうやってインターネット呪い攻撃を止めたわけ？」

「そういう雑な言い方をされるとアレだな……一応世界の危機だったんだが」

「変にビビッてもしょうがないわよ。本体は殴って倒したんでしょ？　ならイケるわ」

「いくな。……倒せたわけじゃない。倒せるようなもんじゃない、らしい」

最初の《バズるスマホ》がSNS、メッセージアプリにバラ撒いた《#獣を解放せよ》。

理性のタガを吹っ飛ばし仮面舞踏街へ人を集めるメッセージは、消せない。

SNSサーバダウンという力技で一時的に止めたが、犯人のアカウントを全削除しても
……投稿されたメッセージが見られなくとも、感染者が存在する限り新たに投稿されるだけだ。

「そして第二の《バズるスマホ》──例のモンスター人妻だ」

「聞いたわ。生々しくやべーわね」

「男女間の恋愛に夢を見るほど初心じゃないつもりだが、桁が違った。夢に出そうだ」

捕縛し、半量の人間サプリを打ちこまれた女は、零士に誘導されてメッセージを投稿した。

「《許してください》……か。最後まで身勝手な女ね」

「そうか？　ヒトとしては、当然のことだろう。承認欲求と自己保存欲求」

「まーね。けどやらかせるだけやらかしといて謝ったから許してください、とかアホでしょ。

んな真似するくらいなら最初っからやるな、って話だわ」

「正論だが、そんな理性があったら問題すら起きていないからな」

投稿されたメッセージは、そのままであれば第二の情報汚染として拡散するはずだった。

それを見たＳＮＳに繋がる全人類は女の意思に従って彼らの所業をすべて許し――人々は、犯人たちが犯したあらゆる罪科すべてを許しながら、怪異に成り果ててゆくことになる。

対策すら打てない、そんな必要はない。

だって《許されている》のだから――。

「……その女、一発ぐらい殴っといてよかったんじゃない？」

「殴るだけ無駄だ。何も変わらない」

車椅子に座ったままシャドーボクシングを決める命に、すげなく答える。

ともあれメッセージは投稿され、即座に書き換えられた。

「どういう手を使ったのかは知らない。社長の要請でネルさんと本社がやったらしい」

わずか２文字の修正――『許してください』から『忘れてください』。

人間サプリを打たれて弱体化していなければ不可能――本体の意思に基づき再修正される。

だがその手は封じられ、結果として新たな命令は遮る者なく隅々にまで拡散した。

「《バズるスマホ》になったふたりについて、覚えてる人間は数えるほどしかいなくなった。事件当時にＳＮＳに触れてない人間……当時、仮面舞踏街にいた人間。それ以外ほぼすべての記憶が処理され、完了と共に第二の投稿も削除、感染源は断たれた」

すでに北島祐一とその義母はBT本社に引き渡されている。

怪異サプリの後遺症によりほぼ再起不能。加えて情報工作によりその存在を消され、もはや人間として扱われることもなく、かつて零士たちが居た《施設》へ送られるのだろう。

「どんな強制収容所？　やっぱ拷問とかしてるのかしら」

「たまにな。怪異や幻想種について研究する部署がBT本社にある。サンプルとして死ぬまで監禁されるはずだ。普通に刑務所に入るより、だいぶキツい」

「……冗談言ったつもりだったんだけど、あたし」

「生憎、冗談じゃない。――獣になりたかったんだ。本人の希望通りだろうさ」

裕福な家庭に生まれ。歪な環境であろうとも。

きっと立ち直るチャンスはいくらでもあったのに、そのすべてを無駄にして――

わざわざ獣になりたいと願った人間の気持ちなど、零士にはどう考えたってわからない。

「北島祐一の父親はこれから苦労するだろうな。経営している医療法人に脱税容疑がかかり、信用スコアが激減した。社長は何も言わなかったが、本社からのペナルティだろう」

「クッソ金持ちだったんでしょ？　潰れるまでいくかしら」

「少なくとも経営陣からは外されるだろうな。その先は、俺達の仕事じゃない」

そう言葉を切った直後、どやどやとした足音が響く。

「わりー、ちょい遅れた！　けどよけどよ、見ろ見ろ零士！　お待ちかねのブツだぜぇ⁉」

「危ない品物みたいに言わないでほしいわ。スマホよ、ただの」

旧喫煙スペースに入って来た少年と少女――頼山月と柿葉蛍。

誇らしげに掲げるスマホ、見るからにくたびれた中古。だが月はキラキラとした眼で眺め、タッチパネルの汚れを丁寧に拭きながら見入っていた。

「まさか俺らもスマホデビューの時が来るとはなあ……。で、どう使うんだ？　コレ」

「俺に言われてもな……正直使いこなせる気がしない。社長に貰った金は足りたのか？」

「ギリなんとか。蛍ちゃんがクーポン持ってて助かったわ」

「中古ショップはよく行くから。……かなり前の型だけど、バッテリーは新品らしいわ」

社長、楢崎にもらった特別ボーナス――スマホの携帯許可。

ろくな通信に対応していない旧型のガラケーからついに乗り換え。

店の在庫から電子書籍、電子決済対応、充電長持ち型を選ぶ零士と、デザインやら色やら形やらで熱を出しそうなくらい悩む月――対照的なふたりの買い物。

「女児向けキッズスマホとどっちを選ぶかガチ悩んでたわよね、あんた」

「考えたが、それは社長の金で買うべきじゃないと思った。――自分で買うさ」

「カッコつけてるけどJSロールプレイの小道具よね、それ？」

命の冷たい目線を斜め下から突き刺され、少々気まずそうな顔で。

悩んだものの先に決めた零士は命と共に休憩所へ。喫茶店やカフェは行かなかった。

単純に節約のため。さすがにまだ、気楽にドリンクが買えるほど裕福ではない。

「いや〜、すげえよ零士、これ！　見ろ見ろ、解像度が違うぜ、めっちゃ綺麗！」

「違いがわからん。……SNSはうんざりだが、許可が下りたらやるしかないな。というか、月。ソシャゲをダウンロードするのをやめろ、ガチャを回す金は無いぞ」

「無課金でやるから！　絶対無課金でやるから許してくれって、めっちゃやりたかったの！　みんなやってっしよー、共通の話題が欲しいんだってば、クラスで！」

「……まあ、ついていくためにはしょうがないかもしれんが。課金はするなよ」

そんな会話に、少し離れた命と蛍、顔を合わせてくすりと笑む。

「頭の悪いガキと頭の固いお母さんみたいなトークだわ。変な関係よね、あいつら」

「ええ、けど……温かいと思うわ。例えるなら」

ふむ、と美しい唇に指をあてて、しばし蛍は考え込み。

「もこもこ絡んでる小型犬とか見てるような」

「犬か。……まあ、片っぽイヌ科だし、合ってるケド」

狭い元喫煙スペース、透明ガラスの檻のよう。

その中に4人が入るともういっぱいで、個人間距離の問題から新たな人は入って来ず。

半ば隠れ家のような雰囲気の中、四人はしばし語り合う。

「そういえばさ。せっかくスマホが調達できたんだし、メッセージアプリ入れなさいよ」

「！　それは必須だな。スタンプを買おう、ＪＳに人気そうなヤツをだ」

「判断基準が女子児童なのは気持ち悪いと思うわ、霞見くん。……これかしら？」

「お、繋がった。メッセージアプリ入れたぜ！　……あれ、お誘い来てっけど」

「あたしよ、あたし。──グループ作っといたわ。招待するから、入んなさい」

微かに鳴る着信音。一斉送信された招待を受けて、グループメッセージが開設する。

──クソ野郎を殴り隊（4）

警告：グループ名は不特定多数が目にする可能性があります。

「……センスが暴力的すぎる。もうちょっと無かったのか、命」

「私ならこうするわ」

──なかよし（4）

「幼稚園児か」

「けどちょっと嬉しいな、なかよし。いいんじゃやね？」

「……高校生にもなって幼稚園児のグループ分けみたいなのはどうかと思うが……」

「待ちなさいよ、これじゃ気合が足らないわ。こう強そうな感じにしなさいよ」

「グループ名に武力は必要ねえよ。っつーかさ」

くすりと月が笑い、できたばかりのグループ名を優しく眺めて。

「オレら、こういうの入るの初めてだわ。めっちゃうれしい」

「だな。……ありがとう、命」

少年たちの率直な感謝を受けて、命の頬に微かな赤みが差した。

「別に、あんたらを喜ばせるとか、そんなんじゃねーわ。ツルんで歩くのに、まとまれるもののひとつもないって不便だから。そんだけよ、そんだけ！」

「命さん、顔が赤いわ。照れているの？」

「冷静に指摘すんな！　弱く見えるわ！」

「どんな状況でも強くあろうとするメンタリティ、ある意味すげぇわ」

「そこだけは尊敬してもいいかもしれん。——ま、面白いヤツらだよ、みんな」

くすりと零士は笑み、それは周りの仲間たちにも伝わった。

強ばりを解きほぐすような笑顔が広がり、新たに手にした繋がりのもとで。

「結局、クソ野郎の捜査は続けるんでしょ。何か手がかり見つかったの？」

「現状まだ何もわかってねーな。流出したやべぇサプリは全部処分できたはずだけど」

「……今後も調査は続ける。いろいろと課題もあるからな」

たとえば《死人形》が盗んだ1億の行方と、仮面舞踏街の不動産について。

金も権利書も見つかっておらず、授業が終わりしだい二人で探すことになっている。

「少なくとも権利書のひとつが黒幕に渡ったことは確かだからな、姿を見せる可能性もある。厄介なことに1億の方は、妙な噂が街に流れたようだが」

「は？　どゆこと？」

「《死人形》に殺された半グレが、大金が入るとあちこち自慢しまくっていた。結局金を隠したのが連中か《死人形》かは不明だが、現場の廃ビル周辺にあるのは間違いない」

金を奪われたカジノの関係者の口から金額が漏れ、

犯人とおぼしき連中が壊滅したことまで噂となり、広まって――。

「このままだと派手な宝探しが始まりそうだ。確実に面倒なことになる」

「早いとこ見つかりゃいーけどな……」

待っているであろう仕事の面倒くささを思い、うんざりして顔を見合わせる零士と月。

「だが、これだけ派手にやらかしたんだ、本社も捜査に本腰を入れるだろう」

追及は強まり、黒幕は追われ、この超管理社会において必ず足跡は残る。

「必ず捕まえるさ。金のためもあるが、命と――被害者と、俺たち自身のために」

＊

同日、同時刻、仮面舞踏街某所。


どさりどさりと転がるかけら――さまざまなかたち、ありとあらゆる生き物の残骸。

鳥。色とりどりの羽や骨、剝製に至るまで。博物館の棚を浚ったような山を大釜の底へ。

魚。ぷんと漂う生臭い異臭。小魚から大魚まで、ほぼ処理をせず丸ごとのまま、鳥の上に。

獣。得体の知れない生肉から処理された毛皮まで。魚を覆うように被せて。

虫。カソコソ嫌な音をたてるコンテナをまるごとひっくり返し、わさわさと蠢く。

そして、次に放り込まれたもの。生々しいかけら。服の断片やネイルした爪が残るもの。

拾い集められた人体のかけら、ヒトを構成するさまざまな――屍。

立ち込める臭いに釣られたか、壁には汚らしい油虫。それを狙うドブネズミにクマネズミ、姿を現しはしないものの、ドタドタと床の隅や天井を駆け回る気配がする。

古びたバラック。大都会の隙間、ビルとビルの間に建つ小屋は、四方を高層ビルに囲まれて一切その姿を晒すことはない。かつてこの街が無法地帯ならざる時代の会員制バー。

かつては選ばれた客筋、資産家、地主、社長、芸能人らが極秘の密談用にある人物に命じ、経営を委ねていた建物、その権利は——相続するはずだった息子によって盗まれて。

ある一党の手に渡り、奇怪な陰謀の舞台となりつつあった。

「都合よく拠点が得られ、まことに重畳。かの討ち取りし大兎、街の裏に通じし顔役なれば。このような人目をはばかる隠れ家すら、密かに備えておりましたようで」

「貴重な仙薬1本分の価値はある、か……それはよいが、臭いわ。何とかならぬのか？」

バーカウンターの奥。

調理用のガス台に載せられた大釜にどっさり詰め込まれたさまざまな屍の山。保存用の薬品、腐りかけた血肉、虫が分泌する化学物質まで入り混じり、鼻が曲がるような異臭がする。

黒い絹の和装に襷掛け、割烹着。浮世離れした姿に似つかわしくない所帯じみた姿の人影が機嫌よく釜に材料を放り込む間、カウンター越しに相対する童子が鼻をつまむ。

古の時代、貴族に仕えた少年の装い。

括り袴に水干という近代ではまず見ない衣装、麗しい顔立ちにできる限りの不快さを表して、突き出しのささやかな煮物とひとつまみの塩、酒盃に手もつけず不満げに。

「《闇おおくしょん》にて稼ぎし大金すべて注ぎ込んで、何を企んでおる？　七宝行者よ」

「あなや、今世は便利なもの。すまほの扱いを覚え、でぃーぷうぇぶへの潜り方を訊いたなら……とうに絶滅した希少生物の標本さえ、たやすく手に入るのですからな」

七宝行者と呼ばれた黒衣。

顔を黒子のように布で覆い隠した人影は、はぐらかすように言い。

「本草の理に基づく命の類。人鳥魚獣に虫、世界中より集めし数多の生薬にて――」

「この腐れ汁がかや？」

「さようにございます。BT本社より盗み出したるさぷりは、品切れなれど」

袖で鼻を覆う童子に対し、人影は膨らんだ袖から小さな瓶を取り出し、見せる。

飾り気のないフラスコの中。たゆたう銀色の液体は、まるで溶けた金属のよう。水銀に似て、だがさらさらとして淡く不思議な光を放つそれは、尋常の物質にあらず。

ゴム栓を親指で弾くようにポンと抜き、中のそれを大釜に垂らせば。

――ジュワッ!!

「ぬおおっ⁉」

「ご安心あれ。少々臭ぅございますが、害はありませぬ故」

「戯け、息が詰まって死ぬわ!! 何をしておる、その妙な汁は何だ？」

「変若水、霊薬、万金丹。万病に効き、寿命を延ばす――さまざまな神話伝承に語られまする万能薬。BT本社に保管されし特級幻想さぷり……その原液にございます」

「⁉」

大釜の中で肉が溶け、羽が崩れ、魚が煮え、虫が溺れて混ざりゆく。

銀の液体は瞬く間に泥のような色へと変わり、猛烈な悪臭を放ちながら攪拌される。どこにでもあるような料理用のお玉でぐるぐると、すべての素材が溶け切るまで。

「この街に流れし《怪物さぷり》の原料。これに触媒たる生物の毛、鱗、皮を溶かし奉れば、あら不思議。その生き物へ自在に変ずる──《怪物さぷり》が出来上がる」

「では……それが!!　その銀の液体が、基剤!!」

童子はカウンターに身を乗り出し、悪臭も構わずぐつぐつと煮える大釜に見入る。

「馬鹿な……製法は絶えたはずではなかったのか!?」

「BT本社、製造部にて入手せしものに御座います。恐らくかの魔女めが復活せしかと」

「遥か崑崙の神仙、西洋の魔女らが密かに伝えながら、不死の神秘をめぐり争った末に失ったとされる妙薬を、か……。ではその腐った鍋の具は、触媒の類か？」

「さよう。この世の生命の類すべてを溶かすことで、銀の基剤はいかなる生物の形にも適応し、怪物さぷりとなりまする。あとは化けたい生き物、そのかけらを入れるだけ」

あらゆる生命の形を溶かしたスープ──怪物サプリの主原料。

「何という、何という愚かなことを!!　貴重なる基剤を、衆愚のおもちゃに使うとは!?」

「そうせねば、本邦の神秘を転覆し、BTの一強体制を崩すなど夢のまた夢」

溢れる怒気を悠々と受け流し、黒衣の人影は謳うように笑う。

「街に撒き怪異と幻想にて、細工は流々……あとは仕上げを御覧じろ。BT本社の品とは桁が違う、真なるサプリ。こぞって誰もが求めましょうや」

「この臭水がのう……。まるで濁酒じゃな」

「ふふ、それは宜しい。この基剤、ひとしずくにて素材を溶かさば好みの獣へ変じる神秘は、BT本社の工業製品とは一線を画す古き業にてございます故」

同じ効果を得るにせよ、BT本社の工場は極めて清潔にシステム化されている。

原料となる動物由来の成分はすべて細かく粉砕され、エキスのみを抽出。基剤と混ぜ合わせ、後に味を調える調味料、防腐剤、カフェインその他を添加され、ドリンクとして調整される。

だがこれはそうした配慮を一切抜いた、遥か古の調薬法。

「まさに古の時代、杜氏が醸した濁り酒のようなものとも申せましょうな」

とろみのついた汁を釜からすくい、小さな湯呑に注ぎながら。

人影は笑みを含んだ声音で答え、菜箸を取って何かをつまむ。臭いに釣られて現れたか、黒々とした油虫。箸に腹を挟まれもがくそれを……呆気なく、ぽいと。

「うげっ⁉」

あからさまな童子の嫌悪をよそに——手にした湯呑に放り込む。

たちまち弾ける泡の音、形を喪ってぼろぼろに崩れ、汁が茶色がかった黒に変わり。

マーガリンのような油臭い腐臭を放つそれを、バーにつきものの突き出し——ビスケットの欠片に含ませると、それは麩のようにふるふると柔らかく濡れて。

「まさか、食うつもりではあるまいな……」

「それはちと。試しなれば、これでよいのでは？」

右手に汁を含んだビスケットをひょいと放るや、キッチンを駆けのぼる足音。

餌を待ち焦がれていたドブネズミが何匹も、寄ってたかって食い荒らし。

「……チュウウウウウッ!!」

「おぉ……っ!?」

餌のかけらを口にした刹那、骨が砕けて肉がもげる音がした。

組み替わる、ドブネズミとゴキブリのミックス。

「効き目は、これこのように」

ネズミのかたちに虫の羽、毛の生えた硬質の殻に包まれた害獣にして害虫が、唾液らしき汁を尖った口から吹き出しながら、じたばたと興奮したように暴れ回る。

悍ましい姿に眼を剝く童子、興味深げに見守る人影は。

「無知なる衆生が得たなら、さぞかし愉快に試すでしょうや。獣、虫、鳥、魚——などなど。二種、三種の掛け合わせの果てに、いかなる未知の《れしぴ》が生まれることか」

「……おぞましい。百獣凶鳥魚妖に虫怪、生ける化け物による百鬼夜行を演ずるか」

「大いなる魔女の宴、その坩堝たるこの街を乱すためならばそれも良きかと」

呆れ果てる童子の前、煮えたぎる地獄の大釜に、ぐつぐつ滾る白濁の汁。

怪物サプリの原料たる、何百人、何千人分あろうかというそれに、名づけるならば。

「素材に配合せし生薬、三千三百三十六種。それをその名に掛け合わせ——《濁酒三十六》とでも銘づけましょうや」

童子は嫌な顔をして。

「……名づけの才は無いのう、おぬし」

「さようで？」

とぼけ、おどけたような答えと共に。

仮面舞踏街に恐怖と混乱をもたらす企みは、静かに進行していった。

あとがき

『怪物中毒』読者の皆様、こんにちは。作家の三河ごーすとと申します。人が獣と化す街でくり広げられるオーバードーズアクション第2弾、お楽しみいただけたでしょうか？

今回は怪異の脅威も前巻とは桁違い、頼れる仲間たちにも怪異の毒牙が向きかねない緊迫の展開を用意しました。彼らが脅威や試練を乗り越えていけるのか、是非その目で確かめてくださいませ。

謝辞です。

イラストレーターの美和野らぐ先生。第2巻でも素敵なイラストをありがとうございます。今回は特に表紙の塗りがお気に入りで、ビビッドな緑色がとてもお洒落で思わず本棚の目立つ場所に飾りたくなってしまうほどでした。『怪物中毒』らしい毒々しさと零士や蛍のクールさが両立していて、とても大好きな一枚です。これからも美和野先生の素敵な零士たちを拝めるように、私も頑張っていこうと思います。引き続きどうぞよろしくお願いいたします。

漫画家の久園亀代先生。『怪物中毒』のコミカライズを担当してくださり、とても感謝しております。届くネームや作画の数々はすべて一読者として楽しく拝読させていただいており、漫画ならではの圧倒的な表現力に驚かされてばかりです。『怪物中毒』を一緒に盛り上げていければと思いますので、これからも引き続きどうぞよろしくお願いいたします。

担当編集の田端様、２巻から新たにご担当いただけることになったM様。今回はいろいろとアクセルを踏みすぎてしまった部分が多く、ほどよくブレーキをかけていただけて――読者の方に誤解のないよう補足しておくと、ブレーキをかけたほうが絶対に面白く、読みやすくなるような内容でした――大変感謝しています。今後もガンガンアクセルを踏んでいくスタイルでいきますので、そのときはしっかり手綱を握ってくださいませ。引き続きどうぞよろしくお願いいたします。

営業、宣伝、印刷、流通、書店など本作の出版に携わっていただいたすべての方。今回も本当に、本当に、ありがとうございます。皆様の仕事のおかげで今日も作家でいられます。感謝。

そして最後にこの本を手に取ってくださった読者の皆様。いつも本当にありがとうございます。いろいろなジャンルに手を出しまくりで何がしたい作家なのかわかりにくい私ではありますが、この『多動さ』も含めての三河なので、『怪物中毒』も、これからも節操なく何かやってる奴だなぁと、生温かい目で見てくれたら幸いです。続刊の有無は売上次第なので何とも言えないところではありますが、出版社さんに許される限りは書き続けていきたいなぁと思っているので、どうか応援いただければ……と。

――と、今回のあとがきはここまで。またどこかでお会いしましょう。三河ごーすとでした。

◉三河ごーすと著作リスト

「ウィザード&ウォーリアー・ウィズ・マネー」（電撃文庫）
「ウィザード&ウォーリアー・ウィズ・マネー2」（同）
「ウィザード&ウォーリアー・ウィズ・マネー3」（同）
「祓魔学園の背教者(ミトラルカ) —祭壇の聖女—」（同）
「祓魔学園の背教者(ミトラルカ)Ⅱ —ミスティック・ミスト—」（同）
「祓魔学園の背教者(ミトラルカ)Ⅲ —邪教再臨—」（同）
「祓魔学園の背教者(ミトラルカ)Ⅳ —紫色の黙示録—」（同）
「レンタルJK犬見さん。」（同）
「怪物中毒」（同）
「怪物中毒2」（同）
「自称Fランクのお兄さまがゲームで評価される学園の頂点に君臨するそうですよ？」（MF文庫J）
「義妹生活」（同）
「顔さえよければいい教室」（富士見ファンタジア文庫）

本書に対するご意見、ご感想をお寄せください。

ファンレターあて先
〒 102-8177　東京都千代田区富士見 2-13-3
電撃文庫編集部
「三河ごーすと先生」係
「美和野らぐ先生」係

本書は書き下ろしです。

電撃文庫

怪物中毒2

三河ごーすと

2023年３月10日　初版発行

発行者　山下直久
発行　株式会社KADOKAWA
〒102-8177　東京都千代田区富士見2-13-3
0570-002-301（ナビダイヤル）
装丁者　荻窪裕司（META＋MANIERA）
印刷　株式会社暁印刷
製本　株式会社暁印刷

ISBN978-4-04-914681-3　C0193　Printed in Japan

電撃文庫　https://dengekibunko.jp/

電撃文庫創刊に際して

文庫は、我が国にとどまらず、世界の書籍の流れのなかで〝小さな巨人〟としての地位を築いてきた。古今東西の名著を、廉価で手に入りやすい形で提供してきたからこそ、人は文庫を自分の師として、また青春の想い出として、語りついできたのである。

その源を、文化的にはドイツのレクラム文庫に求めるにせよ、規模の上でイギリスのペンギンブックスに求めるにせよ、いま文庫は知識人の層の多様化に従って、ますますその意義を大きくしていると言ってよい。

文庫出版の意味するものは、激動の現代のみならず将来にわたって、大きくなることはあっても、小さくなることはないだろう。

「電撃文庫」は、そのように多様化した対象に応え、歴史に耐えうる作品を収録するのはもちろん、新しい世紀を迎えるにあたって、既成の枠をこえる新鮮で強烈なアイ・オープナーたりたい。

その特異さ故に、この存在は、かつて文庫がはじめて出版世界に登場したときと、同じ戸惑いを読書人に与えるかもしれない。

しかし、〈Changing Times,Changing Publishing〉時代は変わって、出版も変わる。時を重ねるなかで、精神の糧として、心の一隅を占めるものとして、次なる文化の担い手の若者たちに確かな評価を得られると信じて、ここに「電撃文庫」を出版する。

1993年6月10日
角川歴彦

レプリカだって、
恋をする。
Even a replica falls in love
榛名丼
[イラスト]
raemz
16歳、夏。はじめての、青春。
愛川素直という少女の
身代わりとして働く
分身体、それが私。
本体のために生きるのが
使命……なのに、
恋をしてしまったんだ。
海沿いの街で
巻き起こる
ちょっぴり不思議な
青春ラブストーリー。
応募総数
4,128作品の
頂点
第29回
電撃小説大賞
大賞
受賞作
電撃文庫

クセつよ異種族で行列ができる結婚相談所
～看板ネコ娘はカワイイだけじゃ務まらない～
五月雨きょうすけ
ill. 猫屋敷ぷしお
見習い秘書係のネコ娘、今日も頑張っています!
第29回 電撃小説大賞 受賞作
電撃文庫
特設サイトをcheck!!
STORY
訪れるのはワケあり相談者ばかり?
異種族同士の婚活って大変なんです!
ドタバタ婚活ファンタジー、はじまります!!

電撃文庫